Roland Emmerich war Regisseur und Drehbuchautor des Science-fiction-Films *Star Gate* (1994, mit Kurt Russell, James Spader) und führte auch Regie bei den Filmen *Das Arche Noah Prinzip* (1983) und *Universal Soldier* (1992, mit Jean-Claude Van Damme). Er gründete seine eigene Produktionsfirma, Centropolis Film Productions, und produzierte die Filme *Joey, Ghost Chance, Eye of the Storm* (mit Dennis Hopper) sowie *Moon 44* (mit Malcolm McDowell), für den er zusammen mit Oliver Eberle auch das Drehbuch schrieb. Als Regisseur, Koautor und ausführender Produzent drehte Roland Emmerich 1996 ***Independence Day***, einen der erfolgreichsten Kinofilme der letzten Jahre.

Dean Devlin war Produzent und Drehbuchautor von *Star Gate*. Er begann seine Laufbahn als Schauspieler und wirkte in zahlreichen Kino- und Fernsehfilmen mit, u. a. in den Serien *L. A. Law* und *Hard Copy*. Nach seinem Auftritt in Roland Emmerichs Science-fiction-Film *Moon 44* gab Devlin die Schauspielerei auf, um mit Emmerich zusammen Drehbücher zu schreiben und Filme zu produzieren. Dean Devlin war Produzent und Koautor von ***Independence Day***.

Stephen Molstad studierte am USC ISOMATA sowie an der University of California – Santa Cruz und lebt heute mit seiner Frau in Los Angeles. Er arbeitete bereits an der für den ‹Hugo› nominierten Romanfassung von *Stargate* mit, bevor er, nach der Idee von Roland Emmerich und Dean Devlin, den Bestsellerroman zu dem Film ***Independence Day*** (rororo 13949) schrieb.

Stephen Molstad

INDEPENDENCE DAY

WAS GESCHAH IN AREA 51?

Roman

Nach einer Idee von Dean Devlin
und Roland Emmerich

Deutsch von Gunter Blank

rororo

Rowohlt

Die Originalausgabe erschien 1997
unter dem Titel «Silent Zone – Independence Day»
bei HarperCollins Publishers, Inc. New York

Umschlaggestaltung:
© 1997 Dallas & John Heaton/Westlight

Lektorat: Ulrike Schieder

Deutsche Erstausgabe
Veröffentlicht im Rowohlt Taschenbuch
Verlag GmbH, Reinbek bei Hamburg, Juni 1998

Satz Sabon Linotype PostScript Library (PageOne)
Gesamtherstellung Clausen & Bosse, Leck
Printed in Germany
ISBN 3 499 22346 5

Meinem wissenschaftlichen Berater
K. R. W. und seiner Frau

Inhalt

Inhalt

Prolog: Die Schlacht geht weiter

Am 5. Juli ging die weltweite Schlacht gegen die Invasoren weiter. Alle sechsunddreißig außerirdischen City-Zerstörer waren erfolgreich abgeschossen worden, doch im unterirdischen Forschungszentrum, das als Area 51 bezeichnet wurde, herrschte alles andere als Siegesstimmung. Das geheime, unter der Wüste Nevadas verborgene Laboratorium hatte Washington, D.C., als funktionstüchtiges Hauptquartier der Vereinigten Staaten abgelöst. Im Kommunikationszentrum des Labors arbeiteten Präsident Thomas Whitmore, seine Berater und eine Technikercrew hektisch daran, eine Gegenoffensive zu koordinieren. Vier City-Zerstörer sowie Tausende kleinerer, Mantas genannter Flugobjekte waren auf amerikanischem Boden zerschellt – viele davon in der von Gestrüpp überzogenen Wüste, unter der das Laboratorium lag –, und es war noch zu früh, um festzustellen, wie viele Überlebende es geben mochte. Präsident Whitmore, der zuvor als Kampfflieger im Golfkrieg Berühmtheit erlangt hatte, war persönlich ins Cockpit einer F-18 geklettert und hatte das Geschwader angeführt, dem der erste tödliche Abschuß eines dieser gargantuanischen Schiffe gelang. Die Außerirdischen hatten offenbar die vom Stützpunkt ausgestrahlten Funksignale aufgespürt und einen anderen Angriff abgebrochen, um nach Nevada zu fliegen. Sie waren schon im Begriff, die Area 51 zu zerstören, als Whitmores Team herausfand, daß man lediglich eine einzige AMRAAM-

Rakete am zentralen Lasergeschütz des riesigen Zerstörers detonieren lassen mußte, um eine Kettenreaktion auszulösen. Sie war stark genug, das Schiff zu sprengen. Sofort verbreiteten die Techniker die Information rund um den Erdball und warteten auf Rückmeldungen.

Hoch über dem Stützpunkt kreisten AWACS-Aufklärer, die ihre elektronische Ausrüstung dazu benutzten, die Area 51 über Satellitentelefon und Funk mit den Überresten des amerikanischen Militärapparats zu verbinden. Von da oben hatten die AWACS-Besatzungen klare Sicht auf den monströsen, rußgeschwärzten Zerstörer, der sich wie ein verkohlter, fünfundzwanzig Kilometer großer Hügel aus der Wüste erhob. Gleichfalls sichtbar waren die Militärkonvois, die, aus allen Richtungen kommend, den Zerstörer einkreisten. Den ganzen Tag über trafen Truppenteile, die die mörderische Attacke überlebt hatten, samt ihrem verbliebenen Equipment aus allen Militärstützpunkten des Südwestens ein. Am Nachmittag war der dichte Ring aus Soldaten und Zivilisten, der das Schiff umschloß, aus der Luft zu erkennen. Die Spitze des zerstörten Megaschiffs konnte man sogar in Las Vegas noch sehen.

Die in Fort Irvine stationierte Delta Company war eine der ersten, die am Schauplatz eintraf. Diese Eliteeinheit erhielt den Befehl, als Sturmtruppe der Gegenoffensive zu agieren. Sie waren diejenigen, die das Schiff stürmten.

Es war, als betrete man eine gigantische Kathedrale. Die Eliteeinheit drang durch einen siebzig Meter breiten Riß der Außenhülle in das Raumschiff ein und arbeitete sich langsam voran. Das Ausmaß des Schiffsinneren war verblüffend, geradezu unglaublich. Nachdem sie den ersten Kilometer erforscht und gesichert hatten, rückten gepanzerte Fahrzeuge, Jeeps sowie Hunderte von Soldaten und Zivilisten durch die

Bresche nach. Bald verwandelten sich die Räumlichkeiten des Schiffs in ein Labyrinth kleinerer Kammern, die sich an einigen Stellen auf die Größe schmaler Flure verengten. Die Männer der Delta Company rückten weiter vor. Sie rechneten angespannt damit, hinter jeder Ecke auf feindliche Überlebende zu treffen. Schließlich entdeckten sie die ersten Körperteile von Außerirdischen, zerfetzt von der Explosion. Doch auch nach Ablauf von vierundzwanzig Stunden waren sie auf keinen einzigen Überlebenden gestoßen.

Durch die gewaltigen Löcher, die die Explosion in das Dach gerissen hatte, schwebten Helikopter in die riesige Zentralhalle. Die Piloten meldeten «ein riesiges Faß voller Fische»: Tausende kleiner Zerstörer, die sich zu einem Haufen türmten. Delta Company bekam den Befehl, den Vormarsch auf die Zentralhalle anzuführen, in der man Überlebende vermutete. Die sollte sie gefangennehmen.

Nolan sprang vom Rumpf eines abgestürzten Mantas, landete auf der Außenhülle des nächsten und sprintete dann zwanzig Meter bis zum Rand eines dritten. Dort suchte er Deckung und sicherte das weite Gelände ringsum mit seinem Sturmgewehr. Die Zentralhalle des City-Zerstörers vermittelte ihm das Gefühl, sich am Grund eines unterirdischen Sees zu befinden, der von schwarzen senkrechten Wänden umgeben ist. Er schätzte den Durchmesser der Halle auf etwa fünf Kilometer. Durch die von der Explosion teilweise weggerissene Kuppel drang gräuliches Sonnenlicht herein. In der Ferne konnte er den Motor eines Jeeps hören sowie die sporadischen Rufe eines weiteren Aufklärungstrupps, der den südlichen Abschnitt der Halle durchkämmte. Sie hatte offensichtlich als eine Art beweglicher Flugplatz gedient, als Hangar für die Mantas, die sich nun, zum Teil zehn

Stück übereinander, am Boden häuften, nachdem sie aus ihren hoch oben liegenden Verankerungen heruntergerissen worden waren.

Nolan blickte zurück in die Richtung, aus der er gekommen war, und gab Simpkins das Signal zum Vorrücken. Während dieser das offene Gelände durchquerte, gab Nolan ihm Feuerschutz und suchte die Umgebung nach Anzeichen von Gefahr ab. Obwohl die Männer der Delta Company feindliches Feuer weder hörten noch sahen, hatte es aus anderen Sektoren Berichte über außerirdische Heckenschützen gegeben, die angeblich Handfeuerwaffen benutzten. Als Simpkins herübersprang, gab das Schiff unter ihm leicht nach und senkte sich tiefer in den Haufen, auf dem es lag. Für einen Moment geriet er aus dem Gleichgewicht und konnte sich gerade noch fangen, fast wäre er seitwärts abgestürzt. Er spähte über den Rand des Mantas und blickte in ein Labyrinth enger Tunnel, die durch das Durcheinander der Schiffe entstanden waren. Er schluckte heftig, ehe er sich vorsichtig auf sicheres Terrain zurückzog.

Nach Simpkins rückten Myers und Henderson zu Nolan vor. Ihr Ziel, ein zigarrenförmiges Raumschiff, das sich sichtbar von den anderen unterschied, lag unmittelbar hinter dem Manta, den sie als Deckung benutzten.

Nolan sprach in sein Funkgerät: «Okay, Captain, wir befinden uns ein Schiff vom Ziel entfernt. Ich sehe ein paar Fenster, aber keine Türen. Sieht aus, als wäre es am besten, wir schießen eines der Fenster ein.»

«Roger, Sturmtruppführer. Handeln Sie nach eigenem Ermessen. Wenn Sie keine Möglichkeit sehen, schnell hineinzukommen, machen Sie kehrt und kommen zum Stützpunkt zurück. Over.»

«Verstanden.» Nolan schob das Funkgerät zurück in den

Gürtel, wandte sich an seine Männer und sagte: «Ich und Simpkins gehen als erste rein. Sobald wir durch das Fenster sind, rückt ihr vor und gebt uns Feuerschutz. Vorwärts.»

Er stürmte vor. Aus nächster Nähe feuerte er ein paar Schüsse aus seinem M-15 ab, die Spezialmunition ließ das transparente Material vollständig bersten. Von nahem sah die Oberfläche des langen Schiffs mitgenommen aus. Im Gegensatz zu den anderen schien es den Elementen ausgesetzt gewesen zu sein. Auch war es nicht mit den merkwürdigen Symbolen bedeckt, die in die Oberflächen der übrigen Mantas eingraviert waren. Nolan duckte sich und spähte durch die Öffnung. Kein Anzeichen von Bewegung, doch er konnte nur in eine einzige fast leere Kammer sehen. Er schaltete seine Stablampe ein und entdeckte einen Durchgang, der tiefer in das Schiff hineinzuführen schien.

Simpkins schwenkte den Strahl seiner eigenen Stablampe über die Decke des Schiffs und sagte mißmutig: «Sieht wie ein Operationstisch aus.» Tatsächlich war – da das Schiff auf dem Kopf stand – an der Decke ein merkwürdig geformter Metalltisch verankert. Auf dem, was jetzt den Boden des Schiffs darstellte, häufte sich aller möglicher Unrat, einschließlich verschiedener Gegenstände, die wohl als chirurgische Bestecke gedient hatten.

«Kranke Typen», raunzte Nolan vor sich hin. «Ich geh rein.»

Er steckte seine Stablampe in die dafür vorgesehene Halterung am Lauf seines Gewehrs, rollte sich durch die Öffnung und sprang auf die Füße, schußbereit. Als Simpkins neben ihm stand, deutete er auf einen Durchgang. Der war mit einer Art Vorhang aus starrem Material verhängt, was die Sicht in den hinteren Teil des Schiffes verhinderte.

Sich nur mit Handzeichen verständigend, gingen die beiden in Position, dann riß Simpkins den Vorhang auf. Die Finger nervös am Abzug, richteten die Männer ihre Waffen auf die nächste Kammer: ein enger Korridor, an dessen Seiten sich hohe Regale befanden. Die Regale mußten voll gewesen sein, als das Schiff umkippte, denn der Inhalt hatte sich in den schmalen Gang dazwischen ergossen. Hinter dem angehäuften Zeug verbreiterte sich der Korridor zu einer weiteren Kammer.

«Nolan, sieh dir das an. Was zum Teufel haben die hier gemacht?» Simpkins' Stablampe beleuchtete die aus den Regalen herausgefallenen Dinge: eine grüne Baseballmütze aus Nylon mit der Aufschrift *Quaker State*, eine Beinprothese, Jagdwesten, Schuhe, Schals, eine Schrotflinte, Fotos – Gerümpel von tausend Verschleppungen.

«All die Leute, die behauptet haben, von Außerirdischen entführt worden zu sein, die angeblich Sonden in sie eingeführt und Experimente mit ihnen gemacht haben – sieht aus, als wäre das alles hier passiert. Und dieser Haufen Müll ist die Garderobe.»

«… oder das Fundbüro.»

Nolan tastete sich vorsichtig vier Schritte in den Korridor hinein, wobei er eine Brille zertrat. Er bückte sich, stocherte in dem Haufen herum und zog eine Audiokassette heraus. «Japanisch», sagte er, warf sie beiseite und hob ein Blatt Papier auf. Er betrachtete es einen Moment lang und bückte sich dann nach einem zweiten.

«Was ist das? Hast du was gefunden?»

«Vielleicht. Du erinnerst dich doch, daß gemunkelt wurde, sie hätten Spione gehabt, Menschen, die ihnen geholfen haben.»

«Ja, hab ich gehört, aber das ist Blödsinn. Als ob die Hilfe gebraucht hätten.»

«Sieh dir das an», sagte Nolan schulterzuckend. Er reichte ihm die Blätter über seine Schulter und hob ein drittes auf. Die Seiten waren aus einem Notizbuch gerissen und voll mit hastig, aber gekonnt gezeichneten Skizzen außerirdischer Technologie. Auf einem der Blätter befand sich eine Art Schaltplan neben einem Monitor, ein anderes Blatt mit der Aufschrift *Aqua Box* zeigte etwas, das wie eine ägyptische Hieroglyphe in einem Würfel aussah. Um die Skizzen herum waren Gleichungen und Bemerkungen gekritzelt, die keiner der Soldaten zu entziffern vermochte. «Da ist ein ganzes Buch voll mit dem Gekrakel. Kommt, wir packen was von dem Zeug ein, zeigen's dem Captain und kommen mit Verstärkung zurück.»

Simpkins gab den Rückzugsplan an Henderson und Myers weiter und kehrte dann zu Nolan zurück, der die Beweisstücke einsammelte. «Wie praktisch», sagte er, als er bemerkte, daß Nolan eine Einkaufstüte gefunden hatte, die er vollstopfte, als wäre er bei einem Räumungsverkauf. Simpkins hatte gerade die Brieftasche eines armen Kerls entdeckt, als er beim Durchstöbern Nolan etwas sagen hörte, das sich anhörte wie *Keine Sorge. Ich tu dir nichts. Bleib ruhig.* Er sah zu Nolan hinüber, der zurückstarrte.

«Hör mit dem Blödsinn auf, Simpkins.»

Hab keine Angst. Nicht schießen. Dir wird nichts geschehen. Diesmal blickten sie sich an: Keiner hatte seine Lippen bewegt. *Nicht schießen*, das Kommando wiederholte sich aus dem Nichts. Beide Männer wandten sich zum hinteren Teil des Schiffes um. Sie waren darauf gefaßt, daß gleich ein hochgewachsener Außerirdischer in das dämmrige Licht trat. Und Sekunden später passierte genau dies.

Nolan riß sein Gewehr hoch und nahm die Stirn des Dings ins Visier. Er zielte genau auf die Stelle, wo das Hirn so nahe unter der Hautoberfläche lag, daß man es regelrecht denken sehen konnte. Im Schein der Stablampe wirkte die glänzende Haut der Kreatur gespenstisch weiß. Über seinen hervorquellenden, reflektierenden Augen, die die Form reifer Pflaumen hatten, blinzelten lange mandelförmige Lider.

Simpkins' erster Impuls war, «Feind in Sicht!» zu rufen und das Feuer zu eröffnen. Doch statt dessen erstarrte er und blickte gebannt den Lauf seines Gewehrs entlang, das auf die Brust des Außerirdischen gerichtet war. Fast mechanisch nahm er wahr, wie sich sein Denken veränderte. *Sag den andern, sie sollen nicht schießen*, sprach es in ihm. Dann, sich völlig darüber im klaren, daß er von diesem knöchrigen, rotzblanken, muschelförmigen Quallenkopf manipuliert wurde, spürte er das Verlangen, es den Jungs draußen mitzuteilen. Ohne den Blick von seinem Ziel abzuwenden, zog er sich in den Raum, in dem der Tisch an der Decke hing, zurück und brüllte: «Wir haben eins. Es lebt, ist aber nicht gefährlich! Es wird uns nicht angreifen! Nicht schießen.»

«Es stellt irgendwas mit uns an, Mann», sagte Nolan, der, teils vor Angst, teils vor Anstrengung, die es ihn kostete, gegen den Willen des Dings seine Waffe in der Hand zu behalten, sichtbar zitterte.

«Es stellt irgendwas mit meinem Kopf an.»

In dieser verwirrenden Situation waren Nolan und Simpkins buchstäblich gespaltenen Bewußtseins. Ohne ihr natürliches Bewußtsein zu verlieren, lauschten sie, mental gewissermaßen, dem Außerirdischen, der einen Weg gefunden hatte, zu ihnen zu sprechen. Sie waren drauf und dran gewesen abzudrücken, doch dann hatten beide Männer einen Gefühlshauch, eine Schwingung gespürt, die ihnen versicherte, der Außerirdische werde kooperieren. Es handelte sich um teletaktile Kommunikation, eine gekonnte Imitation menschlicher Freundschaftsgefühle, ein Trick, den sich die Kreatur nur durch vorhergegangene Erfahrungen mit Erdlingen angeeignet haben konnte.

«Also gut, nehmen wir den Burschen gefangen», lenkte Nolan ein. «Hände hoch, du Arschgeige. Hände hoch.»

Die Kreatur gehorchte unbeholfen und hob ihre dünnen, halb durchsichtigen Ärmchen. Nolan und Simpkins zogen sich vorsichtig in den Durchgang zurück, ehe sie dem Ding signalisierten, es solle sich in Bewegung setzen: Langsam und linkisch bahnte es sich den Weg durch die Kleiderhaufen und anderen Gegenstände, bis nichts mehr zwischen ihm und den Gewehrläufen war.

«Nicht schießen», befahl Simpkins den beiden Männern, die in dem geborstenen Fenster kauerten und ihre Waffen auf den Durchgang gerichtet hatten. Der Außerirdische trat in den größeren Raum des auf dem Kopf stehenden Operationssaals, wobei seine fleischigen, paarzehigen Füße die schuttübersäte Decke nach einem festen Tritt abtasteten.

Durch das geborstene Fenster war Hendersons Stimme zu vernehmen, der in sein Funkgerät sprach. «Cap, wir haben einen erwischt. Wir haben einen Gefangenen gemacht. Schicken Sie Verstärkung.»

Es dauerte zwei volle Stunden, den außerirdischen Gefangenen zum Gefechtsstand am westlichen Ende der Zentralhalle zu schaffen. Die schiefen Ebenen, die durch die übereinandergestürzten Mantas entstanden waren, erwiesen sich als trügerisches Gelände für eine Kreatur, die an eine ganz andere Umgebung gewöhnt war. An jeder Gabelung ihres labyrinthischen Wegs entschieden sich die Soldaten sorgsam für den Pfad, der am wenigsten Gelegenheit zur Flucht zu bieten schien. Als sie mit dem außerirdischen Wesen, das sie «das Monster» nannten, den Gefechtsstand erreichten, erwarteten sie über hundert bewaffnete Männer mit angelegten Gewehren.

Ein Jeep, der den Außerirdischen nach draußen transportieren sollte, wurde herangefahren. Zu diesem Zeitpunkt hatte Simpkins sich bereits zum Bodyguard der Kreatur ernannt. Er war damit beschäftigt, die Feindseligkeiten der Soldaten abzuwehren, indem er sie daran erinnerte, wie wertvoll ein Gefangener für die Verhinderung künftiger Attacken war. Die Kreatur blieb absolut friedlich, selbst als Simpkins sich ihr mit einer großen Segeltuchplane näherte. Die Plane wurde über den Außerirdischen geworfen und so verzurrt, daß sie den Körper vollständig bedeckte. Dies geschah mehr zum Schutz der Kreatur als aus Angst, sie könnte zu fliehen versuchen. Simpkins befürchtete, daß ein aufgebrachter Soldat in einem Anfall spontanen Hasses ein paar Schüsse abfeuern könnte: Jedermann war begierig darauf, es ihnen heimzuzahlen.

Verschnürt wie ein zusammengerollter Teppich lag die Kreatur reglos auf der Rückbank des Jeeps und ertrug die lange holperige Fahrt nach draußen. Auf ihren Kopf waren ständig Gewehre gerichtet.

Stunden später meldeten sich Simpkins, Nolan, Henderson und Myers in den Überresten des Haupthangars von der Area 51. Der Gefangene befand sich auf dem Weg zum Verhör in Fort Irvine, und die vier waren angetreten, um das gesammelte Beweismaterial aus dem zigarrenförmigen Raumschiff an General Grey zu übergeben. Grey hatte darauf bestanden, sie persönlich zu treffen. Sie wurden schnell als die Männer berühmt, denen es gelungen war, den einzigen Gefangenen in dem von Whitmore abgeschossenen Schiff zu machen. Je mehr sich ihre Geschichte verbreitete, desto mehr Einzelheiten wurden hinzugefügt, die ihre Tapferkeit betonten. Nach einiger Zeit verband sie sich mit Hunderten anderer Geschichten und kursierte noch jahrelang als Teil einer Folklore, die nach der Invasion zu blühen begann.

Während sie warteten, blätterte Nolan das Notizbuch durch, das er gefunden hatte, und stellte fest, daß es sich um ein unregelmäßig geführtes Tagebuch handelte: von jemandem, der eine schlampige Handschrift besaß. Die Seiten waren etwa zu gleichen Teilen mit Konstruktionszeichnungen, Bemerkungen und mathematischen Gleichungen gefüllt. Schließlich kam er zu einem kleinen, mit Wasserfarben gemalten Bild, das die Wüste zeigte. Es war in der rechten unteren Ecke signiert – das Buch hatte jemandem mit Namen Okun gehört.

1 Ein neues Dach für Operation Schlammschlacht 1972

Um 5 Uhr 58 war der breite Flur, der zum inneren Ring des Pentagons führte, geschäftiger als gewöhnlich. Zivilangestellte und uniformierte Offiziere hatten sich bereits früh eingefunden, um die jüngste Ausgabe der *Washington Post* zu ergattern und die neuesten Entwicklungen im Fall Watergate zu verfolgen, der einem – zumindest in den politischen Zirkeln des District of Columbia – wie das Ende der Welt vorkam. Ein hochgewachsener Mann in einem konservativ geschnittenen Anzug, der an der hageren Gestalt eine halbe Nummer zu klein wirkte, bahnte sich seinen Weg durch das frühmorgendliche Gedränge und Gewisper. Albert Alexander Nimziki blieb kurz vor einer der zahlreichen Kaffeestuben stehen und überflog die Schlagzeilen, die ihm aus dem Zeitungsregal entgegenschrien: COX, SONDERKOMMISSION ERWÄGT AMTSENTHEBUNG. Selbstverständlich war die Nachricht keine Neuigkeit für ihn. Als Stellvertretender Direktor der Central Intelligence Agency war es sein Beruf, Tage, Wochen und manchmal Jahre im voraus zu wissen, was in den Zeitungen einmal stehen würde.

Nimziki war der bislang jüngste Stellvertretende Direktor des Geheimdienstes. Allerdings hatte er der Konkurrenz gegenüber einen Vorsprung, da er bereits seit seinem sechzehnten Lebensjahr als professioneller Spion arbeitete. Nimziki war in Lancaster, Pennsylvania, aufgewachsen; etwas von der eisigen Art, mit der seine Amish-Nachbarn in der Öffentlichkeit auftraten, hatte er verinnerlicht. Als sein Vater, ein Agronom, eine Stellung bei der UNO erhielt, siedelte die Familie nach Roosevelt Island, New York, um. Die Gegend wurde nicht nur von UNO-Diplomaten bevölkert, sondern auch von Spionen, die, aus aller Herren Länder ausgesandt, ein Auge auf sie warfen. Die neue Wohnung, die an einer geschäftigen Kreuzung inmitten eines gutbürgerlichen Viertels lag, bot dem jungen Albert die perfekte Gelegenheit, das endlose Katz-und-Maus-Spiel zu beobachten. Zwei Jahre lang spionierte er zum Zeitvertreib die Spione aus. Eines Tages marschierte er kühn die Treppe nach unten und sprach einen von ihnen an. Schon einen Tag später besaß er eine Kamera mit Teleobjektiven und Parabolmikrofon, mit dem er die Unterhaltungen abhörte, die in dem noblen Café auf der anderen Straßenseite geführt wurden. Nach diesen frühen Fingerübungen wechselte er an die Georgetown-Universität, wo er akademische Grade in Kriminologie und Internationaler Politik erwarb. Kurz nachdem er in die CIA eingetreten war, bewies er, daß er nicht nur ein wagemutiger und talentierter Feldagent war, sondern auch ein hochgradig effizienter Verwaltungsbeamter. Diese zweite Fähigkeit war es vor allem, die seinen unaufhaltsamen Aufstieg in der Hierarchie des Geheimdienstes ermöglicht hatte. Im Alter von nur vierunddreißig Jahren verspürte er den Ehrgeiz, noch höher zu klettern.

Mit dem Aufzug fuhr er ein Stockwerk tiefer in das Kellergeschoß des Gebäudes. Nachdem er seinen Dienstausweis in das Sicherheitssystem eingeführt hatte, öffneten sich die schweren Türen und entließen ihn in einen kahlen Korridor, der von zwei Soldaten bewacht wurde. Sie kontrollierten seinen Ausweis, winkten ihn durch, und er betrat den Tank, die am besten gesicherte Konferenzanlage des gesamten Pentagons.

Dort wartete bereits ein Dutzend Männer. Sie saßen an einem langen Walnußtisch: ausnahmslos Weiße, und alle älter als Nimziki. Es war die Elite des US-Militärs und der Geheimdienste. Wenn auch widerstrebend, hatte man ihnen «das schmutzigste kleine Geheimnis der Nation» anvertraut. Als Gruppe waren sie unter dem Namen *Operation Schlammschlacht* bekannt.

Nachdem er kurz in die Runde gegrüßt hatte, setzte sich Nimziki, und Bud Spelman, der der Defense Intelligence Agency zugeordnet war, ging grimmig wie eine Bulldogge zum Podium an der Stirnseite des Saals. Der untersetzte Colonel Spelman hatte seine Karriere als Army-Ausbilder begonnen, und dies zeigte sich in der derben Art, mit der er die Versammlung leitete.

«Meine Herren. Ziel dieses Treffens ist, Sie über die jüngsten Entwicklungen einer Reihe möglicherweise bedrohlicher UFO-Erscheinungen aufzuklären und, falls gefordert, einen Aktionsplan zu beschließen. Ich gehe davon aus, daß alle die Gelegenheit hatten, den Bericht durchzusehen, den ich verschickt habe, und Sie alle mit den Grundzügen der Situation vertraut sind. Ich möchte Ihnen trotzdem einen Ausschnitt einer Radaraufnahme zeigen, die vergangenen Monat vom Aufklärungskommando Nord aufgenommen wurde.»

Nachdem er eine Leinwand herabgezogen hatte, ging er zu einem Projektor, der im hinteren Teil des Raumes aufgebaut war. Als der Film einsetzte, verdunkelte sich die Leinwand.

«Sie sehen den Nachthimmel über unserem Atomwaffenlager in der Nähe von Bangor, Maine. Dies hier sind zusammengeschnittene und vergrößerte Radarbilder, die zur Verbesserung der Qualität auf Film kopiert wurden. Und da kommt unser Besucher.»

In der oberen Ecke erschien ein weißer Lichtfleck. Der pulsierende unscharfe Fleck setzte zu einer langsamen und gleichmäßigen Abdrift in Richtung des unteren Leinwandrandes an, wobei sein Umriß schärfer wurde.

«Außer dem Radar hatten wir verschiedene Augenzeugen am Boden, die behaupten, das Ding gut gesehen zu haben. Doch wie gewöhnlich sind ihre Aussagen äußerst unterschiedlich. Einige sagen, das Ding habe ein goldenes Licht verströmt, andere nannten es rot-orange, während ein weiterer Zeuge darauf beharrt, es wäre bläulich gewesen. Dasselbe gilt für das Motorengeräusch. Manche hörten ein ‹hohes Summen, wie von einem Elektromotor›, andere dagegen wollen ‹das vollkommene Fehlen jeglichen Geräusches› bemerkt haben. Was wir mit Sicherheit wissen, ist, daß das Ding in einer Höhe von 500 Metern etwa zwei Minuten lang unmittelbar über unseren unterirdischen Atombunkern schwebte und dann – nun, hier kommt der Grund, weshalb ich Ihnen diesen Film vorführe.»

Alle Augen waren auf die Leinwand gerichtet. Das UFO schoß plötzlich in die Höhe, erhob sich weitere dreihundert Meter über die Erde, ehe es eine Reihe verblüffender Zickzackmanöver am Nachthimmel vollführte. Was immer es auch war, es bewegte sich sowohl mit unglaublicher Geschwindigkeit als auch mit erstaunlicher Dynamik: Eine Folge rechtwinkliger 90-Grad- und Haarnadelwendungen führte es durch, ohne merkbar an Tempo zu verlieren. Dann verschwand es so mysteriös, wie es aufgetaucht war, pfeilschnell auf einer langen geraden Bahn. Spelman hielt den Film an und wandte sich den anderen zu.

«Sieht aus, als hätte meine Frau Fahrstunden genommen», frotzelte ein Air-Force-General und erntete ein paar höfliche Lacher.

Spelman verzog keine Miene. «Kein der Defense Intelligence bekanntes Flugzeug besitzt Flugeigenschaften, die dem vergleichbar sind, was wir soeben gesehen haben. Seitdem sie den Film ausgewertet haben, ist die DIA der Auffassung, daß es sich um eine Aufklärungsmission handelte. Und wo Rauch ist, ist auch Feuer. Diese Informationsbeschaffung könnte zur Vorbereitung einer Art Angriff dienen oder, im schlimmsten Fall, zu einer totalen Invasion.»

Spelman hielt inne, um das Gesagte sacken zu lassen. Seine Zuhörerschaft war weniger erstaunt über den Film denn über Spelmans Fähigkeit, seine Rede so klingen zu lassen, als hielte er sie zum erstenmal. Einmal im Jahr berief er für gewöhnlich eine Sitzung wie diese ein, um den Mitgliedern der *Operation Schlammschlacht* Beweismaterial zu präsentieren. Und jedesmal behaupteten er und Dr. Wells, sein einsamer Verbündeter im Komitee, daß die Nation einer unmittelbaren Bedrohung ausgesetzt sei. Die beiden Hardliner waren überzeugt, die Welt befinde sich am Rande einer unmittelbar bevorstehenden Invasion von Außerirdischen. Hinter ihren Rücken nannte man sie «die Irren». Das galt insbesondere für Dr. Wells, den einzigen Mann, von dem bekannt war, daß er sich mit einer intelligenten Lebensform aus einer anderen Welt unterhalten hatte. Sein verzweifeltes Beharren darauf, die eigenen Vorschläge umzusetzen, führte schließlich zu seinem Ausschluß aus dem Komitee. Auf diese Weise isoliert, hatte Spelman lange gezögert, eine neue Sitzung einzuberufen. Doch dann fand er einen gänzlich unerwarteten Verbündeten, jemanden mit einem wagemutigen Plan, der die Scharmützel zwischen den Geheimdiensten zu beenden versprach, die die Nachforschungen der Regierung über das UFO-Phänomen mehr als ein Jahrzehnt gelähmt hatten: Nimziki.

Als Spelman geendet hatte, war es Dr. Insolo vom Wissenschafts- und Technologieausschuß, der als erster einen bekannten Einwand erhob. «Erscheinungen wie diese bekommen wir seit Jahren zu sehen. Was ist an dieser so besonders?»

Spelman, ein bedingungslos Gläubiger, erschien die Frage albern, fast beleidigend. «Erstens sind alle diese Erscheinungen von Bedeutung. Und was diese hier besonders bedrohlich macht, ist die Tatsache, daß sie nicht über der Wüste oder dem Meer gesichtet wurde. Dieses Gefährt schwirrte über einer unserer sensibelsten und potentiell zerstörerischen Anlagen. Wir wollen nicht, daß das Uranium in falsche Hände gerät.»

Jenkins, der Abteilungsleiter der CIA-Inlandsaufklärung, gab sich keine Mühe zu verhehlen, daß er die Sitzung für Zeitverschwendung hielt. «Soll das heißen, Sie schlagen vor, das Komitee solle den Wells-Plan adaptieren?»

Der Aktionsplan, den Wells empfohlen hatte, forderte nichts weniger als eine umfassende Kriegsvorbereitung, so daß die Existenz der Außerirdischen der Öffentlichkeit bald bekannt geworden wäre. Sein Vorhaben war stets mit überwältigender Mehrheit zurückgewiesen worden. Geheimhaltung hatte oberste Priorität, und dafür gab es zwei Gründe: Jedesmal wenn ein UFO gesichtet wurde, reagierte die Zivilbevölkerung hysterisch. Das Ausmaß des Massenchaos, mit dem das Land konfrontiert würde, wäre nicht abzuschätzen. Außerdem wollte niemand die Verantwortung dafür übernehmen, die Information mehr als fünfundzwanzig Jahre lang geheimgehalten zu haben. Ein Geheimnis führte zum nächsten, ein Dementi zog weitere nach sich, bis die Geheimdienste, ein Vierteljahrhundert nach dem Absturz bei Roswell, auf einer ausgewachsenen Verschwörung saßen, um die amerikanische Öffentlichkeit – und die übrige Welt – im dunkeln zu lassen. Die Chance, daß irgend jemand in diesem Raum sich für ein Vorhaben wie das von Wells erdachte einsetzen würde, war gleich null, zumal in der derzeit instabilen politischen Situation. Niemand wollte mit heruntergelassenen Hosen erwischt werden, falls der Kongreß eine Untersuchung der Geheimdienste ins Rollen brachte.

Dann ließ Nimziki seine Bombe platzen. «Ich habe mich entschlossen, Colonel Spelman zu unterstützen. Nach der Lektüre einiger früherer Berichte und nach Sichtung des Filmmaterials, das wir soeben gesehen haben, denke ich, daß es an der Zeit ist, die Angelegenheit ernst zu nehmen.»

Seit Nimziki Mitglied der *Schlammschlacht* geworden war, hatte er den Wells-Plan scharf kritisiert: weil der Plan eine enorme Verschwendung von Zeit und Geldern sei, weil die Außerirdischen keine wirkliche Bedrohung darstellten. Darüber hinaus hatte er Wells persönlich abgelehnt und sich nicht damit zufriedengegeben, ihn feuern zu lassen, sondern ihm auch sämtlichen Zugang zu vertraulichem Material entzogen.

Jenkins grinste über den Tisch. Er kannte Nimziki lange genug, um zu bemerken, daß hier tieferliegende Motive am Werk sein mußten. «Was genau stellt sich der Stellvertretende Direktor vor?»

«Der Plan, den ich vorschlage, übernimmt gewisse Elemente, die unser guter alter Dr. Wells entwickelt hat. Aber wie Sie sich denken können, wird das Ganze deutlich niedriger gehängt. Mein Plan fordert die Bildung einer schnellen Eingreiftruppe, um die außerirdischen Flugobjekte abzufangen, einer Special Weapons And Tactics-Einheit, die in der Lage ist, sich eines zu schnappen, ehe es entkommen kann. Gleichzeitig will ich unsere Untersuchungen in der Area 51 wieder auf Vordermann bringen, ja verdoppeln, um festzustellen, ob wir dem Raumschiff, das wir bereits haben, nicht einige Erkenntnisse abgewinnen können. Ich habe eine Reihe langfristiger Vorhaben, um die Dinge da draußen in Bewegung zu bringen.»

«Diese SWAT-Truppe. Wozu sollte die gut sein?»

«Der Zweck dieser Truppe würde sein, besseres Bildmaterial über die Flugobjekte zu sammeln, Funkkontakt herzustellen und, falls möglich, eines von ihnen herunterzuholen, damit wir weitere Untersuchungen anstellen und seine Funktionsweise erforschen können.»

«Sie meinen, Sie wollen sie abschießen?» fragte einer der Navy-Männer, von der Idee sichtbar erregt.

«Ob das klug ist?» fragte Dr. Insolo. «Wir dürfen nicht vergessen, daß diese Raumschiffe bewaffnet sind. Sie verfügen über Laserkanonen, von denen sie mit Ausnahme des Vorfalls in Wisconsin bislang keinen Gebrauch gemacht haben. Wir wollen keine Kampfhandlungen beginnen, solange wir nicht sicher sein können, daß wir gewinnen.»

Jenkins nickte. «Er hat recht. Außerdem, was für einen Sinn macht es, einen dieser Brüder einzufangen? Wir haben schon den, der bei Roswell abgestürzt ist, und das hat uns nicht ein bißchen weitergebracht.»

Nacheinander formulierten die Mitglieder des Komitees ihre Einwände und stellten die Nachteile des Vorhabens heraus. Dann fragte Jim Ostrom, auch bekannt als «der Bischof», was allen auf der Zunge brannte. «Sie machen da eine vollständige Kehrtwendung, Albert. Ich erinnere mich, als Dr. Wells ganz ähnliche Vorschläge machte, saßen Sie da und haben ihn ein ums andere Mal abgeschossen. Was hat sich geändert? War es der Film, den wir gerade gesehen haben?»

«Nein, es war eine Geschichte, die mir Ihr Kollege von der NSA, Dr. Podsedecki, erzählt hat.» Podsedecki, ein ehemaliger Wells-Unterstützer und Vorsitzender von Walker Greens, einer Geheimgesellschaft, die innerhalb der an sich schon hypergeheimen National Security Agency agierte, galt in Spionagezirkeln als legendäre Kultfigur.

«Die Geschichte ist die. Sagen wir, Sie befinden sich mit ein paar alten Freunden auf einer Bergwanderung. Sie steigen über einen schmalen Pfad ab, der von hohem Gras gesäumt ist. Es ist ein schöner Tag, Sie schauen sich um und genießen die Landschaft, als der Wanderer hinter Ihnen plötzlich ‹KLAPPERSCHLANGE!› ruft. Wie würden Sie reagieren? Halten Sie an und überprüfen zunächst die Glaubwürdigkeit Ihrer Quelle? Warten Sie auf zusätzliches Beweismaterial, das die Gefahr besser einschätzen läßt? Oder würden Sie unverzüglich handeln und alles in Ihrer Macht Stehende tun, die Gefahr zu lokalisieren und ihre genaue Natur zu ermitteln? Der Film, den wir heute morgen gesehen haben, kann zweierlei sein. Entweder ist es eine Schlange, die sich im Gras verbirgt, oder es ist etwas, das nur so aussieht wie eine Schlange, die sich im Gras verbirgt. In beiden Fällen ist es unsere Verantwortung, herauszufinden, worum es sich handelt.»

«Erst schießen, dann fragen», kommentierte Jenkins sardonisch.

Falls die Bemerkung Nimziki verärgert hatte, ließ er es sich nicht anmerken. «Es gibt einen Aspekt, der in Ihren Memoranden nicht auftaucht. Angesichts des politischen Klimas, das derzeit innerhalb des Beltway herrscht, erwarten wir alle eine Welle von Neuernennungen. Selbst wenn Nixon den Sturm übersteht – seine wesentlichen Entscheidungsträger werden den Druck zu spüren bekommen und möglicherweise abgelöst werden. Und zwar am ehesten von einer Horde Mittelwestler mit makellosen Westen, Typen wie Jim Ostrom.»

Jeder der Jim kannte, lachte. Er war ein klassischer Jimmy-Stewart-Typ. «Doch unglücklicherweise», fuhr Nimziki fort und kam zum empfindlichsten Punkt seiner Ausführung, «sind diese Leute nicht notwendigerweise so ausgezeichnete Geheimnisträger, wie Jim einer ist. Mit anderen Worten, *Operation Schlammschlacht* droht die Enthüllung, insbesondere wenn wir so weitermachen wie bisher. Die Enthüllung dieser Information würde ein Desaster bedeuten, besonders zum jetzigen Zeitpunkt. Die amerikanische Bevölkerung ist sich nicht sicher, ob sie im Augenblick der Regierung trauen kann, und wir wollen nichts tun, was diese Stimmung anheizt. Deshalb schlage ich vor, die Programme unter einem Dach zu konsolidieren.»

«Die Frage ist, unter wessen Dach?»

«Meinem.»

«Ihrem? Die CIA würde die Kontrolle über das Projekt übernehmen?»

«Nicht die gesamte CIA», erklärte er und schaute die Männer von der Inlandsaufklärung an. «Nur ich. Zumindest, bis sich die Dinge beruhigt haben.»

Die Generäle hatten Mühe, ihr Entzücken zu unterdrükken. Dieser junge Heißsporn schien ihnen ein wertvolles und unerwartetes Geschenk zu machen, eine Möglichkeit, aus der *Operation Schlammschlacht* herauszukommen. Wenn sie ihn richtig verstanden hatten, konnten sie alle, was das «schmutzigste kleine Geheimnis» anging, ihre Hände in Unschuld waschen.

Nach einer langen Pause ergriff Dr. Insolo das Wort. «Der Wissenschafts- und Technologieausschuß hätte größtes Interesse an einem solchen Vorschlag.» Wohl wissend, daß Nimziki einen Preis dafür verlangen würde, fragte er: «Was würde solch ein Programm kosten?»

Spelman und Nimziki erklärten abwechselnd die ziemlich gewiefte Finanzierungsstruktur, die sie entwickelt hatten. In der Hauptsache waren es Taschenspielertricks, die die einzelnen Dienste jeweils weniger als drei Millionen Dollar pro Jahr kosten. Um aus dem Projekt herauszukommen, hätten sie liebend gerne das Fünffache bezahlt. So war es eine Sache von Minuten, bis die Komiteemitglieder einstimmig die offizielle Auflösung der *Operation Schlammschlacht* beschlossen. Freudestrahlend und händeschüttelnd begaben sie sich zum Ausgang, um sich erwartungsvoll anderen Aufgaben zu widmen.

Bischof Jim blieb im Flur stehen und suchte ein kurzes Gespräch unter vier Augen mit Nimziki. «Das ist ein erhebliches Risiko, das Sie da eingehen, Albert. Es braucht nur eines dieser Raumschiffe eine kleine Spritztour über Cleveland zu unternehmen, während gerade ein Spiel der Indians läuft und ... nun, es wäre nicht gerade vorteilhaft für Ihre Karriere. Doch ich vertraue darauf, daß Sie wissen, was Sie tun.»

Was Nimziki tat, war das: Er folgte seinem Machtinstinkt, seinem Gespür, die richtigen Karten im Ärmel verschwinden zu lassen, bis er sie ausspielen konnte.

Ehe er sich verabschiedete, gab ihm Ostrom noch einen letzten Rat: «Mir gefällt die Idee, die Dinge draußen in der Area 51 wieder in Bewegung zu bringen, aber seien Sie vorsichtig, daß Sie nicht zu früh zu große Erfolge erzielen. Wenn die Militärs herausfinden, daß Sie das Schiff zum Fliegen gebracht haben, wird dieses Komitee schneller zum Leben wiedererwachen, als Sie ‹Sowjetunion› sagen können. Suchen Sie Ihren leitenden Wissenschaftler da draußen sorgfältig aus. Und vergewissern Sie sich, daß Sie ihm trauen können.»

«Selbstverständlich», antwortete Nimziki, «ich habe, glaube ich, bereits den perfekten Mann für den Job gefunden.»

2 Frisches Blut

Brackish Okun war ein klinisch getestetes, amtlich beglaubigtes, waschechtes Genie. Allerdings teilten die wenigsten diese Auffassung, wenn sie dem einundzwanzigjährigen Naturwissenschaftsstudenten zum erstenmal begegneten. Oft wurde er für einen simpel geschnitzten Hippiejungen gehalten, der einen seltsamen Geschmack für Kleidung besaß. Doch es waren weder die ausgestellen Kordsamthosen noch die Fülle von Stiften, Taschenrechnern und Linealen, die die Brusttasche seines Perma-Prest-Hemdes bevölkerten, noch seine wirren schulterlangen Haare; es war sein unaufhörliches Kopfnicken, das ihn wie einen Trottel wirken ließ. Ob er sich auf eine Vorlesung konzentrierte, sich durch eine mathematische Gleichung arbeitete oder Musik hörte, Okun nickte. Und seine Freunde zogen ihn damit auf. Okuns Mutter versuchte es ihm abzugewöhnen und sagte, es sei eine nicht weniger widerwärtige Angewohnheit als das Knacken mit den Fingerknöcheln. Doch Okun nickte weiter. Und die, die ihre Zeit mit ihm verbrachten, fingen nicht selten selbst damit an. Obwohl es unbedeutend schien, spricht vieles dafür, daß sich in dieser Eigenart, dem ständigen Rucken seines Schädels, Okuns Haltung zur Welt und zum Universum spiegelte. Das Nicken brachte seine positive und optimistische Einstellung zum Ausdruck, bewies eine beständige Anerkennung der Welt um ihn herum. Es war die Bestätigung dessen, worauf immer er sich im Augenblick konzentrierte, besonders wenn er zusätzlich einen seiner Lieblingssprüche murmelte: «Superklasse», «kapiert» oder «cool hoch zehn».

Im April 1972 sah er seinem Abschluß und, noch beängstigender, einem festen Job entgegen und begann die Art, wie er die Jahre an der Caltech verbracht hatte, neu zu bewerten. Vor wenigen Wochen waren Headhunter der großen Firmen Lockheed, Hughes oder Rocketdyne auf dem Campus aufgetaucht und hatten eine Horde von Armleuchtern angeheuert, nur weil sie gute Noten vorweisen konnten. Okun hatte überwiegend Einsen und Fünfen, was ihm einen schmählichen Schnitt von 2,1 eintrug. Nach seinen herausragenden Leistungen auf der High-School, die vom Gewinn des Westinghouse-Talentwettbewerbs für Naturwissenschaften gekrönt wurden, hatte er seine Zeit auf dem College, so dachte er jetzt, vergeudet. Nicht daß er aufgehört hätte weiterzulernen. Sein Hirn war noch immer ein Schwamm, dessen Wissensdurst unerschöpflich schien. Doch hatte er zuviel Zeit damit verbracht, seine genialen Fähigkeiten auf eine Reihe komischer Projekte zu verschwenden, die von der College-Leitung als Streiche abqualifiziert wurden.

Eine dieser fragwürdigen Aktionen, von der Okun nichtsdestotrotz erwartete, sie würde mit einem Seminarschein belohnt, fand während der jährlichen Caltech-Hawaii-Woche statt. Nachdem sie sich nach Dienstschluß unerlaubten Zutritt zum Büro des Dekans verschafft hatten, schleppten er und seine Freunde, die sich als Hommage an Frank Zappa *The Mothers* nannten, ein paar Dutzend Sandsäcke, Rohrleitungen und ein gigantisches Kunststoffbecken ins Allerheiligste. Unter den Augen der Gründerväter der Universität, deren Porträts zwischen den raumhohen Bücherregalen hingen, machten sie sich daran, einen kleinen beheizbaren Swimmingpool zu bauen. Als der Campus-Wachschutz in den frühen Morgenstunden eintraf, hatte sich das muffige Büro in ein tropisches Paradies verwandelt. Dutzende von

Studenten planschten im Pool, lümmelten sich, Mai-Tais trinkend, auf den Ledersofas und hörten Ukulele-Musik. Nach einer scharfen Rüge des Dekans wurde der Vorfall vergessen.

Der Zwischenfall, der Leben und Karriere des umwölkten jungen Einstein bestimmen sollte, hatte mit einer fliegenden Untertasse zu tun und geschah am hellichten Tag.

Eines Nachmittags, als Studenten und Fakultätsangehörige gerade auf dem Universitätsplatz eintrudelten, um ihre Mittagspause in der Sonne zu genießen, hielten Okun und die *Mothers* im Treppenhaus eines angrenzenden Gebäudes ein Geheimtreffen ab. Nachdem sie ihren Plan einem letzten Test unterworfen hatten, zerstreuten sie sich, um ihre Attacke auszuführen. Okun und zwei weitere *Mothers* stiegen mit einer Funkausrüstung die Treppen hinauf und errichteten auf dem Dach die Kommandozentrale. Wann immer sie durch die Balustraden lugten, konnten sie unten die nichtsahnende Menge beobachten, ohne selbst gesehen zu werden.

Wenige Augenblicke später marschierte Chris Winter, exakt nach Zeitplan, mit einer Drei-Meter-Leiter unter dem einen und einem Karton unter dem anderen Arm auf den Platz. Etwas an seinem Gang ließ vermuten, daß er etwas im Schilde führte. Winter klappte die Leiter auf, kletterte hinauf, öffnete den Karton und entnahm ihm eine aus Balsaholz gefertigte, perfekte Nachbildung einer fliegenden Untertasse. Er hievte das sechshundert Gramm schwere Gefährt über seinen Kopf, bis er merkte, daß es auf ein unsichtbares elektrisches Kraftfeld reagierte. Langsam nahm er seine Hände weg, und ein begeistertes Raunen ging durch die Menge. Schnell klappte er die Leiter zusammen und machte sich aus dem Staub, während die kleine Untertasse weiter in der Luft schwebte.

Von seinem Versteck aus schaute Okun auf sein Publikum hinab und lächelte zufrieden. Er probierte den Joystick an seiner Fernsteuerung aus und stellte fest, daß alles funktionierte. Die Funkwellen ließen das kleine Schiff erst in die eine, dann in die andere Richtung trudeln. Im Innern der Untertasse gehorchte ein hochaufgeladener tellerförmiger Magnet seinen Kommandos. Der ließ die Untertasse über ein starkes elektromagnetisches Feld schlingern, das von drei geschickt getarnten Generatoren erzeugt wurde, die die *Mothers* aus der Fakultät für angewandte Physik entwendet hatten. Studenten strömten zusammen, um bessere Sicht auf das seltsame Spektakel zu haben. Sie lachten, alberten und versuchten herauszufinden, wer das Ding zum Fliegen brachte. Doch der richtige Spaß ging erst los, als Okun sein Mikrofon einschaltete und über den Radiolautsprecher, den er in der Untertasse installiert hatte, zur Menge sprach.

«Seid gegrüßt, Erdlinge. Mein Name ist Flart. Wir kommen vom Planeten Crapulong. Wir kommen in Frieden. Aber wir verlangen, daß die Cafeteria sofort aufhört, freitags diese gräßlichen Fischstäbchen zu servieren. Das ist ein Verbrechen gegen das Universum. Außerdem verlangen wir, daß der, den ihr Professor Euben nennt, sich ein neues Toupet besorgt.»

Es war nicht gerade eine erstklassige Komödie, aber die Menge bog sich vor Lachen. Die Stimme, die aus der taumelnden Untertasse kam, war verzerrt und aufgrund der magnetischen Energie statisch aufgeladen, wodurch Okun noch «außerirdischer» klang.

Die Energie des Magneten hätte für eine Stunde gereicht, doch der Flug wurde jäh beendet, als Flart den Fehler beging, mit dem falschen Erdenmädel zu flirten. Er erzählte ihr, daß er, der Herr des Universums, sie außerordentlich begehrenswert fand. Und fragte, ob sie es sich vorstellen könnte, einen intimen Abend mit einem Wesen zu verbringen, das nur ein Zehntel ihrer Größe maß. Die Menge und das Mädchen fanden es zum Schreien komisch, doch ihr Freund hatte bald genug davon. Er brüllte den unsichtbaren Piloten an, den Schwachsinn sein zu lassen.

«Lieutenant Zarfadox», kam postwendend die Antwort aus der Untertasse, «bereiten Sie die Darminspektion vor. Dieser Erdling muß ein Ding am Arsch haben.»

Und so endete die Mission von Flart, dem Außerirdischen. Der eifersüchtige Student schleuderte einen Apfel, der das Schiff hart genug erwischte, um es aus dem unsichtbaren Netz der drei Generatoren herauszuschleudern. Es krachte zu Boden, begleitet von einer Welle unaussprechlicher Verwünschungen. Nachdem die Generatoren unbeschädigt in die Laboratorien zurückgebracht waren und die *Mothers* eine scharfe Rüge des Dekans über sich hatten ergehen lassen, hätte der Vorfall abgehakt werden können.

Doch am nächsten Tag erschien eine Zusammenfassung der Geschehnisse in der *Los Angeles Times*. Obwohl die dreizeilige Meldung deutlich machte, daß es sich um einen harmlosen Spaß gehandelt hatte, hinterließ sie bei einem Leser, einem Angehörigen des CIA-Anwerbungstrupps, einen so nachhaltigen Eindruck, daß er sie ausschnitt und eine Akte «Okun, Brackish(?)» anlegte. In den folgenden Jahren sollte diese einseitige Aktennotiz zu einem Monster anwachsen, das einen gesamten Aktenschrank beanspruchte.

Bereits in jenem April, als die CIA zu Besuch kam, wuchs die Akte beträchtlich. Eines Abends gegen acht hatten Okun und die anderen *Mothers* beschlossen, sich nicht wie sonst in der Bibliothek zu vergraben. Statt dessen zogen sie sich auf

Okuns Studentenbude zurück, die sie liebevoll «die Höhle des geringsten Widerstands» nannten, und vertieften sich in das Studium pflanzlicher Wirkstoffe. Während Rauch das Zimmer einnebelte, führten sie eine ihrer typischen Unterhaltungen.

«Hey, Mann, weißt du, was wir machen sollten?» krächzte Winter, bemüht, den Rauch in der Lunge zu halten, während er das vasenförmige Keramikteil dem Nachschubexperten zurückreichte. «Wir sollten in allen Gängen Spiegel aufstellen, so daß die ganze Uni wie ein Spiegelkabinett vom Jahrmarkt aussieht.»

«Cool zum Quadrat», nickte Okun. «Wir könnten ein neues Produkt erfinden, Spiegelfarbe, und die ganze Uni damit anstreichen.»

Die *Mothers* waren schwer begeistert und äußerten ihre Zustimmung durch schweigendes Nicken. «Spiegelfarbe. Klingt gut.»

«Wie wär's, wenn alles in diesem Zimmer damit angestrichen würde, Wände, das Bett, die Pflanzen, die Bücher ...»

«Und hört mal, die letzte Stufe wäre, wenn wir unsere Körper in die Farbe tauchen, so daß wirklich alles in diesem Zimmer, mit Ausnahme der Augen, verspiegelt ist.»

«Ja, wir könnten Spiegelkontaktlinsen erfinden und komplett verschwinden, dann müßte man sich durch die Gegend tasten.»

Zustimmendes Nicken.

Die bedeutsame Forschungsdiskussion wurde jäh durch ein Klopfen an der Tür unterbrochen. Es klang männlich, offiziell und veranlaßte die *Mothers* zu sofortigem Handeln. Okun versteckte die Pfeife, Winter riß die Fenster auf und wedelte den Rauch hinaus. Das Klopfen wiederholte sich.

«Augenblick noch», rief Okun. «Ich muß das hier gerade noch zu Ende machen.» Er schnappte sich ein Lehrbuch aus dem Regal, öffnete die Tür einen Spaltbreit und entdeckte im Flur einen Mann, der einen Anzug trug. Sofort knallte er die Tür wieder zu und raunte den bestürzt dreinblickenden *Mothers* «Rauschgiftdezernat!» zu.

«Entschuldigen Sie bitte», drang es durch die Tür, «ich suche Brake-ish Okun. Mein Name ist Sam Dworkin, und ich würde mich gerne mit ihm einen Augenblick über eine mögliche Stelle unterhalten.»

Nach kurzem Zögern öffnete Okun die Tür etwa zwanzig Zentimeter und glitt durch den Spalt in den Flur, wobei er eine kleine Rauchwolke hinter sich herzog. Als er den Mann besser zu Gesicht bekam, entspannte er sich ein wenig. Der Mann war etwa fünfundsechzig und schien allein zu sein.

«Sind Sie Brake-ish Okun?»

«Ich glaub schon, ich meine, ja, der bin ich, ich bin Brackish Okun.»

«Sind Sie ganz sicher?» fragte der Mann, sichtlich erheitert.

«Ich las gerade dieses ...», Okun besah sich die aufgeschlagene Seite, «... dieses Mathebuch. Also, Sie sagten etwas von einem Job. Von welcher Firma sind Sie?»

Der Mann erfand schnell einen Namen und fragte dann, ob er hereinkommen könne, wobei er zu verstehen gab, daß Okuns Freunde ein andermal wiederkommen könnten.

«O ja, gute Idee.» Doch als Okun die Tür öffnete, fand er das Zimmer leer. Er ging zum offenstehenden Fenster und sah gerade noch den letzten der *Mothers* von der Feuertreppe in ein Blumenbeet springen und in der Dunkelheit verschwinden. «Sehr cool. Ich habe einen Notausgang. Wie war noch Ihr Name?»

«Dworkin. Sam Dworkin.»

Okun bot ihm seine beste Sitzgelegenheit an, einen mit Bohnen gefüllten Sitzsack, doch Dworkin bevorzugte das ungemachte Bett und schaute sich um. Der Anblick ließ ihn erschaudern. In dem vollgestopften Kabuff herrschte ein Wirrwarr überquellender Regale, selbstgebastelter Elektronikgeräte und Okuns persönlicher Habseligkeiten. An der Wand klebten Poster und skizzenhafte Zeichnungen. Der alte Mann sah in dieser Umgebung noch älter aus. «Sie entsprechen nicht unbedingt dem, den ich erwartet hatte.»

Okun verstand nicht.

«Westinghouse-Naturwissenschaftler des Jahres, Ehrenstipendiat der Nationalen Jugendforschungs-Stiftung, achthundert Punkte im Mathematiktest, ich fürchte, ich habe jemanden erwartet, der etwas ... normaler ist.»

«Ich schätze, ich entspreche nicht ganz meinem Lebenslauf», kicherte Okun.

Sie unterhielten sich eine Weile über die Streiche, die Okun und seine Truppe sich geleistet hatten, dann über seine eigenverantwortlich entwickelten Experimente, sowohl über die Erfolge als auch die Mißerfolge. Sie stellten ein paar Überlegungen an, warum ein solcher Genius das College mit derart schlechten Noten abschließen konnte, und kamen schließlich zu diesem Schluß: *Okun war am höchsten motiviert, wenn sich ihm Hindernisse in den Weg stellten, wenn das, was er bauen oder herausfinden wollte, jenseits der ihm zugänglichen Möglichkeiten lag.* Beide nahmen sich vor, diesen Leckerbissen von einem Spruch im Gedächtnis zu behalten.

Dann kam der Mann zur Sache. «Mr. Okun, glauben Sie an extraterrestrische Lebensformen? Marsmenschen? UFOs?»

Darum geht es also. Offenbar handelte es sich bei seinem Besucher um einen Spinner aus einer dieser Gesellschaften, die sich dem Studium fliegender Untertassen widmeten. Nun, da Okun wußte, daß er keinen Beamten des Rauschgiftdezernats vor sich hatte, entspannte er sich merklich. «Das ist alles Quatsch, Mann. Alles von Typen erfunden, die nichts Besseres zu tun haben. Fliegende Untertassen, kleine grüne Männchen aus entfernten Galaxien, ich bitte Sie ... das ist physikalisch unmöglich. Rechnen Sie doch einfach nach. Einstein hat herausgefunden, daß die kosmische Höchstgeschwindigkeit 430.000 Kilometer pro Sekunde beträgt, Lichtgeschwindigkeit. Nichts kann sich schneller fortbewegen. Nun braucht aber das Licht vom nächstliegenden Stern, auf dem die entfernte Möglichkeit biologischen Lebens existiert, ungefähr hundert Jahre, um zur Erde zu gelangen. Selbst wenn man annimmt, daß diese Außerirdischen sich mit Lichtgeschwindigkeit fortbewegen können, was nicht der Fall ist, bräuchten sie also Hunderte, wenn nicht Zehntausende von Jahren, um vom Planeten X nach Pasadena zu kommen.»

Als er mit seinem Vortrag fertig war, sah er seinen Besucher abschätzend an. «Und Sie, glauben Sie daran?»

Der Mann lächelte nur und fragte zurück: «Wo, glauben Sie, werden Sie in fünf Jahren arbeiten?»

«Keine Ahnung. Wahrscheinlich in der Forschungsabteilung irgendeiner großen Firma, vielleicht bei Westinghouse. Ich habe nächsten Monat ein Vorstellungsgespräch, und ich hoffe, sie sind in der Lage, ein paar von meinen Ideen über Elektromagnetismus und Superleiter zu kapieren.»

«Superleiter. Das ist ein Grenzbereich der Forschung. Drüben in Los Alamos arbeiten sie dran. Kennen Sie den zentripetalen Teilchenbeschleuniger? Das ist das Werkzeug, mit dem ein Bursche wie Sie arbeiten sollte.»

Okun nickte und stellte sich vor, was er mit einem solchen Gerät alles anstellen könnte. «Klar würde es mir gefallen, mit so einem Schätzchen herumzumachen, doch das sind alles Regierungsaufträge. Deshalb glaube ich nicht, daß das im Augenblick im Bereich meiner Möglichkeiten liegt», sagte er und strich sich das Haar über die Schulter zurück.

«Was, wenn ich Ihnen sagte, daß in meinem Unternehmen eine Stelle frei ist, auf der die geeignete Person Zugang nicht nur zum Teilchenbeschleuniger, sondern zu den gesamten Forschungseinrichtungen in Sandia und Los Alamos hätte.»

«Wow! Für wen arbeiten Sie? Gott?»

Der Mann schmunzelte. «Keine ganz falsche Vermutung. Was, wenn ich Ihnen beweisen könnte, daß fliegende Untertassen tatsächlich existieren. Wären Sie interessiert, an so einem Projekt mitzuarbeiten?»

Okun grinste. Dieses spätabendliche Einstellungsgespräch fing an, nach einem schlechten Scherz zu riechen.

«Was, wenn ich Ihnen erzählte», fuhr Dworkin fort und tätschelte seine Brusttasche, «daß ich Fotos bei mir trage, die real existierende fliegende Untertassen zeigen?»

«Sie scherzen, nicht wahr? Haben die *Mothers* Sie geschickt?»

Der Mann ignorierte die Frage. «Ich will Ihnen diese Fotos gerne zeigen, doch vorher benötige ich etwas von Ihnen.»

Der Typ ist ein unglaublicher Schauspieler, dachte Okun. Er unterdrückte ein Grinsen und fragte, worum es sich handle.

«Ihr feierliches Versprechen, keiner Menschenseele etwas über die Fotos zu erzählen.»

Okun richtete sich auf und sah den Mann mit blutunterlaufenen Augen an. Todernst sagte er: «Ich schwöre.»

Mit der Antwort zufrieden, zog der Mann einen Umschlag hervor und reichte ihn seinem grinsenden Gastgeber. Ein Blick auf das erste Foto genügte, um das Grinsen aus Okuns Gesicht zu vertreiben. Es zeigte eine Gruppe Wissenschaftler in Laborkitteln, die sich zu einem Gruppenfoto aufgestellt hatten. Sie standen vor etwas, das wie eine schwer beschädigte fliegende Untertasse aussah. Das Raumschiff schien die Spannweite eines Kampfflugzeugs zu haben, allerdings war es kreisförmig und wirkte bedrohlicher als alles, was er bisher gesehen hatte. Das Schwarzweißfoto war vermutlich vor einigen Jahren aufgenommen worden.

«Ich knie in der vorderen Reihe», bemerkte der alte Mann. «Dritter von links.» Tatsächlich, es handelte sich um dasselbe Gesicht, nur zehn oder zwanzig Jahre jünger. Am Rand des Schnappschusses war die Ecke eines Hangars zu erkennen, und im Hintergrund schienen uniformierte Soldaten zu patrouillieren.

Das zweite Foto zeigte etwas, das an ein Cockpit erinnerte. Ein Paar hoher, gewölbter Aufbauten, eine Art Sessel, befand sich vor zwei Scheiben, unter denen sich Armaturenbretter befanden. Das dritte Bild war die Nahaufnahme eines der Instrumente, das von einem Paar menschlicher Hände aus der Konsole gezogen wurde. Was das Instrument mit der Konsole verband, waren offenbar nicht Kabel, sondern Adern.

Dworkin wartete geduldig ab, während Okun die Bilder ein zweites Mal betrachtete, sie verglich und verzweifelt nach einem Anhaltspunkt suchte, der sie als Fälschung entlarvte. Dann sah Okun verblüfft auf und fragte: «Was ist das? Wo wurden die gemacht?»

Mit einem sanften Lächeln nahm Dworkin die Fotos wieder an sich. «Ich habe Ihnen schon zuviel verraten. Allerdings, sollten Sie zusagen, wird man Ihnen alles erklären.»

«Okay, ich sage zu.»

Der alte Mann lachte. «Warten wir ab, bis Sie einen klareren Kopf haben. Denken Sie darüber nach. Das Ganze hat auch Nachteile. Sie müssen Ihre Familie und Ihre Freunde verlassen, die Arbeitstage sind lang, und Ihre Kollegen haben möglicherweise wenig mit Ihnen gemeinsam. Bitte, erinnern Sie sich an das Versprechen, das Sie gegeben haben. Sprechen Sie weder mit Ihren Freunden noch mit Ihren Professoren, noch mit Ihrer Mutter über diese Bilder. Mit niemandem.»

Der Mann erhob sich und ließ einen Brackish zurück, der so verwirrt war, daß er vergessen hatte zu nicken. Als Dworkin bereits zur Tür hinaus war, rief Okun ihm nach.

«He, warten Sie mal. Wie finde ich Sie wieder?»

«Rufen Sie uns nicht an, wir rufen Sie an.»

Drei Wochen später saß Okun zu Hause und studierte mit Saylene, seiner Mutter, stolz sein Zeugnis. Sein neuer Arbeitgeber hatte dafür gesorgt, daß er die Abschlußprüfungen einen Monat vor Semesterende ablegen konnte, und Okun hatte etwas getan, was er unter normalen Umständen nur in den allerseltensten Fällen tat: Er hatte in allen Fächern gepaukt, nicht nur für die, die ihn interessierten. Die Prüfungen waren gut gelaufen, sein Notendurchschnitt fiel besser aus als erwartet, und er hatte seinen Magister erworben. Doch Zeit, seinen Erfolg zu genießen, blieb nicht. Die Koffer standen schon an der Haustür. Ein junger Regierungsbeamter war mit einer Aktentasche voller Papiere und Dokumente eingetroffen, auf denen Okun den Verzicht auf seine Freiheit im Austausch gegen die Erlaubnis, an dem Projekt mitzuarbeiten, besiegeln sollte. Die drei – Brackish, Saylene und der Mann im teuren Anzug – setzten sich an den Küchentisch und arbeiteten sich durch den Papierberg. Formal war Okun von verschiedenen Stellen angeheuert worden, für jede mußten spezielle Bewerbungsschreiben, Lebensläufe, Versicherungspolicen, Steuerformulare, Pensionsvereinbarungen und Ergebenheitserklärungen eingereicht werden. Zunächst las Brackish jedes einzelne Dokument sorgfältig durch, hakte in sämtlichen Detailfragen nach. Doch je mehr der Mann aus seinem Aktenkoffer zutage förderte, desto mehr ließ seine Sorgfalt nach. Zum Schluß setzte Brackish seine Unterschrift unter alles, was der Mann ihm vorlegte.

Saylene verstand nicht, weshalb das Ganze so huschhusch gehen mußte. Alles, was ihr Sohn ihr sagen durfte, war, daß es sich um eine Stelle als Ingenieur in Regierungsdiensten handelte und daß es für die Geheimniskrämerei gute Gründe gab. Doch eines verstand sie ohnehin: Sie würde ihren Sohn fünf ganze Jahre nicht zu Gesicht bekommen, so lange lief sein Vertrag. Es würde ihm zwar gestattet sein, an jedem ersten Sonntag im Monat nach Hause zu telefonieren, aber mehr war nicht drin. Er war alles, was sie hatte – sie würde ihn vermissen. Ihre Augen waren bereits vom Weinen zugeschwollen, und als der Mann ankündigte, daß sie beim letzten Dokument angekommen seien, fühlte sie wieder Tränen in sich aufsteigen. Radecker hieß er, und sie hatte ihn von Beginn an nicht gemocht. Er war zu jung, zu geschniegelt, zu arrogant, er würde ihr den Jungen wegnehmen.

«Dies hier ist eine Kopie des Bundesspionagegesetzes», erklärte er und überreichte beiden jeweils eine Kopie mit einer

Gelassenheit, als würde er die monatliche Telefonrechnung zustellen. «Im wesentlichen beinhaltet es nur, daß man Sie strafrechtlich verfolgen kann, wenn Sie gegenüber irgend jemandem etwas über das Projekt verlauten lassen. Und Sie sollten wissen, daß die Mindeststrafe für einen Verstoß gegen dieses Gesetz ein Jahr Staatsgefängnis lautet.»

«Hart.» Okun war beeindruckt. «Und was ist die Höchststrafe?»

«Haben Sie schon mal von Julius und Ethel Rosenberg gehört?»

«Oh. Härter, als ich dachte.» Okun schluckte und zögerte, etwas zu unterschreiben, das ihn auf den elektrischen Stuhl bringen konnte.

«Keine Sorge», grinste Radecker. «Überlegen Sie halt zweimal, ehe Sie etwas an die Russen verkaufen.»

Nickend kritzelte Okun seinen Namen unter das Dokument.

Radecker wandte sich an Saylene. «Falls einmal jemand nach Ihrem Sohn fragt, sagen Sie, daß er Sicherheitsinspekteur der Bechtel Corporation ist und dieser Job von ihm verlangt, ständig in der Welt herumzureisen, so daß Sie nicht wissen können, wo er sich zu einem bestimmten Zeitpunkt gerade aufhält. Unterschreiben Sie hier.» Widerstrebend tat sie, was man von ihr verlangte.

Dann sammelte der Beamte seine Papiere ein und sagte der Familie:

«Ich lasse Sie einen Moment allein, damit Sie sich verabschieden können. Ich warte im Wagen.»

Brackish und Saylene lächelten einander an, beide äußerlich gefaßt, doch in ihrem Inneren tosten die Gefühle. Sie nahmen sich in die Arme und verbrachten ihre letzten fünf Minuten schluchzend. Als Radecker hupte, schaute Okun auf seine Mutter hinunter und versprach ihr, sie so bald wie möglich zu besuchen. Ein Versprechen, das er halten würde, wenn auch nur für einen kurzen Moment.

3 Ankunft in Area 51

Die Dinge entwickelten sich prächtig für Okun. Als Radekker ihm das Reiseziel genannt hatte, war er auf eine lange Autofahrt eingestellt, doch statt dessen fuhren sie zum Burbank Airport und checkten am Schalter der Swift Air, einer kleinen Transportgesellschaft, ein. Okun war erst zweimal zuvor geflogen, einmal nach Chicago, als er den Westinghouse-Wettbewerb gewonnen hatte, und das andere Mal für ein verlängertes Partywochenende nach New York.

Diesmal hoben sie in einer kleinen zweimotorigen Cessna ab. Als sie sich über der Wüste befanden, lud ihn der Kapitän ein, sich zu ihm ins Cockpit zu setzen. Es war ein warmer Frühlingstag, und sobald sie den Smog von Los Angeles hinter sich gelassen hatten, war die Sicht einfach wunderbar. Okun drückte seine Nase an der Frontscheibe platt und stellte sich vor, er entdecke ein abgestürztes UFO. Er war glücklich. Radecker hatte ihm mitgeteilt, sie seien auf dem Weg zu einem «sehr bedeutenden Forschungszentrum in der Nähe von Las Vegas».

Nach dem, was ihm der alte Mann vor drei Wochen in seinem Zimmer im Studentenheim erzählt hatte, nahm Okun an, damit wäre eines der nationalen Forschungszentren in New Mexiko gemeint. In seinem Kopf tanzten Bilder blitzender Anlagen und gleißender mehrstöckiger Gebäude. Es war Donnerstag, und Okun fragte sich, was die *Mothers*, die sich wohl gerade durch Professor Frankels Theoretische Physik quälten, über sein plötzliches Verschwinden denken mochten. Er wollte sehen, ob es nicht doch einen Weg gab, eine Postkarte hinauszuschmuggeln, sowie er sich erst einmal eingerichtet hätte.

Als sie etwa vierzig Minuten unterwegs waren, verkündete der Pilot: «Da ist es, Lost Wages, Nevada.»

Okun blieben nur ein paar Augenblicke, um die sich eng an einen Highway schmiegende Stadt in Augenschein zu nehmen, ehe das Flugzeug nach Norden abdrehte. Ein paar Minuten später wandte sich der Pilot nach hinten und rief Radecker über das dröhnende Motorengeräusch hinweg zu: «Wir erreichen die Bannmeile von Nellis Range, Sir.»

Okun schaute hinunter und sah, daß sie über eine doppelte Umzäunung flogen. *Ich hoffe, wir landen nicht dort.* Der Pilot überflog eine Militärbasis mittlerer Größe, eine Gruppe von rund einhundert Gebäuden und einem Dutzend Hangars, machte aber keine Anstalten zu landen. Dann deutete er auf einen Hügel, der dreihundert Meter über den Wüstenboden aufragte, und sagte: «Wheelbarrow Peak.» Am Fuße des Hügels lag ein ausgetrockneter See, in dem sich zwei Landebahnen im baumwollfarbenen Sand kreuzten. In der Nähe der Schnittstelle standen ein einsamer Hangar sowie etliche kleine Gebäude.

Als Okun dämmerte, daß sie hier landen würden, marschierte er zurück in die Kabine und ließ sich neben Radecker in den Sitz sinken. «Mann, bitte sagen Sie, daß das nicht unser Ziel ist.»

Radecker, der von dem, was er durch das Fenster sehen konnte, nicht weniger verwirrt war als Okun, schwieg. Vor zwei Tagen, kurz bevor er Washington verlassen hatte, hatte er sich umgehört und erfahren, daß die Area 51 «am Arsch der Welt» liege. Doch die staubige Ansammlung mitgenommener Gebäude verdiente die Bezeichnung nicht einmal. «Arsch des Universums», vierzehn Millionen Kilometer vom nächsten Planeten entfernt, hätte besser gepaßt. Dies war keine Beförderung, sondern eine Verbannung.

Als sich das Flugzeug im Landeanflug befand, konnten sie erkennen, daß es sich bei den meisten Gebäuden lediglich um hölzerne Baracken handelte, Schlafquartiere einer längst abgezogenen Armee. Auf die Tore des Wellblechhangars war mit schwarzer Farbe eine große 51 aufgemalt. Davor wartete eine Gruppe von vielleicht fünfundzwanzig Menschen, um die Neuankömmlinge zu begrüßen. Zu beiden Seiten der kleinen Geisterstadt standen jeweils ein paar verteidigungsbereite Flugabwehrgeschütze.

«Herzlich willkommen, meine Herren. Mein Name ist Lieutenant Ellsworth», schnarrte der Mann, der ihnen die Ausstiegsluke öffnete. «Ich bin während Ihrer Anwesenheit für Ihre Sicherheit verantwortlich. Meine Anweisungen lauten, Sie ohne Umschweife in die Forschungseinrichtungen zu eskortieren und alle Fragen zu beantworten, die Sie möglicherweise haben.»

Ein paar Soldaten traten heran und halfen, Gepäck und Ladung in Empfang zu nehmen. Ellsworths grimmiges Gesicht wurde von einer verspiegelten Sonnenbrille und einer Baseballmütze, auf die ein *Groom Lake*-Logo aufgenäht war, verschattet. Während sie über das warme Rollfeld gingen, erläuterte er, daß die Basis rund um die Uhr bewacht sei, stets jemand an den Telefonen sitze. Allen, die in den unterirdischen Laboratorien arbeiteten, stehe es frei, wann immer sie wollten, an die Oberfläche zu kommen. Aus Sicherheitsgründen solle sich jedoch niemand mit den Soldaten anfreunden.

Als sie die Tore des Hangars erreichten, empfing sie eine Gruppe älterer Herrschaften, die Ellsworth als «die Wissenschaftler» vorstellte. Sie waren zu viert, alle um die Siebzig, und trugen Laborkittel sowie Vollbärte. «Dies sind Dr. Freiling, Dr. Cibatutto und Dr. Lenel. Dr. Dworkin kennen Sie, glaube ich, schon.»

Tatsächlich, da stand, mit demselben gönnerhaften Lächeln, das Okun bereits während seines Einstellungsgespräches aufgefallen war, Sam Dworkin. Neben den sonnenverbrannten Soldaten wirkte das Quartett alternder Wissenschaftler außergewöhnlich blaß. Nachdem man Hände geschüttelt und hallo gesagt hatte, ging es ins Innere.

Der Hangar war, mit Ausnahme zweier Jeeps, leer. Schweigend stiegen sie eine Treppe hinunter. Vier Treppenabsätze tiefer hatte man das Gefühl, ein altes Grab zu betreten, und Okun merkte, wie er Platzangst bekam. Er beruhigte sich durch den Anblick von Telexkabeln und Telefonleitungen, die den nackten Zement des Treppenschachts hinaufliefen. Schließlich erreichten sie nach sechs Absätzen eine schwere Stahltür. Okun und Radecker bemerkten sofort, daß diese von außen verriegelt werden konnte.

Okun hielt inne und hob seine Hand. «Ich habe eine Frage.»

«Bitte, Sir.»

«Geht es nur mir so, oder sind wir tatsächlich in einer Edgar-Allan-Poe-Geschichte? Sie haben doch nicht vor, uns hinter diesen Türen einzuschließen?» Okun kicherte nervös und hoffte, die anderen würden es ebenfalls tun.

Ellsworth antwortete ohne Humor: «Die Türen sind niemals verschlossen, Sir. Die Riegel sind nur für den Notfall da.»

«Gab es denn schon mal einen?»

«Bisher nicht.» Ellsworth reichte Okun seinen Koffer. «Weiter gehe ich nicht. Ich habe keine Erlaubnis, das Labor zu betreten.»

«Außer im Notfall», fügte einer der Wissenschaftler hinzu.

Jeder der vier älteren Wissenschaftler nahm sich eine der Nachschubkisten, die an der Stahltür abgestellt worden waren. Gemeinsam geleiteten sie die Neuankömmlinge in einen länglichen, schwach beleuchteten Raum. Alle paar Schritte gerieten sie in einen Lichtstrahl der an der Decke befestigten Lampen. Obwohl die Hälfte der Glühbirnen kaputt war, konnten Okun und Radecker sehen, daß der Raum sich über die Länge eines Footballfeldes erstreckte. Abgesehen von einigen hundert Kisten und staubigen Aktenschränken war er leer.

«Bitte entschuldigen Sie die Unordnung», bat Dr. Cibatutto mit einem leichten italienischen Akzent. «Dies ist nur ein Lagerraum für überflüssige Ausrüstungen und jede Menge von Papierkram, für den sich niemand interessiert. Eines Tages werden wir hier aufräumen und eine Bowlingbahn installieren.»

«Was installieren?» fragte Okun.

«Eine Bowlingbahn», wiederholte Cibatutto, der kleinste und dickste der Wissenschaftler. Er bemühte sich, laut und deutlich zu sprechen.

«Hier entlang, meine Herren.» Dworkin bog in einen Korridor ein und führte sie in den am häufigsten benutzten Raum des streng geheimen Regierungslabors: die Küche. Im Unterschied zum dämmrigen Licht der Eingangshalle mit ihren Spinnweben war sie hell erleuchtet und geschmackvoll eingerichtet. Einen langen Tisch mit Holzbänken hatte jemand vornehm für sechs Personen gedeckt.

«Wir wechseln uns mit dem Kochen ab und haben uns über die Jahre zu respektablen Köchen entwickelt, doch Signore Cibatutto ist bei weitem der beste», erläuterte Dworkin und setzte seine Kiste ab. «Zu Ihrer Ankunft hat er eine seiner exquisitesten Spezialitäten vorbereitet.»

Cibatutto errötete stolz. «Heute abend haben wir Pilzrisotto mit Lachs und ein vorzügliches Hühnchen *alla cacciatora.*»

«Dr. Lenel und ich werden Ihnen Ihre Räumlichkeiten zeigen», sagte Dworkin und nahm eine von Okuns Taschen. «Wir geben Ihnen Gelegenheit, sich etwas von der Reise zu erholen. Danach wird das Dinner serviert.»

Radecker war nicht in der Laune für ein festliches Abendessen. «Ist außer Ihnen niemand hier unten? Niemand sonst?»

Die Wissenschaftler blickten sich nervös an. «Nein, nur wir vier. Haben Sie noch andere erwartet?»

«Nein, ich hatte keine Ahnung, was ich erwarten sollte», grollte Radecker zurück.

«Jetzt fällt's mir wieder ein!» entfuhr es Freiling. Er hatte die letzten Minuten damit verbracht, Brackish anzustarren, doch nun wandte er sich Dworkin zu. «Das ist dieser Hippiebursche, von dem du uns erzählt hast. Ich stand die ganze Zeit da und habe gedacht, das wäre ein verdammtes Mädel, ist es aber nicht. Das ist der Hippiebursche, nicht wahr?» Okun grinste den alten Mann mißmutig an.

Dworkin schmunzelte belustigt und versuchte zu vermitteln. «Dr. Freilings Augen sind auch nicht mehr das, was sie einmal waren.»

«Hören Sie, meine Herren ...», Radecker hatte das Gefühl, es werde zuviel Unsinn geredet, «ich weiß Ihre Bemühungen zu schätzen, aber Mr. Okun und ich würden uns gerne auf der Stelle mit den Verhältnissen vertraut machen. Warum führen Sie uns nicht herum?»

Die alten Männer starrten die jungen verletzt an. «Na, na», sagte Dworkin, «für eine Führung ist noch Zeit genug. Wann immer wir die Einrichtung einem Besucher zeigen, kommen unvermeidlich Tausende von Fragen auf. Es würde Stunden in Anspruch nehmen. Aber morgen früh werden wir Sie als erstes ...»

«Zeigen Sie uns das Flugobjekt!» forderte Radecker mit einer Schärfe, die alle überraschte, sogar ihn selbst. Er wurde angesichts der Vorstellung, Gott weiß wie lange in diesem Bunker eingekerkert zu sein, langsam nervös.

Die erwartungsfrohe gute Laune zerschellte wie ein Service feinsten Porzellans. Die verblüfften Wissenschaftler sahen einander an. *Wer ist dieser Kerl?*

Dworkin führte sie durch eine weitere Flucht von Korridoren, bis sie zu einer Stahltür mit einem Vorreiber kamen, wie man ihn am Schott eines Unterseebootes findet. Er öffnete die Tür und betrat den stockdunklen Raum. Einen Augenblick später flackerten Neonröhren auf und erleuchteten das Innere eines riesigen Betonwürfels, der über sechs Stockwerke hoch war. In der Mitte lag das vor vielen Jahren bei Roswell abgestürzte außerirdische Raumschiff. Okuns Kinnlade klappte herunter, die Augen fielen ihm fast aus dem Kopf. Auf dem Foto hatte das Ding irgendwie gewöhnlich ausgesehen, eine Maschine, nichts weiter. Doch nun, aus der Nähe, sah es animalisch aus, wie ein großer schwarzgrauer Manta, der friedlich am Grund dieses immensen Betonbeckens schlummerte. Es ruhte zweieinhalb Meter über dem Boden auf hölzernen Böcken. Ein Paar schwarzer Frontscheiben schienen dem Besucher stechende Blicke zuzuwerfen. Schluck.

Sie folgten Dworkin durch die Tür und erklommen eine Beobachtungsplattform, während Dr. Lenel zur Unterseite des Monsters lief und ihm eine Leiter in den Bauch schob. Kurz darauf gingen auch im Raumschiff die Lichter an, und Lenel war im Cockpit zu erkennen.

«Das hier», sagte Okun zu sich selbst, «liegt weit jenseits von cool.» Dann nickte er zum erstenmal seit seiner Ankunft in der Area 51, verließ die Beobachtungsplattform und näherte sich dem Schiff.

Er untersuchte die Wölbung des Rückgrates, «die Flosse», wie es die Wissenschaftler nannten. Sie begann unmittelbar hinter den Scheiben, wo sie etwa zwei Meter hoch war, und verjüngte sich sanft zum Heck des Schiffes zu einem nadelspitzen Schwanz. Die Außenhülle bestand aus mehreren gepanzerten Platten mit schmalen Einkerbungen und reliefartigen Erhebungen, die an ägyptische Hieroglyphen erinnerten. «Ich kann dieses Material nicht bestimmen. Wissen Sie, um was für ein Metall es sich handelt?»

«Der Panzer besteht aus sehr hartem Material, aber es ist kein Metall», erklärte Dr. Dworkin, schob sich an Okun vorbei und ließ seine Hand über die Oberfläche gleiten.

«Wenn Sie genau hinsehen, erkennen Sie etwas Merkwürdiges. Sehen Sie diese kleinen Löcher? Wir glauben, es handelt sich entweder um Poren oder um Haarfollikel. Diese Panzerplatte war einmal die Schale eines lebenden Tieres.»

«Aus dem Weg», entgegnete der junge Wissenschaftler leise, aber scharf.

Lenel winkte ihn näher heran und deutete auf einen Spalt zwischen zwei Platten. In dem Riß konnte Okun zahllose komplizierte Bauteile ausmachen, kleine metallene Dinge, die mit derselben Präzision zusammengefügt waren wie die Muskulatur einer menschlichen Hand. Die herausragende handwerkliche Leistung erntete ein langes, zustimmendes Nicken.

An der Unterseite des Schiffes bemerkte Okun etwas, das wie ein Paar Raketenantriebsstufen aussah. Eine davon war beim Absturz abgerissen worden und wurde gegenwärtig von einem merkwürdigen Netz aus Schweißnähten, Metallnuten und Klebeband zusammengehalten.

Radecker, der zögerte, sich dem Schiff zu nähern, stellte von der Beobachtungsplattform aus eine Frage. «Was ist mit diesen Symbolen oder Graphiken?»

«Es scheint, als wären sie mittels einer Art Stempel eingestanzt worden. Vielleicht ein Brandzeichen, so wie wir es Rindern aufdrücken», meinte Dworkin.

«Oder es könnte sich um technische Details handeln, die für die Steuerung des Schiffes notwendig sind», konterte Freiling.

«Ich persönlich nehme an, wir haben es mit einer Art Heraldik zu tun, wie man sie auf Schilden und Rüstungen des Mittelalters findet.»

«Vor Jahren hatten wir einen Herrn zu Gast, der einige Erfahrung als Kryptograph besaß, doch er war nicht in der Lage, die Symbole zu entschlüsseln. Kurz gesagt, wir wissen es nicht.»

Soweit es Radecker anging, verwandelte sich das Ganze zusehends in einen Alptraum. Zum zweitenmal, seit sie einander vorgestellt worden waren, erhob er seine Stimme gegen die sanftmütigen Wissenschaftler, die doppelt so alt waren wie er. «Wieso ist das alles in so schlechtem Zustand?»

Cibatutto und Freiling schauten Dworkin an. «Schlechtem Zustand? Wie meinen Sie das?»

«Kommen Sie mir nicht dumm», gab Radecker scharf zurück. «Sehen Sie sich diese Müllhalde doch an. Dunkel, verstaubt, und es sieht aus, als hätten Sie in den letzten zwanzig Jahren kein Stück an dem Raumschiff gearbeitet.»

Dworkin erlaubte sich auf seine distinguierte und sanfte Art, seinem Boß ein paar Hintergründe der Einrichtung zu erklären. «Seit dem Tag, als die Kräne dieses Schiff dorthin hinuntergelassen haben, wo es jetzt steht, hat aus berechtigten Sicherheitsinteressen kein Mechaniker mehr Zugang gehabt. In den vergangenen Jahren haben wir selbst notwendige Reparaturen ausgeführt, aber in unserem fortgeschrittenen Alter sind wir bedauerlicherweise nicht mehr dazu in der Lage. Hinzu kommt die unglückliche Angelegenheit mit Dr. Wells, der bekanntlich bis vor kurzem Forschungsdirektor von Area 51 war. Zu Beginn seiner Karriere war er ein brillanter Mann, aber mit den Jahren wurde er ... wie soll ich sagen?»

«Der alte Sack wurde verrückt», murmelte Dr. Lenel. Es war das erste Mal, daß er sich an die Neuankömmlinge wandte. «Glatt durchgedreht.»

Dworkin schmunzelte gequält. «Das ist nicht unbedingt das Wort, das ich gesucht habe, aber es gibt Ihnen eine Vorstellung. Anfangs war die Area 51 ein aufregender Platz zum Arbeiten. Wir hatten vierzig ständig Beschäftigte sowie Jahr für Jahr diverse Besucher. Vielleicht sind Ihnen draußen die alten Schlafquartiere aufgefallen. Doch dann machte sich Dr. Wells mit seinen Ideen in Washington äußerst unbeliebt, und zwar just bei den Leuten, die unsere Gelder bewilligten. Unsere Forschungsmittel werden seit nunmehr siebzehn Jahren kontinuierlich gekürzt. Als Wells vor vier Jahren seines Postens enthoben wurde, waren wir zuversichtlich, daß die Dinge schnell wieder ins Rollen kämen, doch tatsächlich haben sich unsere Arbeitsbedingungen noch weiter verschlechtert. Seit er weg ist, haben wir überhaupt keine Gelder mehr erhalten.»

«Deshalb seid ihr so alt», platzte Okun heraus, der zwei

und zwei zusammengezählt hatte. «Ihr konntet keine neuen Leute einstellen.»

«Und deshalb», sagte Dworkin großherzig, «waren wir alle so begeistert von Ihrer Ankunft. Damit wird ein neues Kapitel in der Geschichte dieses Projektes aufgeschlagen. Es hat sich zwar noch nichts Konkretes ergeben, aber Colonel Spelman läßt uns Hoffnung schöpfen.»

Als Radecker die Geschichte hörte, tat es ihm mehr und mehr leid, daß er die alten Männer angebrüllt hatte. «Ich werde heute nachmittag Colonel Spelman anrufen und sehen, was ich tun kann. Doch lassen Sie uns einen Blick in das Ding werfen.»

Eine Eisenleiter führte hinauf zu einer Luke, doppelt so groß wie ein Kanaldeckel. Und wie in der Kanalisation roch es auch, als die Männer in das Raumschiff kletterten. Ein ätzender, durchdringender Ammoniakgeruch hing in der Luft.

«Die Dämpfe machen einen nach einer Weile wahnsinnig.» Diesmal ging der dicke Dr. Enrico Cibatutto voran. Es gab nicht viel zu sehen. Das kuppelförmige Innere maß in seiner größten Ausdehnung sechs mal sechs Meter und war an seinem höchsten Punkt zwei Meter hoch. Am meisten ins Auge stach die Kommandokonsole. Zwei schalenförmige Sessel standen vor den Fenstern und einer Reihe von Instrumenten, die so angeordnet waren, daß die Wissenschaftler von einem Armaturenbrett sprachen. Als Okun sich bückte und dem viel kleineren Cibatutto in den vorderen Teil des Schiffes folgte, warnte ihn der Wissenschaftler: «Achten Sie auf die Schalen, sie sind mit einer dicken Schleimschicht überzogen. Wie Pinienharz. Wenn Sie es an die Hände kriegen, können Sie ganz schön schrubben, bis es wieder ab ist.»

Im dämmrigen Licht betrachtete Okun die schleimigen

Sitze. Es handelte sich um länglich gebogene Konstruktionen, klebrige Hängematten, die in einem Winkel von fünfundvierzig Grad sowohl am Boden als auch an der Decke befestigt waren und durch ein Netz solider Streben gehalten wurden. Der Anblick der Sitze erinnerte ihn daran, daß Raumschiffe nicht von selbst abstürzten. Obwohl Okun unsicher war, ob er die Antwort überhaupt hören wollte, fragte er Cibatutto, ob Körper gefunden worden seien.

«Natürlich. Später können Sie sie sehen.»

«Sie befinden sich also hier unten? Ganz in der Nähe?» Okun bekam eine Gänsehaut.

Der Wissenschaftler lachte und strich sich über seinen Bart. «Keine Sorge. Sie sind nicht nur tot, wir haben sie auch an einem sicheren Ort weggeschlossen.»

Einigermaßen erleichtert kehrte Okun zum Thema zurück. «Ich schätze, der Pilot sitzt hier in dem Sitz, und die Klebe fungiert als Sicherheitsgurt.»

Cibatutto machte ihn höflich darauf aufmerksam, daß bei einer Geschwindigkeit von einigen hundert Stundenkilometern das Harz zwar Sicherheit biete, aber seine Klebewirkung keineswegs so stark sei wie ein Sicherheitsgurt.

«Ja, Sie haben vermutlich recht.»

«Das hier ist also das Armaturenbrett.» Es war ein ziemliches Chaos und sah aus, als wäre es viele Male auseinandergenommen und wieder zusammengesetzt worden. In einem offenen Werkzeugkasten lagen Schiffsteile und Hämmer, Stemmeisen, Schrauben und ein Dutzend Notizblätter voller technischer Skizzen wild durcheinander. Cibatutto schien die Unordnung nicht zu stören.

Okun stöberte eine Weile in der Kiste herum und holte dann ein besonders interessantes Stück heraus. «Cool, ein Anch.»

«Was ist das, ein Anch?»

«Ein Anch ist eine Hieroglyphe, das antike ägyptische Symbol des Lebens.» Er hielt die einen Zentimeter hohe Figur ins Licht und stellte fest, daß er zumindest teilweise richtig lag. Ähnlich dem ägyptischen Symbol bestand das Ding zwischen seinen Fingern aus einem Hauptstab, der von einem kürzeren gekreuzt wurde, und oben endete es als offene Schleife. Allerdings war es dreidimensional. Anstatt zweier kleiner Arme besaß es vier. Dementsprechend öffnete sich die Schleife am oberen Ende sowohl in Ost-West- als auch in Nord-Süd-Richtung. *Ein Würfel-Anch*, dachte Okun. Dies kam ihm, aus welchen Gründen auch immer, außerordentlich cool vor, deshalb steckte er das Ding in seine Tasche. *Stehlen würde ich das nicht nennen*, sagte er sich, *ich gehe ja nirgends damit hin.*

«Und hier haben wir die Steuerung», fuhr Cibatutto fort, auf etwas deutend, das an ein kleingeschnürtes Bündel fettiger Knochen denken ließ. «Der Mechanismus führt zum Piloten, und wir glauben, es öffnete sich nach außen.» Die Steuerung war einmal aus ihrer ursprünglichen Position entfernt worden und jetzt durch eine Reihe dünner Strähnen, die wie Wurzeln oder haarige Adern aussahen, mit der Konsole verbunden. «Dr. Lenel hat Medizin studiert, deshalb ist er derjenige, der unseren Patienten wieder zusammenflickt, wenn wir ihn ein bißchen amputiert haben.» Tatsächlich waren die Adern am Ende des knochigen Mechanismus abgetrennt und mit chirurgischen Stichen wieder angenäht worden. «Sieht aus wie eine Maschine», sagte er und klopfte hart gegen das Armaturenbrett, «aber in Wirklichkeit lebt es, das hier ist lebendiges Gewebe. Wenn Sie genau hinsehen, können Sie kleine Narben erkennen.»

«Und wozu ist dies hier gut?» Okun begutachtete bereits

das nächste Instrument des Armaturenbretts, eine Art Muschel.

Cibatutto gestand, das wisse niemand, nahm sie aber aus ihrer Verankerung und hielt sie gegen das Fenster. Die gelbliche Muschelplatte war dünn genug, um Licht durchzulassen, und mit einem Netzwerk feiner Äderchen durchwirkt. Schalter oder Knöpfe gab es keine. «Sie ist uns schlichtweg ein Rätsel», sagte er.

Cibatutto erklärte weiter, daß es bislang unmöglich gewesen sei festzustellen, wozu die einzelnen Instrumente dienten und wie genau sie funktionierten, da das Raumschiff außer Betrieb sei.

Nichtsdestotrotz hatten die Wissenschaftler in der Area 51 im Laufe der Jahre eine Reihe fundierter Vermutungen angestellt, die, wie sich später erweisen sollte, überraschend zutreffend waren. Auf Okun wirkte Cibatuttos Schnelldurchgang durch die verschiedenen Mechanismen der Kabine wie der Anfang eines faszinierenden Science-fiction-Romans, in dem er selbst den Helden spielte. Er war zuversichtlich, alle Rätsel knacken zu können. Am Ende der kurzen Führung hatte sich seine anfängliche Enttäuschung über die Einrichtung vollkommen in Luft aufgelöst. Sein Hirn barst vor Fragen, möglichen Antworten und Experimenten, die er zur Überprüfung seiner Hypothesen durchführen wollte.

Radecker machte der fürchterliche Gestank des Cockpits nach wie vor zu schaffen. «Wieso fliegt das Ding nicht?»

Die Frage schien Cibatutto zu verstören, und so übernahm Dworkin wieder die Führung. Er stand auf halber Höhe der Leiter, so daß nur sein Kopf und seine Schultern in die Kabine ragten. «Tja, das haarigste Problem ist die Energieversorgung. Wenn Sie mir bitte folgen wollen, zeige ich Ihnen die Aqua-Box.»

«Da ist es, das Grundübel», sagte er kurz darauf, «das unlösbare Problem, der Generator des Raumschiffes.» Dworkin stand fünf Meter hinter der Hauptluke und schaute hinauf in eine quadratische Nische in einer der Panzerplatten. Die Abdeckung, erklärte er, sei beim Absturz abgerissen worden, wodurch das Gerät möglicherweise beschädigt worden sei. Vielleicht sei sogar etwas herausgefallen. Lenel, der etwas in seinen Bart murmelte, trat mit einer Stablampe hinzu und leuchtete Okun und Radecker ins Innere. Sechs dunkelgrüne Wände bildeten ein offenes Sechseck, das sich nach oben hin leicht verjüngte. Sie hatten die Farbe schmutziger Jade und schienen dementsprechend solide zu sein. Die sechs Wände waren durch zahllose dünnste Fäden verbunden, jeder Faden feiner als ein menschliches Haar. Sie sahen aus wie straffgezogene Spinnweben, die ein komplexes geometrisches Muster formten, und in der Mitte des Sechsecks ließen sie eine Öffnung frei. Als das Licht der Stablampe über die gespannten Fäden glitt, wurde es gebrochen und warf Tausende kleiner Lichtpunkte in das Innere der Kammer zurück. *Das sollten die* Mothers *sehen*, schoß es dem nickenden Okun durch den Kopf.

Dworkin blies kräftig in die Kammer. Zur Überraschung der Besucher reagierten die Wände und knisterten wie eine mit Papier bespannte chinesische Laterne.

«Nicht möglich», sagte Okun mit weit aufgerissenen Augen. «Machen Sie das noch mal.» Dworkin gehorchte, und während der langhaarige junge Wissenschaftler zusah, wie die feinen Gazewände erzitterten und das Licht zwischen den Fäden herumtanzte, entfuhr ihm ein einziges Wort: «Empfindlich.»

«So scheint es», gab Dworkin zu, «aber sehen Sie sich das an.» Er trat beiseite, um Dr. Lenel die Bühne zu überlassen.

Lenel drehte die Stablampe um und begann mit ihr gegen die Wände der Kammer zu schlagen. Radecker und Okun erstarrten vor Schreck, sie waren sicher, Lenel werde dem Geflecht irreparablen Schaden zufügen. Doch kurz darauf demonstrierte ihnen der alte Mann, daß keinerlei Schaden entstanden war. Die Wände schwangen so sanft hin und her wie zuvor. Im Hintergrund hörten sie Dworkin sagen: «Jahrelang haben wir versucht, eine Probe zu entnehmen, um das Material zu analysieren. Aber glauben Sie mir, auch wenn es noch so empfindlich aussieht, das Zeug ist zäh.»

«Sie sollten mal sehen, was der Bursche anstellt, wenn wir Saft in ihn hineinpumpen. Wundervoll», warf Dr. Freiling ein.

Radecker spitzte die Ohren. «Wovon reden Sie? Soll das heißen, Sie können das Schiff in Bewegung setzen?»

«Das nicht gerade», antwortete Dworkin. Er schilderte ihnen ein Experiment, das Dr. Wells vor einigen Jahren durchgeführt hatte, indem er das Schiff mit einer kontrollierten Dosis elektromagnetischer Strahlung bombardierte. «Als wir den Energiestrahl in die Aqua-Box richteten, waren wir in der Lage, die Systeme des Schiffes für kurze Zeit zum Leben zu erwecken. Die Instrumente leuchteten auf, und der Generator gab ein schwaches Summen von sich. Leider entwich die Energie ebenso schnell wieder aus dem System, wie wir sie hineinpumpen konnten.»

«Hört sich an, als wäre ihr Kreislauf nicht geschlossen gewesen», rätselte Okun. «Vielleicht gibt es einen Draht, den Sie nicht richtig montiert haben, so daß die Energie abfließt.»

«Genau», seufzte der alte Mann. «Jahrelang haben wir nach der fehlenden Verbindung gesucht, doch da wir weder einen Bauplan noch ein anderes funktionierendes Schiff haben, mußten wir uns mit Mutmaßungen begnügen. Es ist, als suche man eine Nadel im Heuhaufen.»

Radecker unterbrach ihn. «Moment. Fassen wir noch mal zusammen, damit ich richtig verstehe. Ihr habt eine Art Generator hier heruntergeschafft und Energie in das Schiff gepumpt, und für ein paar Sekunden hat es funktioniert?» Er wartete nicht auf eine Antwort. «Gut, ich bin kein Wissenschaftler, aber warum habt ihr euch nicht einfach einen *größeren* Generator besorgt und *mehr* Energie hineingepumpt?»

Diesmal antwortete Lenel. «Weil deren Energie anders ist als unsere. Alles, was wir zustande brachten, war, einen Funken zu zünden. Und selbst dafür mußten wir so viel Energie aufwenden, daß wir die Schaltungen überhitzten und das Ding heiß wie ein Ofen wurde. Wenn wir noch weiter aufgedreht hätten, dann hätten wir es nur in Brand gesetzt.»

Okun lauschte der Erklärung und nickte heftig. «Ich wette, Sie haben alle möglichen Stromstärken ausprobiert.»

«Ja, sicher. Die geringste Dosis elektromagnetischer Strahlung, um die Systeme in Gang zu setzen, betrug fünftausend Volt. Wir sind bis zweihunderttausend Volt hochgegangen und haben, abgesehen von der Temperatur des Schiffes, keinen Unterschied feststellen können.»

«Ich verstehe Ihr Problem», sagte Okun und strich sich über sein bartloses Kinn. «Eine harte Nuß. Eine ganz harte Nuß.»

Einen Augenblick herrschte Schweigen. Die Wissenschaftler hatten ihn in das Labyrinth dessen, was bekannt war, hineingeführt und ihn hier, in dieser Sackgasse, stehenlassen.

«Eine andere Frage.» Okun hatte wieder die Hand gehoben. «Vergessen wir nicht etwas? Etwas, das wichtiger ist als der Punkt, ob wir das Schiff wieder flugtüchtig machen oder nicht. Den sogenannten *größeren Zusammenhang*?»

«Woran denken Sie?»

«Ob es da draußen noch mehr Außerirdische gibt, und ob sie zurückkommen?»

4 Das Y

Das von den Wissenschaftlern bereitete opulente Dinner wurde aufgewärmt, doch als es schließlich fertig war, hatte niemand mehr Appetit. Denn Radecker explodierte zum zweitenmal wie eine Handgranate.

Im Büro des Direktors hatte er etwas entdeckt, was ihn zutiefst unglücklich machte. Tatsächlich war er, nachdem er ein paar Minuten lang die Buchhaltung der Einrichtung durchgesehen hatte, stinkwütend. In der Küche hielten alle inne, um dem Gebrüll zu lauschen. Radecker kam den Korridor entlanggestürmt und blieb in der Tür stehen. In der Hand hatte er einen Stapel Quittungen. Empört dreinblikkend wandte er sich Dworkin zu. «Habt ihr geglaubt, ich würde euch nicht anzeigen, wenn ich es herausgefunden hätte? Ist euch der Aufenthalt hier unten nicht ganz bekommen?»

Es ist kaum zu glauben, daß Spelman diesen ungehobelten Hitzkopf mit irgendwelchen Befugnissen ausgestattet hat, dachte Dworkin, dem klar wurde, daß er sich gegen diesen schnöseligen Technokraten würde wehren müssen.

Radecker war es schnell gelungen, hinter die kreativen Buchführungsmethoden zu kommen, die die Wissenschaftler ausgeknobelt hatten, um die mageren Jahre spärlicher Zuschüsse zu überstehen. Unter anderem hatte er die Angestelltenliste überprüft. Dieser Liste zufolge arbeiteten in den unterirdischen Laboratorien neun alte Männer, einer von ihnen 103 Jahre alt. Monatlich trafen für jeden dieser Männer die Gehaltsschecks ein. Radecker verlangte eine Erklärung.

«Was ist mit den überzähligen Gehaltsschecks?» wollte er wissen.

Cibatutto erinnerte sich plötzlich einer dringenden Aufgabe in der Nähe des Herds, so daß die Last der Erklärung auf Dworkin ruhte. «Wir lösen sie ein», erklärte er.

Ihr Trick funktionierte seit mehreren Jahren. Als klar wurde, daß der Fluß der Gelder zu versiegen begann, hatten die Mitarbeiter entweder gekündigt oder sich versetzen lassen. Ein harter Kern von zwölf Wissenschaftlern weigerte sich zu gehen. Sie alle hielten die Fragen, die die außerirdischen Besucher aufwarfen, für zu wichtig und drängend, als daß sie das Labor hätten aufgeben können. Deshalb investierten sie nicht nur ihre gesamten Energien, sondern oft auch ihre persönlichen Ersparnisse. Sie gründeten einen Fonds, um neue Ausrüstungen und externe Dienstleistungen wie chemische Analysen bezahlen zu können. Als die Mitglieder dieser Bruderschaft einer nach dem anderen verstarben, verminderte sich ihre Kaufkraft. Sie taten deshalb eine kleine Bank in Las Vegas auf, die dafür bekannt war, kaum Fragen zu stellen, und eröffneten ein gemeinsames Konto. Darauf ließen sie sich jeden Monat die Gehaltsschecks gutschreiben.

«Ich wußte, daß hier etwas nicht stimmt, als ich im anderen Raum all die neuen Instrumente entdeckte.»

«Sam», flüsterte Freiling hörbar über den Tisch. «Dieser junge Mann ist wütend auf uns. Wer ist er?»

«Das ist doch lachhaft!» Radecker explodierte erneut und zeigte auf Freiling. «Dieser Mann ist senil, vollkommen ungeeignet, hier zu arbeiten. Der einzige Grund, weshalb Sie ihn hier unten behalten, ist, weil Sie so sein Gehalt kassieren können. Er fliegt mit der nächsten Transportmaschine raus.»

«Mr. Radecker, bitte. Wir haben über unsere Ausgaben exakt Buch geführt und würden uns freuen, wenn Sie das überprüfen. Jeden Penny haben wir darauf verwandt, unsere Forschungen weiterzuführen. Sehen Sie sich in den Laboratorien um, und Sie werden feststellen, daß wir die Gelder nicht für persönliche Extravaganzen mißbraucht haben. Im Gegenteil, unser Leben haben wir der Aufgabe gewidmet, dieses Gefährt zu reparieren und zu erforschen. Die Area 51 ist unser Zuhause. Es ist Dr. Freilings Zuhause, seit 1951. Er kann nirgendwo sonst hin. Wir sind seine Familie.»

Radecker stand in der Tür und schüttelte den Kopf. Dworkins Rede schien seine Härte gemildert zu haben, wenn auch nur wenig. «Wissen Sie, wieviel Ärger Ihnen das einbringen kann? Wie soll ich das Spelman erklären? Ich nehme an, Sie wollen, daß ich es vor ihm geheimhalte und meinen Arsch für Sie aus dem Fenster hänge.» Er wedelte erneut mit den Papieren. «Das ist Betrug, meine Herren. Diebstahl, Steuerhinterziehung, das ist ...»

Plötzlich kam ihm ein Gedanke. Mit angewidertem Gesichtsausdruck wandte er sich an Dworkin. «Sie haben diese toten Typen doch nicht etwa hier unten verbuddelt?»

«Nein, nein. Wir haben ein Gemeinschaftsgrab auf einem Friedhof in der Nähe von Las Vegas.»

Angeekelt stürmte Radecker zurück in sein Büro.

«Sam», Freiling sah Dworkin flehend an. «Laß nicht zu, daß er mich wegschickt.»

Brackishs Zimmer, früher ein Büro, lag am selben Korridor wie die Zimmer der anderen Wissenschaftler. Es hatte ein separates Bad und war mit einem Stahlbett möbliert, auf dem eine klobige Matratze lag. Er streckte sich auf dem Bett aus und wollte den Tag, der mit Abstand der bislang außergewöhnlichste seines Lebens gewesen war, an sich vorüberziehen lassen. Doch er konnte an nichts anderes denken als an den Generator des Raumschiffes. Er hatte keine Gelegenheit mehr gehabt, die Wissenschaftler zu fragen, weshalb sie ihn Aqua-Box nannten, obwohl seine Farbe keineswegs an Wasser erinnerte.

Einerseits schien alles sehr einfach: Das Energiesystem des Schiffes verlor die zugeführte Energie. Es mußte also eine Unterbrechung des Stromkreislaufes geben. In diesem Fall ging es nur darum, die Unterbrechung zu lokalisieren und wieder so zu flicken, wie es Cibatutto bereits demonstriert hatte. Andererseits konnte es sich um ein Problem handeln, das mit dem Kreislauf absolut nichts zu tun hatte, etwas so Exotisches, daß kein Mensch darauf kommen würde. Die erste Möglichkeit erinnerte, wie Dworkin gesagt hatte, an die Suche nach einer Nadel im Heuhaufen. Die zweite bot noch geringere Erfolgsaussichten.

Gleichwohl entschied er, sich auf die zweite Möglichkeit zu konzentrieren. Sein Instinkt riet ihm, auf die zwanzigjährigen Bemühungen der Wissenschaftler zu vertrauen. Und nicht nur das. Er wollte auf keinen Fall die nächsten zwanzig Jahre hier unten verbringen, nur um ihre Arbeit zu wiederholen. Er beschloß, davon auszugehen, daß die Wissenschaftler das Schiff korrekt zusammengebaut hatten und es «so gut wie neu» war. Er erinnerte sich an die kleine, aus Balsaholz und einem Magneten gebastelte Untertasse, die die *Mothers* über die Caltech-Plaza hatten fliegen lassen. Falls jemand nach der Energiequelle gesucht hätte, so hätte er das Gerät zehnmillionenmal auseinandernehmen können, ohne sie zu finden. Denn die Energie kam nicht aus der Untertasse, sondern aus den elektromagnetischen Generatoren, die sie an den Hauswänden angebracht hatten. Konnte es vielleicht sein, daß die Außerirdischen über Kraftwerke im All verfügten? Natürlich würden es keine elektromagnetischen Strahlen sein, sonst hätte man sie als Funk- oder Fernsehstörung wahrnehmen können. Angesichts der Vorstellung eines Monsterkraftwerks, das die Erde umkreiste und die UFOs mit Energie versorgte, mußte er lächeln. Doch wenn die Energie weder im Schiff zu verorten war noch von außen zugeführt wurde, gab es keine andere Möglichkeit als … Das war's! Ein Gedankenblitz durchzuckte ihn, und eine Idee ergriff von ihm Besitz, die ihn auf Jahre hinaus beschäftigen sollte: Die Energie mußte irgendwie *zwischen* den Schiffen existieren. Vielleicht behielt das Raumschiff die Energie deshalb nicht, weil es gar nicht dafür konstruiert war. Hatte nicht Dworkin gesagt, daß die Energie «entwich»? Wenn aber das Schiff so gebaut war, daß die Energie entweichen mußte, wo floß sie dann hin? In ein anderes Schiff, das sie wiederum zurückgab? Er stellte sich eine Gruppe mantaförmiger Schiffe im Formationsflug vor, wahrscheinlich in einer streng geometrischen Figur. Falls es sich um ein Kriegsschiff handelte, machte dies aus taktischer Sicht Sinn. Ein Geschwader konnte seine Energieversorgung aufrechterhalten, selbst wenn einige Schiffe abstürzten. Es gab nur ein Problem: Die Idee widersprach dem, was Radecker ihm über den sogenannten «größeren Zusammenhang» erzählt hatte.

Vom Flur drang Geflüster herein. Er stand auf und ging zur Tür. Drei der Wissenschaftler besprachen sich. Sobald sie Okun entdeckten, strebten sie eilig auseinander und wünschten sich gute Nacht.

«Pssst, he, Sie. Ich glaube, ich habe das Energieproblem gelöst.»

Die Männer schienen nicht sehr interessiert zu sein und

zogen sich auf ihre Zimmer zurück. Als Dworkin an ihm vorbei wollte, trat Okun auf den Flur hinaus. «Sam, ich habe über die Energieversorgung nachgedacht. Was, wenn ...»

«Junger Mann, wir hatten einen anstrengenden Abend, und ich brauche Zeit zum Nachdenken.» Dworkin war nicht nur erregt über die Auseinandersetzung mit ihrem neuen Boß, er wußte auch aus langer Erfahrung, daß alle Neuankömmlinge in der Area 51 eine mitternächtliche Erscheinung hatten, die angeblich ein für allemal die das Schiff umgebenden Geheimnisse zu lüften versprach. Im Augenblick hatte er nicht die geringste Lust, den vagen Vermutungen dieses enthusiastischen Grünschnabels zu lauschen. Die Tatsache, daß Okun nur mit Unterhose und unterschiedlich gemusterten Socken bekleidet vor ihm stand, machte die Sache nicht besser, zumal die vor geraumer Zeit eingeführte Etikette in den gemeinsam genutzten Räumlichkeiten am späten Abend nach Bademänteln verlangte. «Wir können uns morgen unterhalten.»

Dworkin verschwand in sein Zimmer. Als Okun sich umdrehte, schlossen auch Lenel und Cibatutto ihre Türen. Er überlegte, ob er Radecker aufsuchen sollte, doch er verwarf den Gedanken wieder. Wenn es zu einem Konflikt zwischen den eigenbrötlerischen Angestellten und der engstirnigen Geschäftsführung kommen würde, wußte Okun, auf welcher Seite er stehen wollte. Es sah aus, als müßten seine Theorien bis morgen warten.

Er hatte sich gerade dazu durchgerungen, wieder ins Bett zu gehen, als der alte Dr. Freiling um die Ecke schlurfte. Okun brauchte knapp fünf Minuten, um ihm seine Gedanken zu erläutern. Als er fertig war, bat ihn der alte Mann, das Ganze zu wiederholen. Obwohl Okun befürchtete, es sei hoffnungslos, betete er seine Vorstellungen ein zweites Mal herunter. Er würde sowieso nicht schlafen können. Als er fast geendet hatte, überraschte ihn Freiling mit der Feststellung: «Das ist 'ne mächtig gute Idee. Wenn sie stimmt, würde sie eine Menge erklären. Aber es gibt da ein Problem.»

«Ich weiß», fiel ihm Okun ins Wort. «Dieses Schiff ist allein gekommen und befand sich auf einer einmaligen Forschungsreise.»

«Das ist kompletter Quatsch. Wer hat Ihnen das denn erzählt?» wollte der alte Mann wissen, obwohl er, als Radekker Okun darüber aufgeklärt hatte, danebenstand. «Hören Sie auf, sich Sachen auszudenken, junger Mann. Ich weiß, das ist verlockend. Es gibt so viele Fragen und nur wenige Antworten. Doch Sie können nicht anfangen, Dinge vorauszusetzen, für die Sie keine Beweise haben. Wir wissen nicht, ob dieses Schiff allein kam oder Teil einer Gruppe war.»

«Aber Mr. Dworkin vermittelte den Eindruck, daß ...»

«Pah! Glauben Sie nicht alles, was Sam Ihnen erzählt.» Der alte Mann beugte sich vor und sah Okun über den Rand seiner Brillengläser hinweg an. «Wie wir alle wird auch er nicht jünger, und unter uns gesagt, ich glaube, bei ihm sind ein paar Schrauben locker. Nein, das Problem an Ihrer Idee ist, sie zu beweisen. Wenn Sie glauben, die Schiffe funktionieren nur als Gruppe, dann müssen Sie ein zweites hierherbringen und feststellen, ob Sie recht haben.»

«Oh, ja doch.»

«Es sei denn ...»

«Es sei denn, was?» fragte Okun. Freiling starrte ihn gedankenverloren an. Es war schwer auszumachen, ob er über etwas nachdachte oder mit offenen Augen eingeschlafen war. Doch plötzlich erwachte der Oldtimer aus seiner

Trance und begann, eine komplizierte Testreihe zur Klärung der Multi-Schiff-Theorie zu erläutern. Als er damit fertig war, fragte diesmal Okun: «Können Sie das noch mal wiederholen?»

Eine halbe Stunde später hatte Freiling die anderen Wissenschaftler aufgescheucht und in sein Zimmer getrieben. Sie lauschten erst Okun, dann Freilings Beschreibung der von ihm entwickelten Versuchsanordnung. Die anderen waren nicht so überzeugt wie Freiling, doch die Idee gefiel ihnen. Zudem waren sie äußerst bestrebt, Radecker einen Fortschritt zu präsentieren, ehe dieser sie abtransportieren ließ. Nachdem sie sich verständigt hatten, schlurften sie den Flur hinunter, um den Boß aufzusuchen.

Radecker war noch wach und, nachdem man ihm die Vorschläge unterbreitet hatte, erstaunlich kooperativ. So kooperativ, daß er überhaupt nicht an die Konsequenzen dachte, die die Ideen der Wissenschaftler zur Folge hätten. Er verstand sowieso nur Bahnhof, und es schien ihn auch nicht zu stören, daß das Ganze seiner Ein-Schiff-Theorie widersprach, die er am frühen Abend vorgetragen hatte.

Es war fast Mitternacht, als sich Radecker ans Telefon hängte und einen Offizier des Nachschublagers in Colorado Springs an den Apparat bekam. Für den Direktor bedeutete es eine Gelegenheit, ein bißchen die Muskeln spielen zu lassen und das Gefühl zu haben, er könne tatsächlich etwas bewirken. Als er auflegte, hatte er den Nachschuboffizier so eingeschüchtert, daß dieser versprach, die gewünschte Ausrüstung schon am folgenden Tag nach Nevada fliegen zu lassen.

Erfreut, zumindest zeitweise ein verläßliches und funktionierendes Team zu bilden, sagten die Männer sich abermals gute Nacht und gingen zu Bett.

Es dauerte zwei Tage, das Experiment vorzubereiten. Die elektromagnetische Kanone wurde aus dem Labor geholt und überholt. Okun baumelte in der von Lieutenant Ellsworth bereitgestellten Bergsteigerausrüstung an den nackten Betonwänden des Bunkers, wo er mit Klebeband Dutzende von Sensoren befestigte. Falls seine Theorie zutraf, würden ihm die Sensoren Aufschluß über das Zusammenspiel der Schiffe im Flug liefern, über ihre Position und Entfernung. Zuletzt war das außerirdische Raumschiff an mehr Geräte angeschlossen als ein Patient bei einer Gehirnoperation.

Jeder hatte eine bestimmte Aufgabe. Dworkin überwachte die Input/Output-Monitore, Lenel bediente die Kanone, Freiling maß die von den Sensoren wahrgenommene Energiemenge und Cibatutto stand bereit, das Stoppsignal zu geben, falls die Temperatur des Schiffes 65 Grad überstieg. Okun und Radecker hatten folglich freie Hand, das Schauspiel zu beobachten. Sie stellten einen Spiegel in schrägem Winkel unter den Generator, so daß sie verfolgen konnten, wie er arbeitete. Spezielle Prismenbrillen wurden verteilt. Falls alles nach Plan laufen sollte, konnten sie damit gefahrlos zusehen, wie der Energiestrahl aus dem Schiff herausschoß und den Raum durchquerte. Als alles ordnungsgemäß installiert war, gab Okun das Startsignal. «Okey-dokey, Jungs, los geht's.»

Lenel stand auf der Bedienungsplattform der Kanone, die wie ein schlachtschiffgroßes Röntgengerät aussah. Er justierte seine Brille und betätigte den Schalter. Alles geschah gleichzeitig. Die Kanone jagte einen bogenförmigen elektrischen Strahl durch die Luft, der die Außenwand des Schiffes durchschlug und in den Generator schoß. Ein gewaltiges Knacken hallte durch den Bunker, und das Schiff schien in einem Meer blauer Flammen zu explodieren. Das Glas von

Dworkins Kontrollgerät barst, und Okun war überzeugt, sie hätten das Schiff ein für allemal zerstört. Doch Lenel schoß weiter. Ein Feuersturm trüben blauen Lichts schnellte aus dem Schiff und jagte mit alarmierender Geschwindigkeit im Zickzack in alle Richtungen, als suchten tausend Geister mit Lichtgeschwindigkeit plötzlich einen Ausweg aus einem Kissenbezug. Als Cibatutto seine Aufmerksamkeit auf den Generator am Boden des Schiffs lenkte, wußte Okun bereits, warum sie ihn Aqua-Box nannten: Aus der Öffnung quoll grünes Licht, und im Spiegel konnte Okun erkennen, wie die Energie im Innern des Generators herumschoß wie ein Strahl kristallgrünen Wassers. Dann schwenkte Cibatutto seine Arme, Lenel schaltete die Kanone ab, und alles kam zum Stillstand. Mit Ausnahme des knisternden Zischens, das aus einem geplatzten Beleuchtungskörper kam, herrschte völlige Stille. Das Ganze hatte weniger als zehn Sekunden gedauert.

Erwartungsvoll schauten sie auf Okun, der seine Brille abnahm und mit aufgerissenen Augen das Schiff anstarrte. «Ziemlich schräg.» Es dauerte eine Weile, bis das junge Genie begriff, was passiert war: Das Experiment hatte ihm recht gegeben. Die Energie leckte nicht einfach aus dem Schiff, sie wurde förmlich hinausgejagt. Die Aqua-Box schien dabei tatsächlich wie eine Art Kondensator zu funktionieren, der die Energie vervielfachte, ehe er sie wieder abgab. Der Generator hatte die Energie der Kanone mehr als vervierfacht und die Meßgeräte an Dworkins Kontrollanlage so überfordert, daß sie durchbrannten.

«Gute Arbeit, junger Mann, sehr gute Arbeit. Solch einen Fortschritt haben wir seit Jahren nicht mehr gemacht.»

Dworkin und seine Kollegen jubelten. Selbst Lenel lächelte.

Sie begannen, die an die Sensoren angeschlossenen Meßgeräte abzulesen, und Okun war überrascht, daß sie nicht wie Dworkins Voltmeter durchgebrannt waren. Tatsächlich fielen die Werte eher niedrig aus. Nur wenig Energie hatte die oberen Sensoren nahe der Decke erreicht. Wie Okun sogleich begriff, untergrub dies seine Theorie. Der Energiestrom schwächte sich wesentlich schneller ab, als er angenommen hatte. Andererseits deuteten die heftigen, spasmischen Zuckungen, mit denen der Strahl durch den Raum geschossen war, darauf hin, daß den Wissenschaftlern bei der Rekonstruktion des Schiffes ein Fehler unterlaufen war.

Dworkin verlangte bereits nach Champagner. Er war gerade dabei, ihren Fortschritt Radecker verständlich zu machen, als Okun durch den Raum rief: «Etwas stimmt hier nicht.» Er kam herüber und erklärte den anderen die Sensorenwerte. «Das heißt, diese außerirdischen Schiffe müßten Tragfläche an Tragfläche nebeneinander fliegen, um ihre gemeinsame Energieversorgung aufrechtzuerhalten.»

«Trotzdem haben Sie bewiesen», konterte Dworkin, «daß das Schiff so konstruiert ist, daß es Energie aufnimmt, sie vervielfacht und wieder abstrahlt. Möglicherweise würden andere Schiffe die Energie aus diesem hier ansaugen.»

Okun zog eine Grimasse und schüttelte den Kopf. «Das glaube ich nicht.»

Lenel gesellte sich zu ihnen und war wie immer außergewöhnlich drastisch. «Dies bedeutet natürlich, daß wir hier unten fünfundzwanzig Jahre lang für nichts und wieder nichts herumgebastelt haben. Aber immerhin wissen wir jetzt Bescheid.»

«Worüber?» wollte Radecker wissen.

«Der Bursche hier hat soeben bewiesen, daß das Schiff nicht alleine fliegen kann. Wenn wir es je zum Fliegen bringen wollen, brauchen wir ein zweites Schiff.» Als ihm niemand zustimmte, fragte Lenel: «So ist es doch, Freunde, oder?»

«Das wäre die logische Schlußfolgerung», stimmte Dworkin zu. «Haben wir das noch nicht gesagt?»

«Nein! Davon war keine Rede», brüllte Radecker. «Habe ich euch erzählt, daß ich hier festsitze, bis wir dieses Ding zum Fliegen gebracht haben?» Radecker fing an, sich die Schläfen zu massieren. Offensichtlich hatte er die Konsequenzen des Experiments erst soeben in ihrer ganzen Tragweite erfaßt. Er verspürte das dringende Bedürfnis, den nächstbesten dieser Oldtimer mit bloßen Händen zu erwürgen, zwang sich aber, tief durchzuatmen.

Okun wollte das Experiment mit einem etwas höheren Energielevel wiederholen, um festzustellen, ob man dadurch andere Sensorenwerte bekam. Eine Stunde später, als sich das Raumschiff abgekühlt hatte, willigten die Wissenschaftler ein. Nachdem die Energiemenge der Kanone sorgfältig justiert war, bat Okun die anderen, darauf zu achten, ob sich der flackernde Lichtschein anders verhalte, und ging zur Luke.

«Wo wollen Sie hin?»

«Äh, rein. Ich habe vorher festgestellt, daß einige der Geräte im Cockpit aufgeleuchtet haben, und will feststellen, was da drin vor sich geht.»

Dworkin kicherte. «Ich fürchte, das ist nicht möglich, Mr. Okun. Ich glaube, ich hatte Ihnen gegenüber bereits erwähnt, daß die Energiemengen, die wir einsetzen, die Schaltkreise überhitzen und unerträglich hohe Temperaturen erzeugen.»

«Er hat recht, Backfisch», stimmte Freiling zu.

«Brackish. Ich heiße Brackish.»

Freiling schien nicht zu hören. «Das Cockpit wird heißer

als eine Bratpfanne. Wenn Sie da was anfassen, verbrennen Sie sich.»

«Hört her, Freunde. Ich bin jung, ich bin gelenkig, ich bin ein geborener Athlet. Keine Sorge. Wenn es zu heiß wird, springe ich raus.»

«Ich werde das nicht zulassen.» Dworkin stampfte auf. «Mr. Radecker, würden Sie als Direktor der Einrichtung diesem jungen Mann bitte verbieten, seine verrückte Idee zu verwirklichen. Die Temperatur im Innern des Schiffs steigt binnen kurzem auf über achtzig Grad. Er würde geröstet. Dr. Lenel, lassen Sie von dieser Kanone ab und kommen Sie herunter. Das Experiment ist beendet.»

«Bleiben Sie, wo Sie sind, Dr. Lenel.» Radecker überdachte die Situation. *Kein Okun, kein Fünf-Jahres-Vertrag.* Ohne das junge Genie würde Spelman das Projekt sterben lassen müssen, wenigstens müßte er es völlig neu organisieren. «Mr. Okun, glauben Sie wirklich, Sie kommen da rechtzeitig raus?»

Okun hatte einen weiteren verrückten Gedanken. «Hat einer von euch schon mal die Fernsehserie *Thrillseekers* gesehen? Wo die Typen Autounfälle bauen und mit Motorrädern über Hindernisse springen? Egal, ich habe eine Folge gesehen, in der so ein Typ, ein Stuntman, in ein Haus reingeht, na ja, ein Häuschen, das extra für die Nummer gebaut worden ist. Er trägt einen Sturzhelm und einen feuerfesten Overall. Dann kommen irgendwelche Typen, zünden die Hütte an und werfen ein Bündel Dynamitstangen hinein. Ein paar Sekunden später, kabumm. Das ganze Ding fliegt in die Luft, und man sieht, wie der Stuntman durch die Luft segelt – Aaah – und mit einem perfekten Kopfsprung auf einer riesigen Luftmatratze landet. Einen Augenblick liegt er reglos da – *wie tot* –, doch dann springt er auf und verneigt sich.»

«Ich glaube, die Folge habe ich gesehen», rief Freiling. «Das spielte auf einer Rennstrecke.»

«Wieso kommen Sie nicht auf den Punkt?» bellte Radekker.

«Sind Sie schwer von Begriff?» fragte Freiling, der herumfuhr und Radecker anstarrte, als wäre der der Bekloppte. «Der Junge will eine Sicherheitsausrüstung haben. Er braucht einen Sturzhelm und etwas, worauf er landen kann.»

Eine Viertelstunde später bekam Okun, was er wollte. Cibatutto hatte ein Sieb aus der Küche geholt, es mit Schaumstoff ausgelegt und einen Kinngurt befestigt. Währenddessen hatten Okun und Radecker einen Landeplatz geschaffen, indem sie unter der Luke des Raumschiffs Matratzen aufschichteten. Okun zurrte den Helm fest, stieg die Leiter hinauf und übte seinen Rettungssprung. Das machte Spaß, war kinderleicht, es konnte losgehen.

Als er merkte, daß die anderen es ernst meinten, verkündete Dworkin, daß er die Teilnahme verweigere. Er wollte den Bunker verlassen.

«Dr. Dworkin», rief Radecker ihm zu. «Wenn ich Sie wäre, würde ich das sein lassen. Haben Sie unsere kleine Vereinbarung schon vergessen?»

Der große, hagere Wissenschaftler blieb einen Moment stehen, sein Gewissen rang mit seinem Selbsterhaltungstrieb. Schließlich wandte er sich um und machte ein paar Schritte auf das Raumschiff zu.

«Wie also wünscht der Direktor, daß ich ihm assistiere?»

«Schon in Ordnung, Sie können da stehenbleiben und zuschauen. Dr. Lenel, warum zeigen Sie mir nicht, wie dieser Apparat funktioniert. Wenn Ihr Stuntman einverstanden ist, würde ich ihn gerne bedienen.»

Okun wurde gewahr, daß Radecker die Männer erpreßte und die Unterschlagung wie ein Damoklesschwert über sie hielt. Und wenngleich es ihn schmerzte, zusehen zu müssen, wie der herzensgute alte Dworkin vor einem Mann, der halb so alt und allenfalls einen Bruchteil so intelligent war wie er, einen Kotau vollführen mußte, konnte er nichts dagegen tun. Obwohl es absolut lächerlich wirkte, wie er mit einem auf den Kopf geschnallten Edelstahlsieb neben dem Raumschiff stand, signalisierte Okun Radecker tapfer mit gerecktem Daumen, daß alles in Ordnung war. Nachdem er ein paarmal tief durchgeatmet hatte, kletterte er die Leiter hinauf und verschwand in der dräuenden Finsternis des außerirdischen Gefährts.

Lenel stellte die Energiezufuhr einen Tick schwächer ein, als Okun verlangt hatte, und zeigte dann Radecker, wie er die Kanone mit einem simplen Knopfdruck aktivieren konnte. Während er sich umwandte und die Bedienungsplattform verließ, drehte Radecker den Regulierungsknopf schnell eine volle Umdrehung hoch. *Das müßte reichen.*

Drinnen sah Okun sich unsicher um. Was ihn beunruhigte, war weniger der Energiestoß, der gleich das Schiff durchzucken würde, als das stockdunkle Innere. Auf sich allein gestellt, spürte er plötzlich, wie außerirdisch diese Umgebung war. Durch die Kabinenfenster drang gerade genug Licht, um schwärzliche Schatten auf die gewölbten Wände zu zeichnen, von denen schaudernde, halborganische Technologien troffen. Das Ganze erinnerte ihn mehr an ein Mausoleum als an ein Flugobjekt. Er war kurz davor, kalte Füße zu bekommen, doch dann zurrte er seine Brille fest und brüllte durch die Luke, er sei bereit.

Sobald der Energiehahn aufgedreht war, durchfuhr das bekannte laute Knacken das Schiff. Okun geriet leicht aus dem Gleichgewicht. Die Lichter auf dem Armaturenbrett leuchteten auf, auch die der Muschel, die Cibatutto ihm gezeigt hatte. Als er fühlte, wie die Wand zum Leben erwachte, zog er schnell seine Hand zurück.

Unglücklicherweise führte diese Bewegung dazu, daß der ohnehin unsicher stehende geborene Athlet über seinen linken Fuß stolperte und gleich darauf über seinen rechten – er entfernte sich von der Kabinenluke. Dann landete er platt auf dem Hosenboden und befand sich plötzlich unmittelbar vor dem Bildschirm der Muschel. Er sah etwas, was ihn fast zu Tode erschreckte. Ein Bild füllte den geäderten Schirm, ein unscharfes, verzerrtes, riesiges Y. Die außerirdische Technologie verlieh dem Phänomen eine optische Textur, wie Okun noch nie eine gesehen hatte. Dann sprach das Bild zu ihm. Nicht mit Worten, sondern metaphysisch. Aus Gründen, die er nie ganz würde verstehen können, vermittelte es ihm eine tiefe Emotion. Sie traf ihn wie ein Schlag in die Magengrube. Es schien ihm, als wäre es die einsamste, desolateste Erfahrung, die ihm je zuteil geworden war. Das große Y kam ihm wie ein Folterinstrument, etwas Feindseliges vor. Doch gleichzeitig drängte ihn das Y, näher zu kommen. Sein Vorhaben, die Instrumente zu überprüfen, hatte er vollkommen vergessen. Gebannt von der Erscheinung und seiner starken emotionalen Reaktion, saß er reglos auf dem Boden. Später würde er in der Lage sein, über diesen Augenblick zu scherzen und ihn mit der Lektüre eines von Samuel Beckett verfaßten Reiseführers in die Hölle zu vergleichen, doch in diesem Moment war er starr vor Schreck. Die Temperatur im Schiff stieg schnell an. Glücklicherweise bewegte sich in der Nähe etwas. Das Steuermanual, dieses säuberlich geordnete Knochenbündel, entfaltete sich und erwachte wie ein Paar gigantischer Hummerscheren zum Leben. Diese Ablenkung rettete ihm das Leben, denn auf einmal schoß eine hinternversengende Hitzewelle durch den Boden. Mit einem gewaltigen Schritt durchquerte Okun das Cockpit, sprang durch die Luke und landete kopfüber auf der Matratze.

Radecker drehte die Energiezufuhr ab.

Die Wissenschaftler schauten auf den langhaarigen, zum todesmutigen Stuntman mutierten Physiker hinab und hofften auf ein Lebenszeichen. Sein Abgang vom Schiff konnte zwar nicht gerade elegant genannt werden, doch für einen Anfänger war er nicht schlecht. Deshalb erwarteten die älteren Herren, er werde jeden Moment aufspringen und sich verbeugen.

«Mr. Okun, Mr. Okun? …»

5 Aktenberge

Okun stand auf einem Stuhl, die Hosen in den Kniekehlen, reckte seinen Hintern in Richtung Badezimmerspiegel und untersuchte seine Verbrennungen. Der Arzt, der ihn oben im Hangar untersucht hatte, war überzeugt gewesen, sie seien nicht ernst. Doch waren sie schmerzhaft genug, um ihn einige Tage am Sitzen zu hindern. Vorsichtig zog er seine Hose wieder hoch und inspizierte sein neues Schmuckstück. Er hatte die hieroglyphenähnliche Figur an einer ledernen Schnur befestigt, um sie als Halskette tragen zu können. «Groovy», nickte er. Plötzlich bemerkte Okun, daß er hungrig war, und machte sich auf die Suche nach etwas Eßbarem.

«Hallo, Hotpants», begrüßte ihn Lenel zur Belustigung der anderen Wissenschaftler, als er die Küche betrat. Der junge Mann ignorierte den Scherz. Er schnappte sich einen Karton Cornflakes und legte sich bäuchlings auf das Tagesbett, das sie für ihn aufgestellt hatten.

Cibatutto konnte sich ebenfalls einen Scherz nicht verkneifen. «Zum Mittagessen wollten wir Hotdogs machen», witzelte er, «aber irgendwie können wir die getoasteten Brötchen nicht finden.» Die alten Männer bogen sich vor Lachen.

«Glücklicherweise», fügte Dworkin hinzu, «scheinen wir aber jede Menge Roastbeef zu haben.» Der Kalauer hatte einen weitere Lachsalve zur Folge.

Okun schaute sie scheel an und versuchte zurückzufrotzeln. «Ha, ha, ha. Ihr Typen seid so komisch, ihr solltet in

Vegas auftreten. Ihr könntet euch *Jerry's Kids* nennen, *Jerry Atrics*, genauer gesagt.» Die Wissenschaftler verstanden nur Bahnhof. «Wie in *geriatrics*, Geriatrie. Oh, vergeßt es.» Die Männer waren zu lange eingebunkert gewesen, um etwas über das Telethon zu wissen.

Die nächsten zehn Minuten verbrachten die seriösen älteren Herren damit, einen Witz nach dem anderen zu reißen. Scherze über Okuns Hintern waren ihre Art, Okun in ihre Gemeinschaft aufzunehmen. Den Lakmustest hatte er tags zuvor bestanden. Obwohl er nicht sein Herzblut für die gute Sache gegeben hatte, hatte er immerhin seine Haut geopfert. Und das genügte ihnen.

Freiling lenkte die Aufmerksamkeit auf sich. «Okay, Backfisch, ich hab noch einen für dich.» Er grinste dämonisch. «Den hab ich selbst erfunden.»

«Brackish. Ich heiße Brackish.»

Freiling verlor für einen Augenblick den Faden. «Jetzt hab ich den verdammten Witz vergessen. Halt, warte, ich hab's wieder. Warum hat der Chefredakteur den Hummer gerufen?»

Brackish wußte, daß er nun zurückfragen sollte. Da fiel ihm plötzlich das Y wieder ein. «O mein Gott», rief er, «ich hab euch ja gar nicht erzählt, was ich in dem Schiff gesehen habe.» Er wandte sich an Cibatutto. «Erinnern Sie sich an das gelbe muschelförmige Instrument, das mit all den, wie soll ich sagen, Dingern durchzogen war?»

Cibatutto nickte.

«Als die Energie das Schiff durchströmte, erschien ein Bild darin, und – ich möchte nicht, daß ihr mich für einen totalen Spinner haltet, aber – es strahlte Gefühle aus, Emotionen. Im Ernst, die optische Erscheinung schien nur Teil einer umfassenderen Botschaft zu sein. Es gab da noch diese andere

Kommunikationsebene, etwas, das fühlbar war – Verzweiflung, Verdammnis, Verlassenheit, etwas in der Art. Jetzt, da ich darüber nachdenke, kommt es mir vor, als könnte es eine Art SOS gewesen sein, ein Notruf.»

Die Neuigkeit veränderte schlagartig die Stimmung in der Küche. «Das würde wunderbar zu unserer Theorie eines zweiten Schiffs passen», meinte Dworkin skeptisch.

«Sah das Ding irgendwie besonders aus?» wollte Lenel wissen.

«Klar doch. Wie ein Y. Wie ein großes, knarziges Y, das aus dem Nichts aufragt.» Seine Zuhörer reagierten befremdet auf diese Mitteilung und tauschten merkwürdige Blicke aus. «Was ist los? Habe ich etwas Falsches gesagt?»

Ehe jemand antworten konnte, hallten im Flur Radeckers Schritte wider. Dworkin sah schnell in die Runde und bedeutete Okun mit an die Lippen gelegtem Zeigefinger, seine Erfahrung für sich zu behalten.

«Es hat zwar den ganzen Tag gedauert, aber endlich habe ich Spelman ans Telefon bekommen», verkündete Radecker und ging geradewegs zum Kühlschrank, dem er eine Cola entnahm.

«Und?»

«Nun, ich habe ihm nicht jedes Detail erklärt, sondern ihm nur gesagt, daß wir zweifelsfrei bewiesen hätten, daß das Schiff nicht fliegen kann.»

«Und?»

«Ich glaube nicht, daß er mir geglaubt hat. Er sagte: ‹Ihr Auftrag lautet, das Schiff zum Fliegen zu bringen.› Also habe ich geantwortet: ‹Ich sagte Ihnen doch, daß es weder fliegen kann noch fliegen wird.› – ‹Nun gut, Sir, ich weiß nicht, was ich Ihnen erwidern soll. Sie sind auf fünf Jahre für dieses Projekt abgestellt beziehungsweise so lange, bis blablabla.›

Also habe ich ihn gefragt, was wir hier draußen tun sollen. Und wissen Sie, was dieser Sohn einer Hündin zu mir gesagt hat? ‹Sie haben vier Jahre, elf Monate und sechsundzwanzig Tage Zeit, das herauszufinden. Lassen Sie von sich hören.›»

Radecker setzte sich zu den anderen an den Tisch und spülte seinen Kummer mit einem kräftigen Schluck Cola hinunter.

«Haben Sie schon die Sache mit unseren Finanzen erwähnt?» fragte Dworkin vorsichtig.

«Noch nicht», sagte er mit einem Blick, der andeutete, daß er sich das nach wie vor vorbehalte. Radecker sah sich um und bemerkte Okun, der am anderen Ende der Küche noch immer mit der Begutachtung seiner Verbrennungen beschäftigt war. Er beugte sich vor und flüsterte den Wissenschaftlern zu: «Vielleicht kann ich dafür sorgen, daß ihr ungeschoren davonkommt. Es hat sich nicht angehört, als ob Spelman uns in absehbarer Zeit einen Besuch abstattet, wir könnten also die anderen Namen auf der Gehaltsliste nach und nach für tot erklären. Alle paar Monate rufen wir beim Schatzamt an und sagen, daß einer gestorben ist. Übrigens, ich habe eure Lebensversicherungspolice gesehen. Hübscher Trick, euch gegenseitig als Begünstigte einzusetzen. Wie habt ihr so eine Police überhaupt bekommen?»

«Unsere Freunde bei der Bank in Las Vegas sind äußerst flexibel.»

«Außerdem sieht es so aus, als könntet ihr alles, was ihr an Material und Ausrüstung wollt, bekommen, sofern unser Wunderknabe da drüben es absegnet.»

«Ich verstehe nicht ganz», flüsterte Dworkin. «Unsere Anforderungen müssen von Mr. Okun bewilligt werden?»

Radecker rollte mit den Augen, als ob er zu verstehen geben wollte, wie lächerlich er das selbst finde. «Spelman war ziemlich deutlich. Was immer Okun an Material braucht, wird automatisch bewilligt.»

«Weshalb sagen Sie dann, *wir* könnten alles bekommen, was wir wollten?»

«Ich bitte euch», sagte Radecker abschätzig. «Seht euch doch diesen Punk an. Er wird genau das tun, was ich ihm sage, und wenn er nicht brav ist, mache ich ihm das Leben zur Hölle.» Er hatte eine Idee. «Hört mal her. Ich respektiere euch, und ich glaube, wir können zusammenarbeiten. Ich helfe euch, die Sache mit den Toten zu vertuschen. Im Austausch dafür will ich nur eins.» Der CIA-Agent beugte sich noch weiter vor und erklärte den grauhaarigen Männern, was er von ihnen erwartete. Als er geendet hatte, schaute er jedem von ihnen in die Augen. «Sind wir einer Meinung?»

«Worüber redet ihr?» rief Okun von seinem Tagesbett. Da ihm niemand antwortete, wiederholte er seine Frage. Schließlich drehte Radecker sich zu ihm um.

«Wir diskutieren, wie wir dieses Schiff zum Fliegen bringen können. Ich habe gerade mit meinem Boß gesprochen, und er ist überzeugt, Sie können es schaffen.»

«Klar kann ich», antwortete Okun. «Sie brauchen Ihrem Boß nur zu sagen, er soll uns ein zweites Schiff besorgen, das genauso aussieht wie unseres, dann sind all unsere Probleme gelöst.»

«Es gibt keine anderen Schiffe.»

«Tja», Okun verzog das Gesicht, als er sich auf die Seite wälzte. «Es gibt bestimmt andere Schiffe. Vielleicht haben wir keins davon, aber es muß noch weitere geben. Sonst hätten die Außerirdischen nicht zur Erde gelangen können.»

«Tut mir leid, Junge. So läuft das nicht. Ich kann dir nicht sagen, woher, aber ich weiß aus verläßlicher Quelle, daß dieses Schiff allein hierhergekommen ist.»

«Aber sicher doch. Und was ist bitte schön Ihre verläßliche Quelle? Eine Wahrsagerin?»

«Militärischer Nachrichtendienst», bellte Radecker, dem Okuns Ton nicht gefiel.

«Militärischer Nachrichtendienst?» fragte Okun. «Das ist doch ein Witz. Was wollen Sie glauben? Was Ihnen ein paar Army-Typen erzählen, oder was wir mit eigenen Augen gesehen haben? Unser Experiment hat gezeigt, daß das Schiff nicht ohne andere Schiffe fliegen kann. Das ist bewiesen.»

Radecker stand schulterzuckend auf. «Ich weiß nur, was man mir sagt. Und man sagt mir, es gebe kein zweites Schiff. Von jetzt an lautet unsere offizielle Position, daß es keine anderen Schiffe gibt.» Mit diesen Worten verließ er die Küche.

Für Okun war die Diskussion noch nicht beendet. Er schwenkte seine Beine über die Bettkante und wollte Radekker nacheilen, als er feststellte, daß er auf seinen Brandwunden saß. Sein Gesicht verzerrte sich zu einem lautlosen Schrei, und er beeilte sich, sein Hinterteil von der Decke zu lösen. Als der Schmerz nachließ, appellierte er an seine Kollegen. «Es muß ein zweites Schiff geben, nicht wahr? Tatsächlich müssen es damals bei Roswell sogar drei gewesen sein. Wenn es nur zwei gewesen wären, dann wären beide abgestürzt. Denn als dieses hier runterkam, hätte es den Energiefluß unterbrochen und das andere mitgerissen. Und was ist mit all den Menschen, die sagen, sie hätten UFOs gesehen? Haben sie nicht immer etwas beschrieben, was bemerkenswerte Ähnlichkeit mit unserem Schiff aufweist?»

Okun war in Rage und ging erregt auf und ab. Eine persönliche Seite kam zum Vorschein, die er den anderen bislang nicht gezeigt hatte. Es war nicht Radeckers Ignoranz in technischen Fragen, die ihn ärgerte. Es ging darum, daß man ihm vorschreiben wollte, was er zu denken habe und was nicht. Die Aussicht, daß der künftigen Erforschung des Raumschiffs von einer Gruppe anonymer Militärexperten Grenzen gesetzt werden sollten, ging ihm, um es deutlich auszudrücken, auf den Sack. Und dann war da noch Radeckers Satz: *Ich kann dir nicht sagen, woher.* «Da läuft irgendeine Verschwörung auf Regierungsebene», platzte er heraus. «Das Establishment, das System, irgendwelche Hintermänner. Versteht ihr, was ich meine?»

Keiner der Wissenschaftler wußte so recht, wie er auf die Tirade des Kollegen reagieren sollte. «Fakt ist», sagte Dworkin schließlich, «abgesehen von unserem letzten Experiment gibt es wenig Anhaltspunkte, die Ihre Multi-Schiff-Theorie unterstützen.»

«Aber mehr brauchen wir ja gar nicht! ... Oder was?» Er bemerkte, daß die Wissenschaftler vermieden, ihm in die Augen zu sehen. «Ihr habt es doch gestern selbst gesagt: Das Schiff kann ohne die Gegenwart eines anderen nicht fliegen.»

Dworkin zögerte mit seiner Antwort. «Es besteht die Möglichkeit, daß wir die Resultate falsch interpretiert haben.»

«Okay, was geht hier vor?» Okun baute sich vor den älteren Herren auf wie ein Schulmeister, der sie beim Abschreiben ertappt hatte. «Es geht um die Gehaltsschecks eurer toten Kollegen, nicht wahr? Radecker erpreßt euch damit.» Natürlich war genau dies der Fall, doch keiner der Wissenschaftler wollte es zugeben.

Lenel hatte genug von der idiotischen Situation. «Sie wollen ein zweites Schiff suchen? Dann folgen Sie mir.» Er marschierte aus der Küche, und Okun folgte ihm nach kurzem Zögern. Der bärbeißige Wissenschaftler führte ihn durch ein

Labyrinth von Gängen zur Stahltür am Ausgang, die ganze Zeit vor sich hin murmelnd. Anstatt sich aber dem Ausgang zuzuwenden, blieb Lenel in dem langen Korridor, den die Wissenschaftler als Lagerraum benutzten, stehen. Er deutete auf die Kisten und Aktenschränke, die an der Wand aufgereiht waren.

«Wir nennen dieses Chaos hier den Aktenberg. In diesen Kästen finden Sie jedes einzelne Regierungsdokument, das mit unseren Forschungen in Verbindung steht. Was immer Sie suchen, es ist da drin: jeder wissenschaftliche Bericht, jedes Grundsatzpapier aus Washington, jedes Memo, jeder Polizeibericht über gesichtete UFOs, zur Anzeige gebrachte Entführungen, merkwürdige Träume, alles.»

Nickend inspizierte Okun den Korridor. Er machte einen schnellen Überschlag und schätzte die Zahl der dokumentengefüllten Kisten auf zweihundert. Bei zwanzig Ordnern pro Kiste und fünfhundert Blatt pro Ordner hieß das, daß es sich um rund zwei Millionen Seiten handelte. Zählte man die Aktenschränke hinzu, käme man wohl sogar auf drei Millionen. «Sie sollten besser Aktengebirge dazu sagen. Liest eigentlich jemand all das Zeug?»

«Teile davon. Jeden ersten Montag im Monat erhalten wir eine neue Lieferung. Wir gehen die Kiste durch und nehmen heraus, was interessant erscheint, doch das meiste davon landet hier. Vor Jahren gab es einmal einen Kollegen namens Pike, der alles bibliographiert hat. Wenn man einen bestimmten Bericht brauchte, ging man zu ihm. Trafen Berichte ein, sorgte er dafür, daß sie in die richtigen Hände kamen. Als Pike aufhörte, habe ich den Job übernommen.»

Anscheinend hatte sich Lenel nicht allzuviel Mühe gegeben. Okun zog die oberste Schublade eines Aktenschranks auf und schaute hinein. Ein paar tausend Seiten vergilbten

Papiers lagen unordentlich herum. Sie waren nachlässig hineingestopft worden. «Was für ein Bibliographiesystem benutzen Sie?»

«Es gibt kein System. Dank Wells herrscht hier jetzt ein fürchterliches Durcheinander. Der Mann war stets in Eile. Er kam herein und hat hundert Akten herausgezogen, um die eine zu finden, die er suchte. Zurückgelegt hat er nie etwas, und ich habe irgendwann die Lust verloren, hinter ihm herzuräumen. Seit zehn Jahren habe ich nichts mehr angerührt. Trotzdem, wenn Sie irgend etwas Besonderes suchen, kann ich Ihnen wahrscheinlich behilflich sein.»

Noch immer verstand Okun nicht, weshalb man ihm diese vergilbte Ansammlung von Altpapier zeigte. Er hatte keine Ahnung, was in Lenels Kopf vor sich ging. Offenbar erwartete der alte Knacker, daß er dieses Zeug las.

«Ich sollte Sie darauf hinweisen, daß 99,9 Prozent von dem, was in diesen Berichten steht, Mist ist. Zunächst haben Sie die Wirrköpfe, die Geschichten erfinden, um Aufmerksamkeit zu erregen. Dann haben Sie die alten Damen, die sich in die Hose machen, wenn sie einen Funken aus einem Telefonmast schlagen sehen, weil sie überzeugt sind, es müsse sich um Marsmenschen handeln. Und dann haben Sie noch etwas, das schwieriger herauszufiltern ist.»

«Und das ist was?»

«Irgendwann fing an durchzusickern, was wir hier unten beherbergen. Da es seitdem keine Möglichkeit mehr gibt, die Angelegenheit vollkommen geheimzuhalten, fingen die Superhirne von CIA und Pentagon an, eine Desinformationskampagne zu entwickeln. Als gäbe es nicht schon genug erfundene Berichte über UFOs und Begegnungen mit Außerirdischen, begannen sie massenhaft neue hinzuzuerfinden. Sie haben absichtlich falsche Fährten gelegt, Geschichten ausgedacht, die augenscheinlich irgendwo hinführten. Doch dann wurde die Spur plötzlich kalt, und man war wieder da, wo man angefangen hatte.»

Schließlich fragte Okun: «Dr. Lenel, warum zeigen Sie mir das alles?»

«Wenn Sie überzeugt sind, daß es ein zweites Schiff gibt, dann ist hier der beste Ort, danach zu suchen.»

Drei Wochen vergingen, ehe Okun seinen ersten Alleingang in die Aktenberge unternahm. Das Leben im Laboratorium verlief inzwischen in angenehm routinierten Bahnen. Die Altmännertruppe setzte ihre Reparaturarbeiten am Raumschiff fort, und nachdem sein Hintern einigermaßen verheilt war, gesellte sich Okun zu ihnen. Obwohl er überzeugt war, sie verschwendeten ihre Zeit, machte es ihm Spaß, mit ihnen zu arbeiten.

Die Atmosphäre verbesserte sich beträchtlich, als Radekker dazu überging, seine Tage im Offiziersclub zu verbringen. Groom Lake, der flache Salzsee, unter dem sich die Area 51 befand, war nur ein Bruchteil des riesigen Nellis-Waffentestgeländes. Mit seinen etwa neuntausend Quadratkilometern hatte das Gelände die Größe eines europäischen Landes. Im Süden, nahe des Frenchman Lake, gab es eine Ansammlung von Gebäuden, die man aufgrund der gepflegten Rasenflächen, Swimmingpools und Tennisplätze aus der Luft für eine Luxushotelanlage halten konnte. Dort trafen sich die hochrangigen Offiziere des gesamten Geländes, um Konferenzen abzuhalten oder sich an der komfortabel ausgestatteten Bar zu entspannen. Radecker hatte schnell herausgefunden, daß zweimal täglich ein Jeepconvoi zwischen den Seen Groom und Frenchman pendelte, und zwar jedesmal, wenn eine neue Gruppe von Offizieren ihren Dienst aufnahm. Von sechs Uhr morgens bis sechs Uhr abends wurden ihm geltende Telefonanrufe in die Lounge des Offiziersclubs weitergeleitet.

Eines Freitags hielt sich außer Okun niemand in den Laboratorien auf. Dworkin und die anderen waren zu ihrer wöchentlichen Exkursion nach Las Vegas aufgebrochen. An den beiden vorhergegangenen Freitagen hatten sie Okun überredet mitzukommen. Was er dort erlebte, hatte ihn schockiert. Nachdem sie ihre Bankgeschäfte und andere Besorgungen erledigt hatten, enterten die vier Oldtimer die Casinos, wo sie um hohe Einsätze pokerten. Die vier schienen nahezu jeden Dealer und jeden Pitboß, der ihnen begegnete, mit Vornamen zu kennen. Offenbar hatten sie in verschiedenen großen Häusern am Strip Hausverbot, obwohl niemand ihnen nachweisen konnte, daß sie betrogen. Allerdings verließen sie die Casinos stets mit mehr Geld, als sie mitgebracht hatten, nicht selten sogar mit mehreren tausend Dollar. Für sie war es eine weitere Möglichkeit, die ihnen vom Pentagon auferlegte finanzielle Beschränkung auszugleichen.

Allein hier unten zu sein hatte etwas Gespenstisches. Deshalb hielt sich Okun nicht lange in dem düsteren Korridor, der die Aktenberge beherbergte, auf. Er sah sich kurz um, entdeckte die schludrigste Kiste, eine, die aussah, als hätte ein Irrer in ihr seine Akten abgelegt. Er griff die ersten zweihundert Seiten heraus und nahm sie mit auf sein Zimmer. Die Tür verriegelte er – eine Marotte, die zur Gewohnheit geworden war, nachdem ihm die Wissenschaftler die Leichen der außerirdischen Astronauten gezeigt hatten. Obwohl sie in mit Formaldehyd gefüllten Behältern schwebten und mausetot waren, vermittelte ihm das Verriegeln der Tür das nötige Quentchen Sicherheit, das er benötigte, um ruhig zu schlafen. Er stapelte die Dokumente auf seinem Schreibtisch und begann, sie durchzusehen. Okun hatte absichtlich den schlampigsten Aktenstapel ausgewählt. Der würde am ehesten die Papiere enthalten, die der mysteriöse Dr. Wells gelesen hatte, ehe er gefeuert worden war. Okun erwartete nicht, daß die Akten ihn weiterbrachten. Doch sollte sich herausstellen, daß es sich tatsächlich um Dr. Wells' letzte Lektüre handelte, hätte er das ziemlich cool gefunden. Die meisten Papiere enthielten einseitige Memos über banale Dinge wie Bestellungen, Reiseanträge und Testergebnisse. Er legte sie beiseite und wandte seine Aufmerksamkeit einer der dickeren Akten zu. Es handelte sich um einen Bericht mit der Überschrift *Zusammenfassung der Projekte Aquarius / B. Jones für den Nationalen Sicherheitsrat.* Am Fuß der Titelseite stand eine maschinengeschriebene Notiz.

> *WARNUNG!* Dieses Dokument ist *STRENG GEHEIM* – und enthält Informationen von essentieller Bedeutung für die nationale Sicherheit der Vereinigten Staaten. Die Lektüre ist nur Personen gestattet, die Zugang zum Projekt Aquarius haben. Jede Form der Reproduktion sowie handschriftliche oder mechanisch transkribierte Notizen sind strengstens verboten.

Bridget Jones war eine nicht sonderlich beliebte, mollige Zwölfjährige aus einer gutsituierten Familie, die in einem Farmerstädtchen dreißig Minuten außerhalb von Cleveland, Ohio wohnte. Sie war eine notorische Lügnerin mit einer Vorliebe, so zu tun, als wäre sie bei tatsächlichen Geschehnissen dabeigewesen. Als die Farlin-Brüder zum Beispiel ihren GTO an der Vorderfront der High-School zu Schrott fuhren, behauptete Bridget, sie hätte auf dem Rücksitz gesessen. Als von einer in der Nähe ihres Elternhauses gelegenen Farm ein halbes Dutzend Schafe entwendet wurden, meldete sich Bridget bei der Polizei und lieferte selbstgefertigte Phantombilder der Verdächtigen ab. Angeblich ging sie gerade spazieren, als ihr vier Männer auffielen, die die Tiere in einen VW-Bus luden. Deshalb war niemand bereit, ihr Glauben zu schenken, als sie einen kleinen Gegenstand fand, der nach einer unheimlichen Begegnung mit einem außerirdischen Raumschiff zurückgelassen worden war.

Eines Sonntagabends gegen neun Uhr befand sich Bridget in der Garage, um auf dem nagelneuen Scanner ihres Vaters – der eine Schwäche für elektronisches Spielzeug hatte – den Polizeifunk abzuhören, als sie eine ihr bekannte Stimme vernahm und zwei Wörter ihre Aufmerksamkeit erregten: fliegende Untertasse. Die Stimme gehörte ihrem Nachbarn, dem County Sheriff Jon Varner.

Bridget hörte ihn in sein Funkgerät brüllen: «Sieht aus, als hätten wir draußen ein brennendes Flugzeug, ich wiederhole, ein Flugzeug im Landeanflug, es brennt! Ich bin auf der Brooderman Road, in der Nähe der alten Chalmers-Farm. Es sieht aus, als würde es über den Boden schrammen. Mein Gott, das ist kein Flugzeug, das ist eine fliegende Untertasse!»

«Jon, was siehst du da draußen?» unterbrach ihn eine weibliche Stimme.

«Von der Größe eines einstöckigen Hauses. Orange. Es leuchtet, ich glaube, rot und golden, schwer zu erkennen. Jetzt ist es zwischen Bahnlinie und Brooderman Road. Es kommt näher!»

«Jon, bist du in Ordnung?»

«Jeannie, das solltest du sehen, unglaublich! Es fliegt direkt über mich drüber. Sieht aus, als hätte es Fenster. Ich kann sehen, daß es innen beleuchtet ist. Ich glaube, es …»

Das Funkgerät des Streifenwagens erstarb.

Die Stimme der Frau wurde panisch. «Jon? Officer Varner, sind Sie in Ordnung? Können Sie mich hören?»

Bridget schaltete den Scanner ab, schnappte sich eine Taschenlampe aus dem Regal über der Waschmaschine und sprang auf ihr Fahrrad. Die alte Chalmers-Farm war nicht mehr als zwei Kilometer entfernt. Sie raste die Auffahrt hinunter und bog auf die Hauptstraße ein. Noch nie war sie so schnell gefahren, und ein paarmal hätte sie fast die Kontrolle verloren, als sie den Himmel nach Anzeichen des UFOs absuchte. Die milde nächtliche Brise und die dunkle Straße gaben ihr das Gefühl, sie rase durch einen Traum. Sie bog in die Brooderman Road ein und konnte in der Ferne die Scheinwerfer von Varners Wagen sehen. Als sie sich dem Fahrzeug auf fündundzwanzig Meter genähert hatte, wurde ihr mulmig – sie hatte das Gefühl, sie werde beobachtet. Sie bremste und drehte den Kopf zur Seite, um besser hören zu können. Sie lauschte nach Schritten, dem Gemurmel eines Gesprächs, nach irgend etwas, das ihr signalisieren würde, es handele sich um eine Falle. Doch das einzig hörbare Geräusch war das Tuckern des Streifenwagens. Also fuhr sie vorsichtig weiter. Die Fahrertür stand offen, und Varner lag über die Frontsitze ausgestreckt auf dem Rücken. Bridget rollte heran, packte seinen Fuß und schüttelte ihn.

«Mr. Varner, sind Sie in Ordnung?» Der Polizist bewegte sich leicht, deshalb schüttelte sie ihn erneut, diesmal etwas fester. «Mr. Varner, wachen Sie auf.»

Sie hörte, wie sich von hinten jemand näherte, und wirbelte herum. Eine große, gebeugte Gestalt trat auf die

Straße. «Ist das Jon Varner da im Wagen?» fragte der Mann und zog seinen Hausmantel enger. Sie hatte ihn schon mal in der Stadt gesehen. «Was ist mit ihm los?»

«Ich weiß nicht», sagte Bridget. «Ich glaube, eine fliegende Untertasse hat ihn erwischt. Ich hab's im Scanner meines Vaters gehört.»

Der alte Mann ging an ihr vorbei und zog den Polizisten in eine sitzende Position. Varner erwachte, hatte aber keinerlei Erinnerung an das, was ihm im Auto geschehen war. Das Letzte, woran er sich erinnerte, war, daß er auf der Straße gestanden und beobachtet hatte, wie die fliegende Untertasse über ihn hinwegflog. «Haben Sie sie nicht gesehen?» fragte er, als er feststellte, daß der alte Mann ganz in der Nähe wohnte. «Es hat das Feld taghell beleuchtet.»

Der Mann schwor, er habe nichts Ungewöhnliches gesehen oder gehört. Er sei im Haus gewesen und habe ferngesehen, als ihn Jeannie vom Polizeirevier aus angerufen und gebeten habe, nachsehen zu gehen.

Wenige Minuten später fuhren zwei Streifenwagen mit heulenden Sirenen vor. Der Lärm lockte die Nachbarn auf die Straße. Autofahrer hielten an, um sich zu erkundigen, was los war. Bald drängten sich etwa zwei Dutzend Leute auf der Straße und hörten zu, wie der Polizist seine Geschichte ein ums andere Mal erzählte. Bridget hatte sich einer Gruppe angeschlossen, die am Straßenrand nach Hinweisen suchte. Sie zwängte sich ein paar Meter weit in ein Weizenfeld und stieß plötzlich auf etwas Seltsames: Es sah aus, als habe hier vor kurzem jemand gelegen. Sie konnte zusehen, wie die langen Halme sich entwirrten und langsam wiederaufrichteten. Wie ein Detektiv, suchte sie die Erde nach Fußspuren ab. Es gab keine. Auch keinen Trampelpfad, der zu der Stelle führte, wo die Person gelegen hatte.

Sie drehte sich um und stellte fest, daß sie eine deutlich sichtbare Spur im Weizenfeld hinterlassen hatte.

«Hey, Leute, ich hab was entdeckt. Kommt her und seht!»

Noch ehe jemand eintraf, sah sie zum Boden und entdeckte etwas Metallisches. Sie bückte sich und hob einen glänzenden Gegenstand auf, der an ein Geschoß aus einem Luftgewehr erinnerte.

«Schätzchen, du sollst hier nicht den Weizen niedertrampeln», rief eine Frauenstimme. «Was hast du gefunden?»

«Mrs. Milch? Ich bin's, Bridget. Kommen Sie und sehn Sie sich das an. Ich glaube, es ist wichtig.»

Wenn die Frau zuvor schon wenig Lust verspürt hatte, das feuchte Feld zu betreten, so hatte sie jetzt, da sie wußte, wer gerufen hatte, erst recht keine mehr. Bridgets Problemchen mit der Wahrheit waren allgemein bekannt. Doch dies war eine dringende Angelegenheit, also folgte sie Bridgets schmalem Pfad. «Na gut, was gibt's?»

«Sehen Sie, hier haben die Außerirdischen Mr. Varner wahrscheinlich festgehalten.»

Die Frau schenkte ihr keinen Glauben. Sie sagte, der Abdruck im Weizen sei zu klein, als daß er von einem Mann stammen könne. Es sehe mehr nach einem jungen Mädchen aus. Als das Kind beteuerte, diesmal sage es die Wahrheit, schüttelte Mrs. Milch nur den Kopf und deutete auf die Spuren an Bridgets Knien. Bridget wollte ihr erklären, daß sie niedergekniet war, um die Kugel aufzuheben, doch Mrs. Milch stapfte davon, ehe sie sie ihr zeigen konnte.

Bridget hatte sich noch nie im Leben so beleidigt gefühlt. Sie steckte die Kugel in ihre Tasche, stieg auf ihr Fahrrad und radelte davon. Als sie zu Hause ankam und den Gegenstand im hellen Licht einer Lampe untersuchte, stellte sie fest, daß er von kleinen Borsten überzogen war. Selbst mit Hilfe eines Vergrößerungsglases waren die stacheligen Dinger kaum zu sehen. Doch wenn sie die Kugel fest drückte, konnte sie sie spüren. Die Borsten fühlten sich an ihren Fingerspitzen an, als seien sie elektrisch geladen.

Die Neuigkeit verbreitete sich wie ein Lauffeuer. Als sie am nächsten Morgen zur Schule kam, hatten ihre Mitschüler bereits von der Begegnung mit dem UFO in der vergangenen Nacht gehört. Bridget sorgte dafür, daß alle in der Schule von der bedeutenden Rolle, die sie dabei gespielt hatte, erfuhren. Sie hielt sich größtenteils an die Fakten, konnte aber der Versuchung nicht widerstehen, ein paar Kleinigkeiten hinzuzuerfinden. In der großen Pause erzählte sie ihren Klassenkameraden, wie das Raumschiff von ihr vertrieben worden sei, indem sie den Revolver aus dem Holster des bewußtlosen Polizisten gezogen und den «Marsmenschen» mit einer speziellen Sprache Angst eingejagt habe. In der Mittagspause prahlte sie damit, einer der glibbrigen Gestalten durch die Scheiben des Raumschiffs ins Auge geblickt und ihnen den Finger gezeigt zu haben. Bei Schulschluß glaubte ihr niemand mehr ein Wort. Kurz bevor es klingelte, hob Bridget die Hand und fragte, ob sie am nächsten Tag einen Vortrag mit Demonstration halten könne. Sie versprach, das «Marsgeschoß» mitzubringen, das sie gefunden hatte. Ihre Klassenkameraden grölten ungläubig, doch Ms. Sandoval, ihre absolute Lieblingslehrerin, meinte, das sei eine gute Idee.

Am folgenden Morgen witterte Bridget eine Falle. Vor der Schule parkte ein Streifenwagen, daneben stand ein verdächtig offiziell aussehendes Zivilfahrzeug. Ein Polizist und ein

Mann in einem dunklen Anzug warteten vor ihrem Klassenzimmer und unterhielten sich mit Ms. Sandoval. Als Bridget auf sie zu ging, erkannte sie an dem Lächeln, das die drei aufgesetzt hatten, daß sie ihnen nicht trauen konnte. Der Mann im Anzug fragte sie nach dem Geschoß. Sie bot an, es ihnen zu zeigen, aber nur unter einer Bedingung: Sie ließ beide Männer versprechen, daß sie es ihr nicht wegnehmen, ja es nicht einmal anfassen würden. Die Männer willigten ein. Bridget öffnete ihren Vesperbeutel und stöberte darin herum. Plötzlich riß der Polizist ihn ihr aus der Hand. «Komm, ich helf dir suchen.»

«Ihr verdammten Lügner», brüllte sie wütend. «Ein junges Mädchen zum besten zu halten. Ihr seid widerlich.» Als der Bulle den Beutel geleert und festgestellt hatte, daß sich nichts Ungewöhnliches darin befand, wandten sich die Männer wieder ihr zu. Die feiste Sechstkläßlerin grinste wie ein Halloweenkürbis und hielt das Geschoß zwischen Daumen und Zeigefinger. «Ha, ha, euch hab ich verarscht.» Und noch ehe einer der Männer es ihr wegnehmen konnte, steckte sie die komische kleine Pille in den Mund und verschluckte sie.

Eilends wurde sie ins Merciful Redeemer-Krankenhaus eingeliefert und auf die Intensivstation gebracht. Nachdem sie sich mehrfach übergeben hatte, schüttelte sie ein anhaltender Brechreiz. Schweißbedeckt und zwischen erstickenden Krämpfen stöhnend, wirkte sie wie ein übergewichtiges Kätzchen, das ein riesiges Haarknäuel ausspeien will. Außerdem klagte sie über Schwindel und ein Klingeln in den Ohren. Die Ärzte röntgten sie, fanden aber keinerlei Anzeichen des fremden Gegenstandes. Ein Toxikologe machte diverse Bluttests, konnte aber keine Vergiftung feststellen.

Keiner der Experten bemerkte einen physischen Defekt. Die mysteriöse Krankheit wurde noch mysteriöser, als sie plötzlich, kurz bevor Bridgets Eltern eintrafen, ohne Vorankündigung verschwand. Als ihr Vater und ihre Mutter sie bezichtigten, ein Theater zu veranstalten, meldete sich der Mann im dunklen Anzug zu Wort, der sie ins Krankenhaus gefahren hatte. «Mr. und Mrs. Jones, mein Name ist Bradley Kepnik. Ich bin von der Central Intelligence Agency.» Er zeigte ihnen seinen Ausweis. «Ich war zugegen, als Ihre Tochter das Objekt verschluckte, und ich kann Ihnen versichern, sie macht Ihnen nichts vor. Kann ich sie kurz allein sprechen?»

Bridget verbrachte die Nacht zu Hause in ihrem Bett. Geheimagent Kepnik schlief auf einem Feldbett im Flur. An der Badezimmertür hatte er ein Schloß installiert, das nur er öffnen konnte. Er würde die Sache aussitzen. Am nächsten Morgen kotete das Mädchen in eine flache Plastikwanne, und Kepniks Job war es, den Stuhlgang zu untersuchen. Zu ihrer Freude erfuhr Bridget, daß sie in den nächsten ein, zwei Tagen nicht zur Schule gehen brauchte. Sie beschäftigte sich, indem sie den Kühlschrank plünderte und Serien guckte. Gegen fünfzehn Uhr ging sie unter den wachsamen Augen ihres Anstandswauwaus nach draußen. Eine Weile warf sie mit einem Ball gegen die Garagentür. Trotz mehrfacher Aufforderung lehnte Kepnik ab mitzuspielen und berief sich auf alte Footballverletzungen. Als ein großes Passagierflugzeug das Haus überflog, unterbrach sie ihr Spiel und sah ihm aufmerksam nach.

«Was ist los?» fragte der Bundesbeamte.

«Der Mann, der das Flugzeug fliegt, heißt Cassella. Er ist der Pilot. Der Copilot heißt ... kann ich nicht lesen, Tenashi,

Tanashawsee, oder so. Die beiden essen Kartoffelchips. Und dahinter sitzt noch ein Typ, der hat Kopfhörer auf.»

«Verstehe», sagte Kepnik sanft. Inzwischen wußte er über die Mythomanie des Mädchens Bescheid. «Und wie heißt der?»

«Weiß ich nicht», zischte sie ihn verärgert an. Sie spürte, wenn man sie wie ein Kleinkind behandelte. «Er hat kein Jackett an, deshalb sehe ich kein Namensschild. Wenn Sie mir nicht glauben, rufen Sie doch im Flughafen an. Die Fluggesellschaft heißt Hartford Air. Das steht auf den Lehnen der Sitze.»

Kepnik hatte angebissen. Mittlerweile war das Flugzeug fast außer Sichtweite. «Wo landet die Maschine? Und von wo kommt sie?»

«Natürlich in Cleveland, der Flughafen ist ja gleich da drüben. Und wo sie herkommt?» Sie schloß die Augen, und konzentrierte sich, als durchforste sie das Cockpit. «Denver. Dort sind sie um 11.45 Uhr gestartet. Das ist ja toll: Ich kann ins Flugzeug reinsehen! Rufen wir im Flughafen an und fragen, ob ich recht habe.»

Kepnik rief am Hartford-Air-Schalter an und fand heraus, daß es tatsächlich eine 11.45-Maschine aus Denver gab. Er ließ sich bestätigen, daß der Pilot Mark Cassella hieß und der Copilot Peter Tanashian. Nach den Kartoffelchips erkundigte er sich nicht.

Begleitet von ihrer Mutter und Agent Kepnik, wurde Bridget nach Arlington, Virginia, geflogen und in das Bürogebäude vom Projekt Aquarius gebracht. Aquarius, so sagten Kritiker, sei der Beweis, daß die Army über zuviel Geld und freie Zeit verfüge. Das Projekt vereinte Psychologen, Astrologen, Medienvertreter und andere Praktizierende paranormaler

Wissenschaften und versuchte, deren Talente für militärische Zwecke nutzbar zu machen. Die zwölfjährige Bridget war, was die Projektmitarbeiter eine WS nannten. WS stand für weitsichtig, und die Army hatte sechs Leute, die über diese spezielle Gabe verfügten, unter Vertrag.

Im ersten Test ging es darum, ihre Fähigkeiten zu bestimmen. Sie wurde einer der Forscherinnen vorgestellt, einer vierzigjährigen Frau mit riesigen blauen Augen, die sich größte Mühe gab, es dem Mädchen so leicht wie möglich zu machen. «Wir führen ein einfaches Experiment mit diesen Karten hier durch», erläuterte Dr. Joan Sachville-West. «Sie werden Zener-Karten genannt, und auf jeder befindet sich ein Symbol. Es gibt fünf verschiedene Symbole.» Sie zeigte dem Mädchen die verschiedenen Karten. «Ich möchte, daß du dich konzentrierst und versuchst zu erraten, welches Symbol sich auf der Karte befindet, die ich gerade hochhalte. Einfach, nicht?»

«Wellenlinien», rief das Mädchen, sobald Dr. Sachville-West die erste Karte gezogen hatte.

«Richtig. Sehr gut.»

«Stern.»

«Wieder richtig.»

«Kreis.»

«Ausgezeichnet.»

Als Bridget fünfzehn Richtige von fünfzehn hatte, legte die Frau den Kartenstapel weg und fragte, welches die nächste Karte sei.

«Kann ich nicht sehen, bevor Sie sie nicht aufgenommen haben.»

«Dann rate.»

«So funktioniert das nicht», quengelte Bridget. «Ich muß sie sehen können.»

«Versuch's trotzdem. Nur so zum Spaß.»

Betrübt versuchte Bridget zu raten. «Wieder Wellenlinien?»

Dr. Sachville-West drehte die Karte um: Stern.

«Da sehen Sie! Ich hab's Ihnen gesagt.» Sauer, daß die Forscherin mit ihrer Beharrlichkeit ihre Glückssträhne beendet hatte, rächte sie sich, indem sie allen die Farbe von Frau Sachville-Wests Unterwäsche verriet.

Doch die Wissenschaftlerin kreuzte lediglich die Beine unter dem Tisch und lächelte: «Ein hübsches Talent hast du da.»

Der Rest des Nachmittags wurde darauf verwandt, dem Mädchen einen Schnellkurs in Geographie zu geben. Als ihre Aufmerksamkeit nachließ, eilte ihre Mutter zu Hilfe, indem sie ihre Handtasche öffnete und eine Tüte Schokoriegel herausholte. «Mein Erste-Hilfe-Koffer», erklärte sie mit einem verlegenen Lächeln.

Als Bridget die sieben Kontinente sowie die Weltmeere hersagen konnte, begann die eigentliche Arbeit der Projektmitarbeiter. Man zeigte ihr eine Luftaufnahme eines sowjetischen U-Boots der Wolf-Klasse.

«Junge Frau», sagte ein Mann in Army-Uniform. «Zum gegenwärtigen Zeitpunkt befinden sich zwei Unterseeboote dieses Typs im Wasser. Schauen wir mal, ob du mir sagen kannst, wo.» Die UdSSR besaß insgesamt vier dieser atomgetriebenen U-Boote. Zwei lagen zu Reparaturarbeiten im Trockendock. Ein drittes hatte der Radar in der letzten Nacht vor der Küste Oregons geortet. Der Standort des vierten war unbekannt.

Einen Schokoriegel mampfend, studierte Bridget den Globus, der vor ihr auf dem Schreibtisch stand. Die ganze Geschichte begann sie zu langweilen. Sie stupste mit dem Finger auf den Pazifik, in die Nähe der Küste vor Oregon, dann deutete sie auf die Gewässer vor Kubas Südküste und versuchte, die kleingedruckte Beschriftung zu entziffern. «Cienfuegos», grummelte sie durch eine breiige Schokomasse.

«Erstaunlich», sagte der Uniformierte.

«Sprich nicht mit vollem Mund», sagte ihre Mutter.

Die folgenden sechs Tage war Bridget die mächtigste Waffe des US-amerikanischen Militärarsenals. Sie lokalisierte und beschrieb Dutzende von feindlichen Positionen in aller Welt, von denen viele zuvor unbekannt gewesen waren. Das Mädchen genoß es, im Mittelpunkt zu stehen, und sie arbeitete buchstäblich für Peanuts. Aufgrund ihres Hangs zum Flunkern begann jeder Tag mit einer neuen Reihe von Testfragen. Die Wissenschaftler ließen sie Orte visualisieren, von denen sie wußten, daß Bridget nie dort gewesen war, zum Beispiel die Freiheitsstatue. Am Morgen ihres siebten Tages in Arlington antwortete sie auf die Frage nach der Höhe des Schiefen Turms von Pisa, er sei drei Stockwerke hoch. Und als man sich nach der Farbe der Socken erkundigte, die ihr Interviewer trug, versuchte sie heimlich unter dem Tisch nachzusehen. Deshalb wurde das Zener-Karten-Experiment wiederholt. Ihre Trefferquote lag nur noch bei fünf von fünfundzwanzig, dem statistischen Durchschnitt. Obwohl sie protestierte, schien es, als habe sie ihre magischen Fähigkeiten verloren. Dies wurde durch den Agenten Kepnik untermauert, der eine durchsichtige Plastiktüte schwenkte. Die Untersuchung ihres morgendlichen Stuhlgangs hatte ein kleines metallisches Objekt zu Tage gefördert.

Mit dem Beweisstück konfrontiert, begann Bridget, die Wahrheit zu sagen. Ihre Kräfte hatten sie verlassen. Das «Geschoß», sagte sie, sehe jetzt anders aus als zuvor: nur noch halb so groß und völlig glatt. Die kleinen Borsten waren offenbar von ihren Verdauungssäften weggeätzt worden. «Und was passiert jetzt mit mir?»

Es dauerte ein paar Tage, bis die zuständigen Behörden den Fall geprüft hatten. Schließlich wurde entschieden, nach der wenig bekannten Regierungsverordnung MJ-1949-04W/82 zu verfahren. Die Familie wurde an einen unbekannten Ort in Südfrankreich umgesiedelt, wo sie als Gegenleistung für ihre Kooperation und Verschwiegenheit eine luxuriöse Villa, die Freunden der US-Regierung gehörte, sowie ein jährliches Einkommen von 100 000 US-Dollar zur Verfügung gestellt bekam.

Unglücklicherweise fanden Bridget und ihre Familie sechs Monate nach ihrem Umzug nach Frankreich, gerade als sie der Sprache einigermaßen mächtig waren, den Tod. Ihr Wagen war mit einem Lkw der französischen Post zusammengestoßen.

Bis dahin hatte Okun die Geschichte amüsant gefunden. Er erinnerte sich an Dr. Lenels Warnung und fragte sich, wieviel davon wahr sei. Doch interessanter als die Geschichte des Mädchens waren die handschriftlichen Notizen am Rand des Berichts. Es sah aus, als wären sie mit äußerster Hast hingekritzelt worden, und die meisten konnte er nicht entziffern. Nur zwei davon waren sorgfältig in Druckbuchstaben notiert, und beide verblüfften den jungen Wissenschaftler. Die erste lautete: «obj deponiert in AF Akad Colo Sprgs, bew #PE--8323-MJ--1949-acc21,21a.» Die Nummer des Beweisstückes? Okun fragte sich, ob es tatsächlich irgendwo in einem Lagerhaus der Air-Force-Akademie in Colorado Springs eine kleine Plastiktüte gab, die eine aus den Exkrementen einer zwölfjährigen Göre geborgene Metallerbse enthielt.

Die andere bemerkenswerte Marginalie war eine kleine Zeichnung: Auf die letzte Seite des Berichts hatte jemand ein dreidimensionales Y gemalt.

6 Roswell

Wann immer Okun versucht hatte, das mysteriöse und verstörende Y zur Sprache zu bringen, hatten die normalerweise so gesprächigen Wissenschaftler bloß mit den Schultern gezuckt. Zwar gestanden sie zu, daß der Gedanke interessant sei. Aber stets beeilten sie sich, darauf hinzuweisen, daß sie nicht wüßten, was sie damit anfangen sollten und wechselten so schnell wie möglich das Thema. Bislang hatte Okun es ihnen durchgehen lassen. Doch nun, da er dasselbe Symbol im Bericht über Bridget Jones wiederentdeckt hatte, war er fest entschlossen, sie damit zu konfrontieren. Seine Intuition sagte ihm, daß die Männer etwas vor ihm verbargen.

Am nächsten Morgen traf er in der Küche Freiling an, der Geld zählte. Las Vegas war wieder spendabel gewesen, dieses Mal kamen sie auf 6750 Dollar. Dworkin las die *Los Angeles Times*, die er in Vegas gekauft hatte.

«Ähem.» Okun räusperte sich. «Wo steckt Radecker?»

«Arbeitet wahrscheinlich an seiner Vorhand. Letzte Nacht ist er nicht zurückgekommen.»

«Dann können wir reden.»

Dworkin linste über seine Zeitung. «Reden?»

«Ihr verbergt etwas vor mir. Ihr verschweigt mir etwas.»

Dworkin tat so, als wäre er beleidigt. Er schwafelte etwas über die ethischen Grundsätze, denen sich wißbegierige Männer unterwerfen müßten, doch Okun schnitt ihm das Wort ab und warf den Jones-Bericht auf den Tisch.

«Was ist das?» fragte Dworkin.

«Etwas, das ich in den Aktenbergen gefunden habe. Es handelt von einem Mädchen, das einen Gegenstand verschluckt hat, den es nach einer unheimlichen Begegnung mit einem UFO in einem Getreidefeld fand.»

Dworkin blätterte den Bericht durch. Er war mehr an den handschriftlichen Notizen interessiert als am Bericht selbst. Deshalb fragte Okun, ob er die Handschrift kenne. Nachdem er sich einen Moment unentschlossen den Bart gezwirbelt hatte, bejahte Dworkin. «Hier scheint es sich um die chaotischen Schriftzüge unseres lieben Freundes Dr. Wells zu handeln. Habe ich Ihnen schon die interessante Geschichte erzählt, wie er zum Forschungsdirektor ernannt wurde?»

Aber Okun ließ sich nicht ablenken. «Sehen Sie sich die letzte Seite an.»

In der Erwartung, dort auf etwas Unangenehmes zu stoßen, gehorchte Dworkin nur zögerlich. Der Anblick der perspektivischen Y-Skizze brachte ihn leicht aus der Fassung. Er mühte sich, eine Ausrede zu finden. Hätte sein langhaariger Mitarbeiter ihn doch nur während einer Pokerrunde mit diesem Beweisstück konfrontiert. Denn da war Dworkin ein anderer Mensch, einer, der auf jede Situation eiskalt reagieren konnte. In Arbeitsfragen hingegen war er gewohnt, stets die Wahrheit zu sagen. Unter Okuns forschendem Blick fiel er wie ein Kartenhaus in sich zusammen.

«Starrkopf», mischte Freiling sich ein. «Manche Steine dreht man besser nicht um. Keiner von uns weiß etwas über diese verdammte Y-Botschaft.»

Doch es war zu spät, um einen Rückzieher zu machen. Dworkin wußte das. Er stärkte sich mit einem Schluck Tee, dann erklärte er: «Dr. Wells hatte eine langjährige Obsession. Er behauptete, dieses Symbol sei ihm von dem Außerirdischen übermittelt worden, kurz nach dem Absturz bei Roswell. Wie Sie hat auch er ein Gefühl höchster Verzweiflung mit diesem Symbol in Verbindung gebracht. Ich glaube, um es zu beschreiben, benutzten Sie die Wörter ‹Verdammnis› und ‹Verlassenheit›. In seinen letzten Jahren wurde er mehr und mehr von der Vorstellung besessen, die Bedeutung dieses Symbols dechiffrieren zu müssen. Darin ging er so weit, daß er anderen Gedanken nicht mehr zugänglich war. Es trieb ihn in den Wahnsinn. Als seine Manie sich verschärfte, vernachlässigte er mehr und mehr seine Pflichten als Leiter der Einrichtung. Einige Monate gelang es uns, dies in der Hoffnung, er würde sich erholen, zu kaschieren. Doch dann wurde er zu einer Konferenz nach Washington abberufen. Offenbar hatte er dort einen bedauernswerten Auftritt, und es wurde ihm nicht gestattet, in die Area 51 zurückzukehren.»

«Armer Kerl.»

«Ja. Der Verfall seiner Persönlichkeit war in der Tat schwer zu ertragen.»

«Seien Sie ehrlich», sagte Freiling. «Der Mann war von Anfang an neben der Spur. Leicht daneben.»

«Also, was hat er über das Y herausgefunden?»

«Nichts.»

«Nichts?» Okuns Verdacht wurde erneut erweckt. «Er muß schließlich irgendeinen Fortschritt gemacht haben, wenn er jahrelang daran gearbeitet hat. Hatte er denn keine Theorie?»

Mit besorgter Miene rückte der alte Mann schließlich mit der Wahrheit heraus. «Wells vermutete ein zweites Raumschiff. Er nahm an, das Y sei ein Signal, das außerirdische Pendant zu unserem SOS. Da. Jetzt wissen Sie's.»

Okun nickte zufrieden. Einmal mehr hatte sein Instinkt recht behalten, zumindest stand er mit seinen Vermutungen nicht alleine da. Noch jemand war zum selben Schluß gekommen – auch wenn dieser Jemand ein Fall für die Klapse war. Es mußte ein zweites Schiff geben.

«Aber, Mr. Okun, ich muß Sie auf das Allerdringlichste bitten, über diese Information Stillschweigen zu bewahren und insbesondere Mr. Radecker gegenüber nichts zu erwähnen. So geschmacklos es auch klingt, ich habe ihm versprochen, Ihnen nichts zu erzählen.»

«Wir alle haben es versprochen», fügte Freiling hinzu. «Er hat uns damit gedroht, seinen Bossen von den überzähligen Gehaltsschecks zu erzählen, und in Null Komma nichts hätten die uns zwanzig Jahre Leavenworth aufgebrummt.»

Ohne auf den letzten Punkt einzugehen, fuhr Dworkin mit seinem Geständnis fort. «Mr. Radecker hat unsere Schwachstelle herausgefunden. Keiner von uns will in unserem Alter die Area 51 noch verlassen. Ich hoffe, Sie haben dafür Verständnis.»

Wieder nickte Okun heftig. Er wußte, wie verängstigt die alten Männer waren. Niemals würde er sie verraten. Dennoch, als er an sein nächstes Treffen mit Radecker dachte, verspürte er das dringende Bedürfnis, die ganze Angelegenheit auf den Tisch zu bringen. «Weshalb will Radecker nicht, daß ich über das blöde Y Bescheid weiß?»

«Wir haben einen Deal mit ihm gemacht. Wir geben Ihnen keine Informationen, die Ihre Theorie eines zweiten Schiffs untermauern könnten. Mehr noch, wir sollen versuchen, sie Ihnen auszureden.»

«Aber weshalb?»

Freiling und Dworkin zuckten gleichzeitig mit den Schultern. «Das war alles, was der Mann wollte, also haben wir eingewilligt.»

«Das ist um so kurioser», fügte Dworkin hinzu, «wenn

man in Betracht zieht, daß es gar nicht so viele Hinweise auf ein zweites Schiff gibt. Eine solche Theorie wirkt im Licht der vorhandenen Erkenntnisse eher weit hergeholt.»

Okuns Augen verengten sich zu Schlitzen. «Wollen Sie sie mir etwa ausreden?»

«Fragen Sie nicht mich. Fragen Sie Dr. Wells.»

«Was zum Teufel machen Sie hier drin?» fragte Radecker und steckte seinen Kopf in die Totenkammer.

Okun antwortete mit seiner Bela-Lugosi-Nummer. «Ich bin in die Gruft gekommen, um meine schmerzlich vermißten Freunde zu besuchen.» Okun hatte eine morbide Schwäche für die Leichname der Außerirdischen entwickelt und ging alle paar Tage in den gesicherten Raum, um zuzusehen, wie sie in ihren Behältern herumschwebten. «Es ist, als habe man ein Aquarium voller merkwürdiger toter Fische.»

«Wie auch immer. Ich habe die Information, um die Sie mich gebeten haben. Wenn Sie sie hören wollen, kommen Sie nach draußen. Dieser Raum jagt mir kalte Schauer über den Rücken.»

Okun folgte ihm in den Korridor und verriegelte das schwere Stahlschloß, das die Leichname unter Verschluß hielt. Er hatte Radecker gebeten, ihm bei der Suche nach Dr. Wells behilflich zu sein. Keiner der Wissenschaftler wußte, was aus ihm geworden war, nachdem er nicht mehr von seiner Reise in die Bundeshauptstadt zurückgekehrt war. Sie hatten einen Anruf von Dr. Insolo vom Wissenschafts- und Technologieausschuß erhalten, der ihnen mitteilte, daß Wells unter psychiatrische Beobachtung gestellt worden sei und Dr. Dworkin bis auf weiteres dessen Verantwortlichkeiten als Direktor übernehmen solle. Das war vor vier Jahren.

«Die gute Nachricht ist: Ich habe eine Kopie des Berichts

aufgetrieben, den Wells 1947 verfaßt hat. Das könnte interessant sein. Das Original befindet sich in Washington, doch sie schicken uns eine Kopie. Die schlechte Nachricht ist: Wells ist tot.» Radecker tat so, als wäre er enttäuscht. «Die Geschichte, die man mir im Hauptquartier erzählt hat, besagt, daß er während einer Konferenz in Washington übergeschnappt ist. Durchdrehte. Er soll angefangen haben herumzubrüllen und bewarf Leute mit Gegenständen. Sie haben ihn in die Seabury-Nervenklinik gebracht, wo man Schizophrenie diagnostiziert hat. Etwa sechs Monate später wurde er ins Glenhaven-Altersheim in Richmond verlegt. Dort ist er vor zweieinhalb Jahren gestorben.»

Okun versuchte, seine tiefe Enttäuschung zu verbergen, und sagte schulterzuckend: «Nicht weiter wild. Danke, daß Sie sich bemüht haben.»

«Habe nur meinen Job getan. Ich gebe Ihnen Bescheid, sobald der Bericht eingetroffen ist.»

Brackish lächelte freundlich, bis Radecker um die Ecke verschwunden war. Dann trat er gegen die Wand und fluchte, auf eine Art, die seine Mutter aufs schärfste mißbilligt hätte. Er war sicher, daß Wells, wahnsinnig oder nicht, ihm etwas über die anderen Schiffe hätte mitteilen können. Er hatte sich die Szene bereits ein dutzendmal ausgemalt: wie er den verlassenen Anstaltskorridor, dessen Fenster vergittert sind, entlanggeht, wie ein Paar muskelbepackter Pfleger eine schwere Stahltür aufschließen, wie sich die Tür öffnet und den Blick auf ein wahnsinniges Genie freigibt, dem die Haare zu Berge stehen, als wäre er gerade vom Blitz getroffen worden. Nun ja. Lenel hatte ihn über die vielversprechenden Spuren, die plötzlich erkalten, bereits aufgeklärt. Nach kurzer Überlegung stellte er fest, daß er keine andere Wahl hatte, und machte sich auf den Weg in den Aktenberg.

Diesesmal suchte er etwas Bestimmtes. Doch selbst mit Freilings Unterstützung dauerte es vierundzwanzig Stunden, bis er es gefunden hatte. Da er sich klarmachte, daß es den Rest seines Lebens fressen konnte, wenn er sich durch das anarchische Durcheinander der Aktenberge las, mußte er seine Suche eingrenzen. Er hatte zwar keine Ahnung, wie, aber eine Sache verstand sich von selbst: mit der Suche dort zu beginnen, wo die einzige unzweifelhafte Begegnung mit Außerirdischen stattgefunden hatte: Roswell.

Der Zwischenfall warf bereits zwei Tage vor dem eigentlichen Absturz seine Schatten voraus. Am 2. Juli 1947 fingen die Radargeräte, die den Himmel über dem White-Sands-Testgelände in New Mexico absuchten, ein unruhiges Echozeichen ein, das sich hin und her bewegte. Es schien mal stärker, mal schwächer zu pulsieren, und die Crew in der Radarstation vermutete zunächst eine Fehlfunktion ihrer Geräte. Sie riefen die beiden anderen Stationen an, eine in Albuquerque, die andere in Roswell, und fragten, ob sie die Beobachtung bestätigen könnten. Binnen weniger Stunden hatten sie die Antwort: Es gab keinen Zweifel, daß sich da oben etwas bewegte. Alle drei Radarstationen wurden in Alarmzustand versetzt, gleichzeitig bestieg Geheimdienstoffizier Ian Leigh in Washington ein Flugzeug. Wenn dasselbe Phänomen in einem anderen Teil des Bundesstaates beobachtet worden wäre, hätte es nicht so große Besorgnis ausgelöst. Doch White Sands war eine Hochsicherheitszone. Neben den geheimen Raketenversuchen, die dort stattfanden, hatte es in White Sands einige Jahre zuvor auch die weltweit erste Nuklearexplosion gegeben. Das von Robert Oppenheimer geleitete Manhattan Project hatte in der Nähe von Alamogordo in einem abgelegenen Tal, das einmal Jornada de los Muertos, Treck der Toten, geheißen hatte, eine kontrollierte Detonation ausgelöst.

Am 4. Juli tauchte das Echozeichen gegen 10.30 Uhr wieder auf. Diesmal wanderte es nicht über den Radarschirm, sondern schoß geradezu darüber hinweg. Laut Auskunft der Radarspezialisten erreichte es Geschwindigkeiten von mehr als 1600 Stundenkilometer. Was diese Geschwindigkeit noch verblüffender machte, war die Tatsache, daß das Flugzeug – oder was es sonst war – zu beschleunigen schien, dann abrupt stoppte, wieder beschleunigte und auf diese Weise über den Südwesten New Mexicos dahinraste.

Um 11.20 Uhr verwandelte sich das Echozeichen in einen ausgewachsenen Lichtfleck und verschwand kurz darauf von den Bildschirmen. Nachdem die verschiedenen Radarstationen Kontakt miteinander aufgenommen hatten, kamen sie zu dem Schluß, daß das Gefährt nördlich von Roswell heruntergekommen sein mußte. In der Dämmerung begannen sie mit der Suche.

Caesar «Corky» Riddle knallte die Tür seines Pick-ups zu und startete den Motor. Er war frustriert. Frustrierter noch als seine Kinder, und nun waren sie alle auch noch klatschnaß. Seit einem Monat hatte er seinen drei Töchtern zum Unabhängigkeitstag ein großes Feuerwerk versprochen. Er war bis Albuquerque gefahren und hatte ein Vermögen am Red-Devil-Stand ausgegeben. Dann hatte er den ganzen Tag damit zugebracht, die Ungeduld seiner Töchter im Zaum zu halten, indem er ihnen nahelegte, bis zum Einbruch der Dunkelheit abzuwarten. Doch als die Dämmerung hereinbrach, war ein Sturm aufgekommen, der mit hundert Stundenkilometern ein Gewitter vom Golf von Mexiko herantrieb. Die Riddle-Familie hatte sich auf der Veranda versammelt und sah zu, wie sich das Wetter verschlimmerte. Schließlich, gegen 22.30 Uhr, ließ der Wind nach. Die Mädchen wollten die Feuerwerkskörper von der Straße vor dem Haus aus abschießen, doch Corky bestand auf ihrem ursprünglichen Vorhaben. So zwängten sie sich alle in den Truck und fuhren zum Park im Zentrum von Roswell. Wenn sie schon all das Pulver hatten, dachte Corky, konnten sie ebensogut eine Show für die ganze Stadt abziehen. Aber gegen 23 Uhr waren, zumal in einer so stürmischen Nacht, die Straßen ausgestorben. Gerade als sie die Zündschnüre anzünden wollten, zog der Wind wieder an und stürzte die Raketen um. Sie gaben nicht auf und versuchten, die Stäbe im Boden zu verankern. Dann fing es plötzlich an zu regnen – in Strömen zu gießen –, und die Riddles wurden samt ihrem Feuerwerk durchnäßt.

Schweigend fuhren sie auf der 268 nach Hause. Plötzlich warf ein heller Blitz ihre Schatten auf das Armaturenbrett. Corky nahm an, es handele sich um einen gewöhnlichen Blitz, doch kurz darauf schoß ein heller Lichtstrahl über den Wagen hinweg: ein glühender Feuerball, der durch die Nacht raste wie ein Meteor. Allerdings sah er nicht aus wie die Meteore, die sie schon beobachtet hatten. Zum einen fiel er nicht. Er bewegte sich parallel zum Boden. Und statt eines gleichmäßigen Lichts strahlte er ein Flackern blau-grüner Energie aus. Corky erinnerte es an den Funkenregen eines Schweißbrenners. Als das Licht hinter den Hügeln verschwand, fuhr Corky an den Straßenrand und befahl den Mädchen, im Wagen zu bleiben. Er stieg aus und kletterte auf die Fronthaube. Dabei erwartete er, daß das Ding, was immer es war, jeden Moment explodierte. Er legte die Hände hinter die Ohren, um besser hören zu können, und wartete. Doch alles blieb ruhig.

Corky stieg wieder ein und fühlte sich ein wenig besser. Seine Feuerwerksshow hatte sich zwar als Reinfall erwiesen, aber wenigstens gab es etwas Ungewöhnliches zu beobachten. Die Mädchen waren wieder freudig erregt. Sie meinten, Gott habe mit einem Diamanten gespielt, und sprachen von nichts anderem mehr, bis sie zu Hause waren.

Grant Weston hatte den Nachmittag mit der Suche nach Fossilien verbracht. Er führte eine Gruppe von sieben Archäologen an, Wirbeltier-Paläontologen, um genau zu sein, die in der Wüste ein Camp aufgeschlagen hatten, um während der drei Feiertage zu wandern. Der plötzliche Regen hatte beinahe ihr Lagerfeuer gelöscht, und Weston legte gerade trockenes Holz nach, als der Himmel über ihm hell aufleuchtete. Er schaute auf und sah, wie ein zischender Feuerball vorüberflog. Kurz darauf verschwand er hinter den Bäumen, und die Gruppe hörte kurz hintereinander zwei krachende Geräusche. Das erste klang wie ein dumpfer Aufprall, das zweite wie ein scharfes nachhallendes Knacken.

«Was zum Teufel war das?» fragten sich alle.

Einer der Studenten löste eine kurze Panik aus, weil er behauptete, sie seien soeben Zeugen des Absturzes einer fliegenden Untertasse geworden. Doch Weston hatte eine plausiblere Theorie auf Lager. Da er sich in diesem Teil New Mexicos auskannte, erklärte er, daß sich auf dem nahegelegenen Roswell Field ein Testgelände der Army befinde, auf dem neue Experimentalflugzeuge getestet würden. Die Bewohner der Umgebung hätten sich daran gewöhnt, seltsam aussehende Flugzeuge am Himmel zu entdecken. Das beschwichtigte die anderen Camper. Sie überlegten, sich sofort auf die Suche nach dem Wrack zu machen, entschieden aber, daß es zu gefährlich wäre. Der Flugbahn des gleißenden

Lichts und dem Absturzgeräusch nach zu urteilen, mußte das Flugzeug heruntergekommen sein. Es war Neumond, und das Gelände galt selbst bei Tageslicht als nicht ungefährlich. Bis Tagesanbruch konnten sie nichts unternehmen.

Weston wußte, daß es eigentlich keine Überlebenden geben konnte. Doch für den Rest der Nacht verfolgte ihn die Möglichkeit eines Überlebenden: verwundet und im Wrack eingeklemmt. Er fand keinen Schlaf, und er war nicht der einzige. Lange vor Anbruch der Dämmerung schlürften die Archäologen bereits ihren Kaffee und warteten auf das Morgengrauen. Sie hatten einen Erste-Hilfe-Koffer gepackt sowie genügend Nahrung und Wasser für den Tag. Sobald sie die Umrisse ihres Lagerplatzes erkennen konnten, brachen sie auf.

Sie kamen nur langsam voran. Das Gelände war eine Mischung aus Felsen, Geröll und dornigem Unterholz. Sturzfluten hatten tiefe Schluchten in die Hügel gegraben, deshalb war die Gruppe gezwungen, alle paar Minuten umzukehren und sich einen neuen Pfad zu suchen. Bei Sonnenaufgang fiel ihnen ein Flugzeug auf, das über ihnen kreiste. Eine halbe Stunde später kreiste es über einem Punkt, der etwa eineinhalb Kilometer östlich lag.

«Sie müssen die Absturzstelle gefunden haben», meinte Weston. «Gehen wir in diese Richtung.»

Sie folgten einem Pfad, der sich zwischen zwei Gipfeln hindurchwand, und kamen an ein Arroyo. Ein paar hundert Meter weiter links konnten sie das Heck des Flugzeugs erkennen. Die Archäologen, die ihr Leben damit verbrachten, die Urzeit der Erde zu erforschen, arbeiteten sich durch das ausgetrocknete Flußbett und erblickten die Zukunft.

«Das sieht mir nicht nach einem Flugzeug der Army aus. Experimentell oder nicht.»

«Sieht aus wie ein fetter Rumpf ohne Tragflächen.»

Der in der Rekonstruktion von Ereignissen geübte Weston faßte zusammen, was in der Nacht zuvor geschehen war. «Seht ihr diese niedergedrückten Büsche da drüben auf dem Hügelkamm? Dort muß das Flugzeug aufgeschlagen sein. Das war der dumpfe Knall, den wir gehört haben. Dann ist es wieder hochgeprallt und hier heruntergestürzt.»

Das schwarze, fast kreisförmige Schiff war mit dem Bug in eine freistehende Klippe gerast. Wegen der Felsmassen, die es dabei zertrümmert hatte, überraschte es Weston, daß es nicht schwerer beschädigt war. Er stieg den Abhang hinauf, um besser sehen zu können.

Als Betty Kagayama sah, was er vorhatte, rief sie ihm nach: «Grant, was tust du da? Geh bloß nicht so nah hin! Laß uns lieber abwarten, bis jemand kommt.» Zwischen ihr und Professor Weston hatte sich eine Beziehung entwickelt, die mehr als nur platonisch war. «Ganz gleich, was du sagst, dieses Ding ist nicht von dieser Welt.»

«Ich muß nachsehen, ob noch jemand am Leben ist. Hier, nimm die.» Er gab ihr seine Kamera. «Ich steige da hoch und posiere als Großwildjäger. Später werden wir darüber lachen.»

Als er näher kam, sah er, daß sie recht hatte: Das schwarze Schiff war nicht von Menschenhand gebaut worden. Ein paar Schritte vom Heck entfernt blieb er stehen und begutachtete die in die Oberfläche eingravierten Markierungen. «Sehen wie Hieroglyphen aus», rief er den Hügel hinab. Die Seite des Schiffes war aufgerissen. Er kniete nieder und schaute hinein. «Hallo? Ist da jemand?» Sonnenlicht reflektierte an den Innenwänden des Schiffs. Er erwog kurz hineinzuklettern, doch der stinkende, ätzende Geruch, der dem Schiff entströmte, hielt ihn ab. Statt dessen ging er zum Bug und stellte fest, daß dort Fenster waren. Um hinzugelangen, kletterte er über die Geröllhalde, die der Absturz aufgetürmt hatte.

«Grant, da kommt jemand! Da drüben.»

Er schaute in die Richtung, in die Betty deutete. Querfeldein näherten sich zwei schwarze Limousinen, gefolgt von einem Dutzend Armeelaster. Er wollte schon hinunterklettern, doch seine Neugier hielt ihn zurück. Er kannte das Militär. Sie würden ihn wegscheuchen, und er sähe nie, was sich im Schiff befand. Deshalb kletterte er so weit hoch, daß er auf den Rand des kreisförmigen Schiffs steigen konnte, ging vorsichtig zum Fenster und sah hindurch. Ein paar unförmige, knochige Gesichter starrten ihn an. Sie sahen aus wie riesige, aus lebendigem Gewebe, Knorpeln und Sehnen bestehende Totenmasken. Erschrocken und angeekelt fiel Weston rücklings vom Schiff. Er rappelte sich auf und rannte den Abhang hinunter. Noch ehe er bei seiner Gruppe angelangt war, fuhr die erste Limousine heran. Der Mann, der ihr entstieg, stellte sich als Special Agent Ian Leigh vor.

Leigh unterhielt sich kurz mit den Archäologen. Er bat Professor Weston, in die Limousine zu steigen, und hieß die anderen in der Nähe warten. Dann lief er zur Spitze des Militärkonvois zurück und versammelte die kommandierenden Offiziere um sich. Einer von ihnen fragte, ob er die Zivilisten festnehmen solle.

«Sieht aus, als würden sie kooperieren. Wir kümmern uns später um sie. Im Moment sind die Soldaten unser Hauptproblem. Sie haben schon zuviel gesehen.» Die Gruppe wandte sich um und beobachtete die sechs Truppentransporter, auf denen sich gaffende Gefreite drängten. Wie alle anderen waren auch sie vom Anblick des Wracks gebannt. Leigh überlegte einen Augenblick, ehe er seinen Plan verkündete. «Wir machen Folgendes. Wir lassen die Männer einen Kordon ziehen. Niemand kommt ohne meine Genehmigung rein oder raus. Sagen Sie ihnen, sie sollen auf dem gleichen Weg die Schlucht verlassen, auf dem wir gekommen sind. Stellen Sie vier oder fünf Mann auf die Klippe über dem Schiff, die anderen sollen einen Kreis bilden. Achten Sie darauf, daß sie weit genug weg sind, um nicht sehen zu können, was passiert.»

«Wieso befehlen wir nicht einfach, sie sollen sich umdrehen?»

«Gute Idee. Sobald sie ihre Positionen eingenommen haben, fahrt ihr die Lastwagen an das Wrack heran, und zwar so, daß sie die Sicht nehmen. Okay, an die Arbeit.»

Mit beeindruckender Zielstrebigkeit machte sich Leigh ans Werk. Es schien, als mache er so etwas nicht zum erstenmal. «Komm her, Steiger; das ist dein großer Augenblick», rief er einem der Männer zu, die er aus Washington mitgebracht hatte. «Du wurdest soeben in das Empfangskomitee gewählt. Zieh den Schutzanzug an, du gehst als erster rein.»

Steiger, ein junger, hochgewachsener, schlaksiger Typ, öffnete den Kofferraum der Limousine. Wenig später steckte er von Kopf bis Fuß in einem bleiverstärkten Gummianzug und näherte sich, mit einem Geigerzähler ausgerüstet, dem abgestürzten Raumschiff. Einige Minuten lang umkreiste er das Schiff, maß die Strahlung, stellte aber nichts Ungewöhnliches fest. Vorsichtig näherte er sich dann dem Loch und hielt den Geigerzähler hinein. Als er auch hier nichts Ungewöhnliches feststellte, steckte er den Kopf durch das Leck und stieg vorsichtig ins Schiff.

Einige Stunden später war die Arbeit beendet, jeder Quadratzentimeter der Absturzstelle sorgfältig fotografiert. Die drei großen Körper, die man im Inneren gefunden hatte, waren in bleiverstärkte Säcke verpackt, durch die Öffnung gelassen und in einen Krankenwagen geladen worden, der sie zum Militärhospital brachte. Nachdem das Raumschiff mit Hilfe eines Krans auf einen Tieflader gehievt worden war, wurde es mit Stangen und Planen bedeckt, um seine Umrisse zu tarnen. Ehe er die Archäologen gehen ließ, hatte Leigh sie zur Geheimhaltung verpflichtet. Er erinnerte sie daran, daß sie die einzigen Zivilisten seien, die von dem Schiff Kenntnis hätten, und warnte sie vor diversen Unfällen, die denjenigen ereilen könnten, der sein Schweigen breche.

Am folgenden Morgen kehrte er mit einer Hundertschaft Soldaten zurück. Es handelte sich um für ihre Verschwiegenheit bekannte Militärpolizisten, die man von sechs verschiedenen Stützpunkten aus drei Bundesstaaten eingeflogen hatte. Nachdem sie in Handarbeit sämtliche Spuren rund um die Absturzstelle getilgt hatten, benutzten sie Industriestaubsauger, um auch das kleinste Beweisstück sicherzustellen. Danach war Leigh überzeugt, daß sie alles beseitigt hätten, was an das Ereignis erinnerte.

Doch am gleichen Morgen betrat ein Mann das Büro des County Sheriffs. Er brachte eine Kiste mit merkwürdig leichtgewichtigen Teilen, die er, in einem beträchtlichen Umkreis verstreut, auf seiner Ranch gefunden hatte. Es war Mac Brazel, einer der rauhen Cowboys mit wettergegerbtem Gesicht, die oben in den kargen Bergen Kühe und Schafe züchteten.

In der Nacht des 4. Juli hatte er ein lautes Krachen gehört, das nicht wie Donner klang. Der Vorfall war ihm vollkommen entfallen, bis er auf seinem Feld die glänzenden Teile gefunden hatte. Zunächst ärgerte er sich: Seine Schafe wagten sich nicht in die Nähe dieses Zeugs, und niemand würde zu ihm heraufkommen, um es zu beseitigen. Aber dann überlegte er, ob sein Fund ihm nicht einen Teil der Belohnung einbringen könnte, die verschiedene Magazine jedem versprachen, der die Existenz von fliegenden Untertassen bewies. Bevor er ins Büro des Sheriffs kam, hatte er von den Gerüchten, daß nördlich der Stadt eine Maschine abgestürzt sei, noch nichts gehört.

George Wilcox, der Sheriff, verließ seinen Schreibtisch und untersuchte den Fund. Es war anders als alles, was er bisher gesehen hatte. Offenbar handelte es sich um eine Art Metall. Doch obwohl es leicht wie Balsaholz war, konnte es keiner seiner Männer biegen. Sie hämmerten mit einem Takker darauf herum und erhitzten es mit ihren Feuerzeugen, ihre Versuche indes blieben wirkungslos.

Wilcox war wütend über die Art, wie ihn die Army von den Ermittlungen über das abgestürzte Raumschiff ausgeschlossen hatte. Selbst der Zugang zur Absturzstelle war ihm verweigert worden. Dennoch rief er in Roswell Field an und meldete Brazels Fund. Er sprach mit Major Jesse Marcel, der ihm mitteilte, er werde sofort in die Stadt kommen. Da Wilcox annahm, daß die Army ihn ein weiteres Mal übergehen würde, schickte er zwei seiner Männer zu Brazels Ranch, um das Feld zu begutachten. Kurz nachdem sie aufgebrochen waren, klingelte das Telefon. Der Anrufer war Walt Wassermann, der Besitzer des lokalen Radiosenders KGFL. Er wollte wissen, ob die Untersuchung des Absturzes neue Erkenntnisse erbracht habe. Wilcox reichte Brazel den Hörer, und nachdem die beiden Männer sich eine Weile unterhalten hatten, ließ sich Wassermann den Weg zur Ranch erklären.

Major Marcel traf in Begleitung eines in Zivil gekleideten Agenten der Gegenspionage, Sheridan Cavitt, ein. Nachdem sie die Trümmer inspiziert hatten, wiesen sie Sheriff Wilcox an, sie an einem sicheren Ort einzuschließen, und entschieden dann, zusammen mit Brazel die Ranch aufzusuchen. Wenig später kehrten die beiden Deputies zurück. Statt auf ein Trümmerfeld waren sie auf ein großes, kreisrundes Brandmal im Gras gestoßen. Ihrer Meinung nach war etwas Heißes dort gelandet, hatte das Gras verbrannt und die Erde darunter zu hartem Lehm erstarren lassen. Sie wollten schnell eine Kamera holen, um die Stelle vor Einbruch der Dunkelheit zu fotografieren.

Brazel führte die beiden Offiziere über sein felsiges Grundstück zu einem offenen, sandigen Feld, das kniehoch mit abgestorbenem Gras bewachsen war. Sie befanden sich etwa achtzehn Kilometer von der Absturzstelle entfernt. Über ein Gebiet von tausend Meter Länge und siebzig Meter Breite lagen unzählige Teilchen des mysteriösen, leichtgewichtigen Materials verstreut. Die meisten davon waren äußerst klein, von der Größe eines Fingernagels, und ebenso dünn. Andere maßen fast einen Meter. Nachdem sie die Stelle kurz in Augenschein genommen hatten, stimmten die Offiziere Brazel zu, daß «etwas, das in süd-süd-östlicher Richtung geflogen war, in der Luft explodiert» sein müsse. Bei Sonnenuntergang brach Brazel auf. Er erzählte den Männern, daß er eingewilligt habe, KGFL ein Interview zu geben. Cavitt und Marcel luden so viele Trümmerteile, wie sie vor Einbruch der Dunkelheit zusammentragen konnten, in ihre Wagen. Cavitt fuhr direkt zum Stützpunkt, doch Marcel war so beeindruckt von den seltsamen Funden, daß er zu Hause vorbeifuhr, um sie seiner Frau und seinem Sohn zu zeigen.

Am Abend war Wassermann zur Ranch hinaufgefahren, um Brazel abzuholen und in die Stadt zu bringen, wo sie das Interview aufzeichneten. Als es beendet war, war es kurz vor

Sendeschluß. Deshalb planten sie, es erst am kommenden Nachmittag auszustrahlen.

Doch das Interview wurde nie gesendet. Zu Wassermanns Überraschung erhielt er einen frühmorgendlichen Anruf vom Bundesaufsichtsamt für Kommunikation. Man wies ihn an, das Interview nicht zu senden. «Falls Sie es dennoch tun», warnte ihn der Mann, «können Sie sich gleich nach einem anderen Job umsehen, weil Sie dann binnen vierundzwanzig Stunden Ihre Sendelizenz verlieren. Und zwar für immer.»

Wassermann versuchte, Brazel zu erreichen, bis er hörte, daß mitten in der Nacht eine Kompanie Soldaten auf dessen Ranch aufgetaucht sei und ihn abgeholt habe.

Marcel verbrachte ungefähr eine Stunde bei sich zu Hause. Er holte einen Karton mit Trümmern herein, die er am Nachmittag aufgesammelt hatte, und breitete den Inhalt auf dem Küchenfußboden aus. Die Familie versuchte, die Teile zusammenzusetzen. Ohne Erfolg. Mit einer Zange versuchten sie, das papierdünne Material zu biegen, und stellten fest, daß es sich um verschiedene Substanzen handelte. Während die meisten Teile erstaunlich starr waren, ließen sich manche problemlos zwischen den Fingern zusammendrükken. Aber wie man sie auch verbog – sobald man losließ, nahmen sie wieder ihre alte Form an.

«Sieh dir dies hier an», sagte Jesse junior. «Da sind Zeichen drauf.»

Seine Mutter meinte, die Zeichen sähen aus wie Hieroglyphen. Das fragliche Teil ähnelte einem großem I. Es war etwa zehn Zentimeter lang und wirkte unbeschädigt. Die Schrift war in mattem Purpur in die graue Oberfläche hineingraviert. Der elfjährige Jesse junior kannte Hieroglyphen aus seinen Schulbüchern und wußte, daß dies etwas anderes war. Geometrische Formen, die gleichmäßig über die Oberfläche verteilt waren, darunter Kreise sowie ein Muster, das an ein Blatt erinnerte: Die Familie wußte nicht, ob es sich um eine Schrift handelte. Jesse junior fragte seinen Vater, ob er ein paar Teile als Souvenir behalten dürfe. Marcel antwortete, er werde seinen kommandierenden Offizier fragen, stellte aber sicher, daß am Abend sämtliche Fragmente wieder in den Karton zurückgelegt wurden. Anschließend brachte er ihn zum Stützpunkt.

Am nächsten Morgen führte First Lieutenant Walter Haut, der Nachrichtenoffizier des 509. Bombergeschwaders, eine Reihe von Gesprächen mit Leuten, die Informationen über die seltsamen Vorgänge besaßen. Von Marcel erfuhr er von den Trümmern auf Brazels Ranch, dann unterhielt er sich mit ein paar Soldaten, die an der Absturzstelle gewesen waren. Haut hatte Hunderte von Telegrammen und Telefonanrufen bekommen, in denen er gebeten wurde, die Gerüchte, die aus der Region durchsickerten, zu bestätigen oder zu dementieren. Nachdem er seiner Meinung nach genügend Informationen zusammengetragen hatte, setzte er sich an seine Schreibmaschine und verfaßte eine kurze, nicht sehr präzise Pressemitteilung. Danach fuhr er in die Stadt, um sie zu verteilen. Sein erstes Ziel war der Sender KGFL. Da er nicht mit Fragen belästigt werden wollte, auf die er keine Antwort hatte, drückte er der Empfangsdame eine Kopie in die Hand und schlüpfte, noch während sie las, wieder zur Tür hinaus. Dasselbe machte er bei KSWS, dem zweiten Radiosender der Stadt. Dann fuhr er zur Redaktion des *Roswell Daily Record*, wo er sich ein paar Minuten mit einem Reporter unterhielt. Als er seine letzte Station erreichte, den *Ros-*

well Daily Dispatch, standen dort die Telefone nicht mehr still. Denn nachdem die Story über die Agenturen verbreitet worden war, meldeten sich Redakteure aus allen achtundvierzig US-Staaten, um sie bestätigen zu lassen. Während sich Haut im Büro des *Dispatch* aufhielt, kam gerade ein Anruf aus Hongkong. Offenbar bestand größeres Interesse an der Story, als er angenommen hatte. Da es fast Mittag war, ging er zu Fuß zu einem Hamburger-Imbiß und aß allein zu Mittag. Eine Kopie der Presseerklärung lag neben ihm auf dem Tresen, saugte sich mit Fett und Wasser voll.

> Roswell, N. M. – Die zahlreichen Gerüchte über fliegende Untertassen wurden gestern bestätigt, als der Nachrichtendienst des in Roswell Airfield stationierten 509. Bombergeschwaders der 8. Air Force Division das Glück hatte, unter Mithilfe eines örtlichen Ranchers und des Polizeibüros von Chaves County in den Besitz eines abgestürzten Flugobjekts außerirdischer Herkunft zu gelangen. Sofortmaßnahmen wurden eingeleitet, die Untertasse auf dem Anwesen des Ranchers sichergestellt und zum Luftwaffenstützpunkt Roswell gebracht. Nach einer Untersuchung durch Major Jesse A. Marcel vom Nachrichtendienst des 509. Bombergeschwaders wurde die Untertasse von Nachrichtenoffizieren in einer B-29 Superfortress in ein geheimes «Hauptquartier» geflogen. Bewohner aus der Umgebung der Ranch, auf der die Untertasse gefunden worden war, hatten berichtet, vor einigen Tagen gegen drei Uhr morgens ein seltsames blaues Licht gesehen zu haben.

J. Bond Johnson war Reporter und Fotograf beim *Fort Worth Star Telegram*. Gegen vier Uhr nachmittags recherchierte er gerade eine lokalpolitische Geschichte, als der Redakteur hereinkam, ihm den Telefonhörer aus der Hand nahm und schweigend auflegte. Er hatte selbst telefoniert und Vorbereitungen getroffen, Johnson auf etwas Interessanteres anzusetzen. «Wenn das stimmt», sagte der Redakteur, «wird das die Story des Jahrhunderts.» Er berichtete Johnson von der Presseerklärung aus Roswell, die den ganzen Nachmittag die Agenturmeldungen beherrscht hatte. Es war ihm nicht gelungen, nach Roswell durchzukommen, alle Leitungen waren besetzt. Dann hatte er aus heiterem Himmel einen Anruf von General Ramey erhalten: Die Untertasse werde von New Mexico zum Army-Flughafen Fort Worth gebracht. Der Redakteur sagte, Johnson solle sich seine Kamera schnappen und hinfahren, bevor Ramey jemand anderen anrufe.

Eine halbe Stunde später fuhr Johnson am Eingang vor und erwartete, einen Verbindungsoffizier zu treffen. Doch zu seiner Überraschung geleitete ihn der Wachposten direkt in das Büro von General Ramey. Er wurde sofort vorgelassen. Riesige Bögen Packpapier lagen auf dem Fußboden ausgebreitet, darauf ein verknäultes Gewirr aus Gummi, Stahlseilen, Balsaholz und etwas, das wie schmutzige Aluminiumfolie aussah.

«Da liegt der ganze Grund der Aufregung», sagte Ramey kopfschüttelnd. «Keine große Sache. Ein hochfliegender Wetterballon. Ich habe Dutzende davon im Pazifik gesehen. Die Japaner haben von Okinawa aus ständig welche hochgeschickt. Meine Anweisung lautete, das Flugobjekt zu untersuchen und dann nach Wright Field zu schicken. Doch sobald ich es gesehen hatte, wußte ich, worum es sich handelte. Ich werde mich nicht weiter damit aufhalten.»

Trotzdem war der General äußerst bemüht, den Gerüchten über Raumschiffe und Marsmenschen ein Ende zu setzen. Er forderte Johnson auf, ein Dutzend Fotos von dem Ballon zu schießen, und schickte ihn dann in die Redaktion zurück, um sie eiligst zu entwickeln.

Eine Minute vor Mitternacht wurde eine von Johnsons Aufnahmen als Associated Press-Agenturfoto verschickt. Die Bildunterschrift lautete: «Brigadegeneral Roger M. Ramey, Kommandierender General der 8. Air Force Division, identifizierte die in der Nähe von Roswell, N. M., gefundenen metallischen Fragmente nicht als fliegende Untertasse, sondern als Wetterballon, wie er von der Air Force und der Wetterbehörde benutzt wird, um Windrichtung und -geschwindigkeit festzustellen. Foto: J. Bond Johnson.»

Am nächsten Morgen war die Story gestorben. Die US-amerikanischen Zeitungen und zahlreiche Überseeblätter brachten ironische Artikel über Major Marcel, der offenbar kosmische Schlußfolgerungen gezogen hatte. Keiner der Reporter und Redakteure hielt sich damit auf, daß der Major zuvor auf einer meteorologischen Station stationiert gewesen war und über genaueste Kenntnisse sowohl von Wetterballons als auch von hochfliegenden Ballonbomben verfügte. Marcel war wütend und fühlte sich gedemütigt.

Doch Ramey war noch nicht mit ihm fertig. Er befahl dem Major, nach Fort Worth zu fliegen, was er am folgenden Tag tat. Ehe er abflog, fuhr er beim Büro des Sheriffs vorbei und holte einige Trümmerteile ab, die dort noch immer unter Verschluß waren. Marcel brachte die Fragmente mit und demonstrierte Ramey einige ihrer exotischen Eigenschaften. Für Marcel war die einzige logische Schlußfolgerung, daß das Zeug nicht von der Erde stammte. Die Männer begaben sich in ein Kartenzimmer, um den exakten Absturzort des Schiffes festzustellen. Als sie zurückkamen, waren die Teile verschwunden. Statt dessen lag ein zerstörter Wetterballon auf dem Boden ausgebreitet. Auf Befehl des Generals kniete sich Marcel neben den Ballon und ließ sich fotografieren. Einige Stunden später wurde ein Dutzend Reporter in das Büro gebeten, um sich die von Marcel entdeckte «fliegende Untertasse», aus der Nähe anzusehen. Die Reporter wollten dem Major Fragen stellen, doch Ramey hatte ihm strikt befohlen, kein Wort zu sagen. Er war als Bauernopfer auserkoren, als aufgeregter Idiot, der den ganzen Schlamassel verursacht hatte. Und Ramey spielte die Rolle des wohlmeinenden Vorgesetzten, der an seiner Stelle die Fragen beantwortete, um ihm weitere Peinlichkeiten zu ersparen.

Zur gleichen Zeit gab in Roswell Mac Brazel eine Pressekonferenz. Ein paar Lokalreporter hatten sich vor dem KGFL-Studio versammelt, um zuzusehen, wie Wassermann den wettergegerbten alten Rancher interviewte. Ein mit zwei Nachrichtenoffizieren besetztes Zivilfahrzeug hatte ihn abgesetzt und wartete darauf, ihn, sobald das Interview beendet war, wieder mitzunehmen. Mac hatte die beiden letzten Tage im Gästehaus auf dem Army-Stützpunkt verbracht. Währenddessen war eine große Anzahl Militärpolizisten auf seiner Ranch eingedrungen und hatte jedermann den Zutritt verwehrt. Ehe sie mit vorgehaltenen Waffen weggescheucht wurden, hatten seine Nachbarn noch gesehen, wie die Soldaten sich auf allen vieren über das Trümmerfeld arbeiteten.

Diesmal erzählte Brazel Wassermann eine andere Geschichte. Er sei mit seiner Frau und seinem Sohn draußen gewesen, um seine Herde zu inspizieren, als er auf die Trümmer gestoßen sei. Sie seien über eine Fläche von etwa siebzig Metern verstreut gewesen und hätten überwiegend aus gräulichem Gummi bestanden. Rings um den größten Teil des

Wracks habe er kleinere Fetzen schwerer Aluminiumfolie liegen sehen. Ihm sei aufgefallen, daß daran Streifen von Scotch-Klebeband gehangen hätten sowie eines anderen Fabrikates, das mit kleinen Blumen bedruckt war.

Die ganze Zeit über sprach er sehr leise und hielt die Augen auf den Boden gerichtet. Noch ehe er zu Ende war, schaltete Wassermann das Mikrophon ab. «Das ist ein Haufen Mist, den du da verzapfst, Mac, und wir beide wissen es. Diese Army-Typen haben dich gezwungen, eine andere Geschichte zu erzählen, nicht wahr?»

Auf dem Weg nach draußen versuchte Wassermann weiter, Brazel eine Erklärung abzuringen. Als sie außer Hörweite der anderen waren, bat Brazel flüsternd: «Zwing mich nicht, darüber zu reden. Du schadest nur mir und meiner Familie.»

Er stieg wieder in den Wagen der Nachrichtenoffiziere, und sie fuhren davon. Brazel weigerte sich, jemals wieder über die Angelegenheit zu sprechen, weder mit Marcel noch mit Wilcox, nicht einmal mit seiner Frau.

7 Interview mit einem Außerirdischen

Etwa eine Woche nachdem Okun mit seinen Nachforschungen über Roswell begonnen hatte, rollte er sich gegen acht Uhr morgens aus dem Bett und versuchte, sich an einen Traum zu erinnern. Darin war er mit Frank Zappa auf Tournee und mußte während eines Konzerts auf einer Waldlichtung einen Grizzlybären aus dem Backstagebereich vertreiben. Mehrfach hatte er das Tier angebrüllt, es besitze keinen Paß, und ohne Paß könne es nicht hinter die Bühne, also solle es sich verziehen.

Er zog Bademantel und Hausschuhe an, die er von den anderen Wissenschaftlern erhalten hatte, entriegelte seine Tür und wollte gerade ins Badezimmer gehen, als er über etwas stolperte. Vor seiner Tür lag ein dicker gelber Umschlag, der versiegelt war. Er erriet, was sich darin befand, und warf ihn auf sein Bett. Zwanzig Minuten später kehrte er mit einer Tasse Kaffee zurück und riß den Umschlag auf. Er hatte richtig geraten: Es war der Bericht, den Wells unmittelbar nach seiner sogenannten Unterredung mit der Kreatur aus dem All verfaßt hatte.

Am Abend des 5. Juli 1947 rief Colonel William Blanchard in Los Alamos an und verlangte, mit Dr. Robert Oppenheimer zu sprechen, dem Leiter des Manhattan Projects. Er sagte, es handele sich um einen Notfall mit Auswirkungen auf die Nationale Sicherheit der Vereinigten Staaten. Immanuel Wells, ein Wissenschaftler aus dem zweiten Glied, der den Anruf entgegennahm, hörte zwar das Drängen in der Stimme des Colonels, mußte ihm aber mitteilen, daß die leitenden Köpfe unterwegs und nicht zu erreichen waren.

Blanchard war verzweifelt bemüht, «wissenschaftliche Verstärkung» zu organisieren. Aus diesem Grund erzählte er Wells, aus einem abgestürzten Flugkörper seien drei Körper geborgen worden. Wells fragte, was er daran so Besonderes finde. Nach kurzem Zögern räumte Blanchard ein, daß das Schiff außerirdischer Herkunft sei und seine Mediziner Wesen wie diese noch nie gesehen hätten. Er, wie auch die untersuchenden Ärzte, bräuchten so viel Unterstützung, wie sie bekommen könnten. An Außenstehende, die nicht zur vielköpfigen Gemeinschaft sicherheitsüberprüfter Regierungsmitarbeiter in New Mexico gehörten, dürften sie sich nicht wenden. Wells brach sofort auf und traf gegen neun Uhr abends im kleinen Militärhospital von Roswell Field ein, nur wenige Stunden nachdem die drei Körper eingeliefert worden waren. Draußen postierte Soldaten erklärten ihm, das gesamte Gebäude stehe unter Quarantänestufe vier. Sollte er sich entschließen, es zu betreten, werde er es erst wieder verlassen können, wenn der Stützpunktkommandeur die Quarantäne aufhebe. Wells zögerte keine Sekunde. Er wußte, daß sich ihm hier eine einmalige Gelegenheit bot, und war entschlossen, einen Blick auf die außerirdischen Leichen zu werfen.

Das Foyer war mit Ausnahme einiger Soldaten und einer verwirrten Krankenschwester leer. Als Wells sich näherte und ihr die Hand auf die Schulter legte, machte sie vor Schreck einen Sprung. Etwas mußte sie ziemlich mitgenommen haben. Sie erzählte, die anderen hätten sich alle in den Beobachtungsraum begeben, da die Ärzte gleich mit der

Autopsie des ersten «Alfs» beginnen würden. Sie sei gerade aus einem anderen Zimmer gekommen, wo sie geholfen habe, die beiden anderen Körper einzubalsamieren und für den Abtransport per Flugzeug vorzubereiten. Der Anblick sei zuviel für sie gewesen, deshalb sei sie ins Foyer gegangen, um frische Luft zu schnappen. Als Wells fragte, was denn ein «Alf» sei, erklärte sie ihm, es stehe für ALF, Außerirdische Lebensform.

Der Beobachtungsraum entpuppte sich als L-förmiger Flur, mit Sichtfenstern zum zentralen Operationssaal. Wells konnte sehen, wie sich die operierenden Ärzte über einen massigen Körper beugten, der auf dem Tisch lag. Auf den ersten Blick hatte es den Anschein, als hätte man ihn aus den Tiefen des Meeres hervorgezerrt: eine gigantische Krebsschale, an der ein Gewirr lebloser Tentakel hing. Wells schritt den Flur entlang und studierte den Kadaver durch die Trennscheibe. Er war beeindruckt, wie sehr das Wesen, im morphologischen Sinne, dem Menschen ähnelte. Es war etwa zwei bis zweieinhalb Meter groß und konnte wohl einmal aufrecht stehen. Besonders schwer schien die außergewöhnlich voluminöse Kopf- und Brustregion zu sein, die Wells mit ihren glänzenden Mustern und gezackten Kanten selbst aus der Nähe an die Schale eines Weichtiers erinnerte. Diese Schale bestand aus zwei symmetrischen, sich an der Vorderseite berührenden Hälften. Die Furche dazwischen wirkte wie eine lange Narbe, die von der Stirn über das Gesicht bis hinunter zum spitz zulaufenden Brustkorb reichte. Das Gesicht wurde von nichts anderem als einer unförmigen Schwarte aus Knochen und Sehnen gebildet. Die Augen waren tief in schmalen schwarzen Höhlen verborgen, die aussahen wie in einen Felsbrocken gemeißelte Krater. Die Kreatur konnte nicht auf den Rücken gelegt werden, da sich dort sechs runde Fortsätze befanden, zweieinhalb Meter lange Tentakel, die in Höhe der Schulterblätter aus dem Rücken heraussprossen. Im Unterschied zur starren Hülle, die den Rest des Körpers schützte, wirkten diese Tentakel weich und glibberig, als wären es dicke Fleischstränge.

Ein bedrohlicher Anblick. Abgesehen von der Tatsache, daß diese Kreatur mit nichts zu vergleichen war, was es auf Erden gab, schien sie *stärker* als alle irdischen Lebewesen. Wenngleich schlank, besaßen die Gliedmaßen eine hochentwickelte Muskulatur. Selbst die Muskeln der etwa dreißig Zentimeter langen Hände zeichneten sich sichtbar ab. Wenn das Ding lebendig und aggressiv gewesen wäre, hätte es einen nicht zu unterschätzenden Gegner abgegeben, insbesondere im Wald oder im Dschungel, wo es dank der Vielzahl der Gliedmaßen ausgezeichnet hätte klettern können.

Die Autopsie wurde von Army-Chirurg Dr. Daniel Solomon und drei seiner Assistenten durchgeführt. Zunächst durchtrennte er mit einem großen Skalpell das Gewebe, das die lange Furche zwischen den Schalenhälften ausfüllte. Als der Schnitt vollzogen war, versuchten die Ärzte, den Spalt aufzustemmen. Dies erforderte einige Zeit und gelang schließlich mit Hilfe eines langen Stößels, den man in den Schädel trieb. Doch sobald eine Öffnung geschaffen war, strömten ätzende Ammoniakdämpfe aus dem Kopf-Brustkorb und zwangen das Chirurgenteam, mit tränenden Augen zurückzuweichen. Nachdem die Luft wieder klar genug war, um die Autopsie fortzusetzen, stellten sich die vier Männer links und rechts der Kreatur auf, drehten die Vorderseite nach oben und begannen, kräftig an den Schalenrändern zu ziehen. Die Muschel brach auf, und Solomons Team machte einen grausigen Fund. Statt der vermuteten Innereien sahen sie ein zweites vollständig entwickeltes Wesen, das sich unter einer dicken Membran durchsichtigen Gels befand. Soldaten legten auf die monströse, glitzernde Biomasse an. Als es keine Lebenszeichen von sich gab, nahm Solomon seinen Mut zusammen und näherte sich erneut. Er faßte hinein und stieß den Körper mehrmals mit dem stumpfen Ende seines Skalpells an. Schließlich griff er nach seinem Tuch, wischte etwas von der gelatineartigen Masse weg und inspizierte das Ding genauer. Nach kurzer Untersuchung stellte er fest, daß es ebenfalls tot war. Im Zweifel, ob sie es mit einem voll entwickelten Embryo oder mit einem Parasiten zu tun hatten, hoben die Mediziner die kleinere Kreatur vorsichtig aus ihrem Unterschlupf, bis die gallertartige Substanz sie mit einem schmatzenden Geräusch freigab. Dann machten sie zwei rätselhafte Entdeckungen. Erstens schien das kleinere Wesen einer völlig anderen Spezies anzugehören als sein Wirtskörper. Zweitens war das größere Tier offenbar ausgeweidet worden, zumindest konnten die Ärzte keine Innereien entdecken, die man als Organe hätte bezeichnen können.

Während sie noch ihre neuesten Beobachtungen debattierten, fragte jemand, der neben Wells hinter der Trennscheibe stand, gestikulierend nach den beiden anderen Außerirdischen. Sofort begab sich das Operationsteam in den Raum, wo die beiden anderen Körper zum Transport vorbereitet wurden. Solomon setzte ein Stethoskop an die harte Brustschale eines der beiden Wirtstiere und verkündete, nachdem er einige Augenblicke gelauscht hatte: «Dies hier lebt noch.»

Bei der Freilegung des lebenden Außerirdischen ergab es sich, daß Wells wesentlich daran teilhatte. Auch die zweite Hülle wirkte tot, als sie auf eine Trage gehoben und in den Operationssaal gerollt wurde. Doch als Solomon sein Skalpell in der Furche ansetzte, um das Gewebe, das die Schalenhälften verband, zu durchtrennen, bewegte sich einer der Tentakelarme kraftlos und versuchte, den Arzt vom Tisch wegzustoßen. Plötzlich verstand Solomon die Beziehung der beiden außerirdischen Kreaturen. Er erklärte seinem Team und den Zuschauern, daß der ALF im Innern den äußeren Körper manipulierte. Offenbar benutzte er ihn als biologische Rüstung. Erpicht darauf, die verborgene Kreatur lebendig herauszutrennen, bat er die Zuschauer um Unterstützung. Er brauchte Freiwillige, die die Gliedmaßen festhielten, während er den Torso aufbrach. Auch Wells meldete sich. Er erhielt ein Paar Handschuhe und sollte eines der Tentakel festhalten. Den schlangenförmigen Fortsatz mit beiden Händen packend, grub er seine Finger tief in das schwammige Gewebe. Als Solomon den Eingriff fortsetzte, spürte Wells, wie sich das Ding schwach zwischen seinen Händen rührte, ein Gefühl, das ihn mehr und mehr schwindeln ließ. Er stand kurz davor, ohnmächtig zu werden – da entwichen die Ammoniakdämpfe und verschafften ihm für kurze Zeit einen klaren Kopf. Die Kreatur im Innern der Hülse kämpfte heftiger. Mit einem lauten Krachen brach die Schale der Länge nach auf. Wells schaute auf den Operationstisch und sah, wie sich das schleimbedeckte Wesen im Brustkasten seines Wirtstieres wand. Er fühlte, wie seine Finger ihre Kraft verloren und seine Knie nachgaben. Um Kontrolle ringend, konzentrierte er seinen Blick auf die Tischkante und begann, die erstbeste Melodie zu summen, die ihm in den Sinn kam. Er konzentrierte sich auf seine Melodie und schaffte es auf diese Weise, so lange bei Bewußtsein zu bleiben, bis die Chirurgen den kleineren Körper aus dem Wirtstier heraushoben. Schwer atmend verfolgte er, was geschah.

«Nicht aufhören, summen Sie weiter», befahl Solomon. «Das beruhigt ihn.»

Also summte der Atomphysiker des Manhattan Projects weiter. Als er das schmatzende Geräusch hörte, das die Trennung der beiden Kreaturen anzeigte, schaute er auf und fand sich Auge in Auge dem schleimbedeckten Außerirdischen gegenüber. Dessen riesige Augen, die wie Quecksilberpfützen spiegelten, waren offen und sahen ihn an. Als sich zwei schwere Lider über die Quecksilberseen senkten, hatte Wells das Gefühl, auch über ihn falle ein Vorhang. Der Raum löste sich auf, und er merkte nur noch, wie er zu Boden sank.

Als Wells am nächsten Morgen wieder zu sich kam, stand Dr. Solomon an seinem Bett.

«Willkommen zurück. Sie sind uns gestern ein bißchen zusammengeklappt und bewußtlos geworden.»

Wells setzte sich auf und griff nach der ihm angebotenen Tasse Kaffee, doch als er sie an die Lippen setzte, ekelte er sich vor dem Geruch. Er stellte die Tasse wieder ab.

«Ich wollte Ihnen meinen Dank aussprechen», fuhr Solomon fort. «Dem ALF etwas vorzusummen war eine glänzende Idee. Ich glaube, Musik ist wirklich die Sprache des Universums.»

«Ich habe nur versucht, nicht ohnmächtig zu werden», räumte Wells ein. «Aber ich bin froh, daß ich mich nützlich machen konnte. Lebt er noch?» So schnell, wie ihm die Frage von den Lippen ging, so schnell begriff Wells, daß er die Antwort bereits kannte.

«Ja, er lebt noch, ich weiß allerdings nicht, wie lange er durchhalten wird. Wir finden keinen Weg, ihm zu helfen. In der Nacht hat er immer wieder das Bewußtsein verloren.

Wir haben ihm Nahrung und Wasser angeboten, aber bisher hat er nichts angenommen. Wir sind noch nicht einmal sicher, wie er überhaupt ißt. Wenn er nicht an inneren Verletzungen stirbt, wird er verhungern.»

«Das wäre eine gute Nachricht, oder?» fragte Wells.

«Sie kapieren schnell.» Solomon lächelte. Er war wie Wells Anfang Vierzig, doch nach einer schlaflos verbrachten Nacht sah er bedeutend älter aus. «Die Militärs sind überglücklich zu hören, daß er keine Nahrung zu sich nimmt. Sie sind der Meinung, das beweise, daß der Außerirdische hier nicht überleben kann. Ich hingegen bin davon nicht überzeugt. Das Ding ist schwer verletzt, kein Wunder, daß es keinen Appetit hat.»

Obwohl diese Diagnose nahelag, wußte Wells aus irgendeinem Grund, daß Solomon sich irrte. Er saß da, starrte vor sich hin und grübelte darüber nach, bis ihn Solomon aus seinen Gedanken riß. «Ich sehe jetzt zu, daß ich selber eine Mütze Schlaf bekomme. Der ALF wird gerade verhört. Vielleicht wollen Sie kurz frühstücken und dann reingehen und zusehen.» Mit diesen Worten verließ er das Zimmer.

Wells zog sich an und ging ins Foyer. Dort hatte man mit Lebensmitteln, die man durch die Quarantäne gebracht hatte, ein großzügiges Buffet aufgebaut. Obwohl er seit mehr als zwölf Stunden nichts mehr gegessen hatte, fühlte er sich nicht hungrig. Im Gegenteil, die Lebensmittel ekelten ihn an, als röchen sie verfault. Schnell eilte er in den Beobachtungsraum, um dem Gestank zu entkommen.

Die gebrechliche Kreatur, die bewegungslos auf dem Operationstisch lag, war wach. Die Augen hatte sie geöffnet, aber starr zur Decke gerichtet. In sicherer Entfernung standen zwei Agenten der Army und versuchten alles Erdenkliche, um mit dem Außerirdischen Kontakt aufzunehmen. Wells setzte sich und sah ihnen durch die Trennscheibe die nächsten sechs Stunden lang zu. Sie stellten Fragen in verschiedenen Sprachen, wedelten mit den Händen, schnippten mit den Fingern und malten Symbole auf eine Tafel, die sie dem Außerirdischen vorhielten. Dann legten sie Schreibgeräte in seine Reichweite. Sie spielten von einem Tonband Musik ab und machten mit Mund und Händen eine Reihe lächerlicher Geräusche, in der Hoffnung, irgend etwas davon werde die Aufmerksamkeit des Wesens wecken. Sie zeigten ihm die frisch entwickelten Aufnahmen des abgestürzten Raumschiffs, keine Reaktion. Als sie mit ihrem Latein am Ende waren, machten sie Platz für ein neues Team. Wells, der sich nicht vom Fleck rührte, sah weitere sechs Stunden zu, wie das zweite Team mit ähnlichen Bemühungen das gleiche Resultat erzielte: nichts. Schließlich bemerkte man den Mann, der den ganzen Tag über nicht einmal aufgestanden war, um zur Toilette zu gehen, ein Getränk zu holen oder seine Beine zu vertreten.

Die Angelegenheit wurde Dr. Solomon berichtet. Er kam in den Beobachtungsraum und setzte sich neben Wells, der kaum Notiz davon nahm. «Faszinierend, was?» sagte Solomon mit Blick auf den Außerirdischen. Wells wußte, weshalb Solomon gekommen war, sagte jedoch nichts, spürte nichts. «Dr. Wells, Sie sitzen hier schon eine ziemlich lange Zeit. Warum kommen Sie nicht mit ins Foyer und essen etwas?»

«Nicht hungrig», sagte Wells bestimmt. Das erinnerte den Arzt, daß der ALF ebenfalls weder gegessen noch getrunken hatte. Sie hatten ihm Salat angeboten, Zucker, Milch, Brot, kalifornische Dosenpfirsiche und verschiedene Fleischsorten, sowohl roh als auch gebraten und gekocht. Bis dahin hatte dies eine einzige wahrnehmbare Reaktion des Patienten zur Folge gehabt: Er hatte alles mit schwachem Winken abgewiesen.

«Er wird nichts essen», sagte Wells. «Er hat sich entschlossen, nichts zu essen.»

Solomon musterte Wells mit einem langen prüfenden Blick. «Was soll das heißen: *er hat sich entschlossen*?»

«Die Verletzungen sind nicht schwerwiegend genug, um ihn umzubringen. Er wird sich zu Tode hungern.»

«Wie kommen Sie darauf?»

«Weiß nicht. Ich spüre es. Und je länger ich hier sitze, desto überzeugter werde ich.» Zum erstenmal nach zwölf Stunden wandte Wells seine Konzentration von dem Außerirdischen ab, um Solomon anzuschauen. «Ich kann sagen, was er denkt. Er könnte die Nahrung aufnehmen, wenn er wollte, es geht nicht darum, ob sie für ihn vielleicht giftig ist. Er möchte essen, aber das ist ihm verboten. Und diese Verhörspezialisten werden nichts aus ihm herausbekommen. Das Ding kommuniziert telepathisch. Sie sollten einen Psychiater holen, oder einen Gedankenleser.»

«Dr. Wells.» Solomon flüsterte, um seinen Wissenschaftlerkollegen nicht bloßzustellen. «Wir alle hier haben nicht mehr das beste Nervenkostüm. Mehreren Leuten ist aufgefallen, daß Sie seit zwölf Stunden hier ...»

«Warten Sie.» Urplötzlich richtete Wells seine volle Aufmerksamkeit wieder auf den ALF. «Er erkennt etwas.» Solomon schaute durch die Trennscheibe, sah aber nur, daß der Außerirdische in derselben, seit Stunden unveränderten Position verharrte. Drinnen hielt ein Agent ihm ein Pappschild vor. Er wollte gerade das nächste Schild hochhalten, als die Kreatur einen Arm hob und nach dem Bild zu greifen schien. Der Agent ging mit dem hochgehaltenen Schild im Raum hin und her, und der Außerirdische hob den Kopf und versuchte mühevoll, mit den Augen dem Schild zu folgen. Im Beobachtungsraum war ein Murmeln zu hören. Endlich funktionierte etwas. Der Agent drehte sich um und zeigte das Symbol, das die Aufmerksamkeit des Außerirdischen geweckt hatte: der Großbuchstabe Y.

Solomon sah Wells an: «Ich glaube, es wird Zeit, daß wir uns mit Blanchard unterhalten. Bitte folgen Sie mir.»

Eine Stunde später betrat Wells ein zweites Mal den Operationssaal. Sein Anzug war zerknittert, seine Augen blutunterlaufen, außerdem brauchte er dringend eine Rasur. Ohne zu zögern, holte er einen Stuhl und setzte sich zum Außerirdischen. Im Gegensatz zu den Verhörspezialisten des Militärs lehnte er sich zurück, legte die Hände in den Schoß und saß einfach da.

«Wo kommst du her?» flüsterte er sanft. Er stellte nicht wirklich eine Frage, er lauschte nur den Worten. Er wußte, daß er sie in eine Sprache übersetzen mußte, die die Kreatur aus einer anderen Galaxie verstand. *Wo kommst du her?* fragte er erneut und versuchte, den Gedanken aus seinem Kopf in die beide Körper trennende Atmosphäre zu schikken. Wo kommst du her? fragte er immer und immer wieder, als wäre es eine Frage der Konzentration, die mentalen Muskeln zu bewegen, die Gedankenleser haben müssen. Sein Instinkt sagte ihm, daß die Kreatur via ESP kommunizierte, außersinnliche Wahrnehmungen, womit er der Wahrheit so nahe kam, wie es seine irdische Einbildungskraft zuließ.

Die Kreatur drehte den Kopf, um ihn anzuschauen. Hinter dem fast menschlichen Gesicht zeichnete sich der Schädel als feste, durchsichtige Masse ab. Durch die Schädelwände konnte Wells die ineinander verschlungenen Adern sehen sowie kleine Gewebeknoten, die sich zusammenzogen und wieder entspannten. Die Art und Weise, wie sich die Augenlider schlossen, wie sich Kopf und Finger bewegten, ließ darauf schließen, daß die exotische Kreatur eine dem Menschen vergleichbare Intelligenz besaß.

Wells wählte einen anderen Weg. Er versuchte, Bilder oder Ideen zu übermitteln. Doch wie übersetzte man *Wo kommst du her* in Bilder? Er überlegte ein paar Minuten, stellte aber fest, daß er nur Strichmännchen, Spielzeughäuser und ein Fragezeichen vor sich sah. Weil seine Logik zu abstrakt, zu menschlich war, konnte dies nicht funktionieren. Dann begriff er. Plötzlich wußte Wells, wie er zu fragen hatte.

Er dachte an sein eigenes Heim, das einstöckige Haus, das er mit seiner Frau in den Hügeln außerhalb Santa Fes bewohnte. Ein paar Augenblicke verweilte er bei diesem Gedanken, dann nahm er den Außerirdischen auf eine Tour durch das Haus mit. Nicht nur wollte er ihm zeigen, wie es in seinem Haus aussah, sondern auch, was er empfand: Behaglichkeit und Stolz, es zu besitzen. Er stellte sich das Wohnzimmer vor, leer jetzt, in dem aber immer noch die Herzlichkeit und das Lachen von Freunden nachklangen, setzte sich in seinen Lieblingssessel, erinnerte sich, wie sich die Polsterung anfühlte. Jäh und ohne Vorwarnung wurde seine Meditation unterbrochen, und Wells stürzte in eine völlig neue Realität. Jetzt war es die gebrechliche Kreatur auf dem Tisch, die den Wissenschaftler auf eine Reise mitnahm.

Noch ehe er die Dunkelheit bemerkte, spürte er die Hitze. Hochofenheiße Hitzewellen, an der Grenze dessen, was sein Körper ertrug, strömten von allen Seiten auf ihn ein. Und je tiefer es ging, desto heißer wurde es. Wells befand sich in einer Höhle und fühlte die Gegenwart anderer Leiber um sich herum. Sie bewegten sich mit ihm, Hunderte Kilometer tief unter der Oberfläche eines zerstörten Planeten, folgten sie dem abschüssigen Boden, der tiefer und tiefer zum Zentrum führte. Der Tunnel war Teil eines riesigen Labyrinths, eines Höhlensystems, das sich von der zerstörten Kruste bis zum flüssigen Kern hinzog und Milliarden von Wesen beheimatete. Vor langer Zeit hatten sie auf der Oberfläche in einem üppigen Paradies gelebt, nun war alles verdorrt und tot, und sie lebten hier unten. Der felsige Grund brannte unter seinen Fußsohlen, doch anstatt umzukehren, ließ er zu, daß der Schmerz seine Schritte beschleunigte. Blindlings rannte er durch die Finsternis, spürte, wie der Raum sich vor ihm öffnete und er eine riesige unterirdische Halle betrat. Er roch, daß die Wände voller Nahrung waren: üppige Pflanzenteppiche, die sich wie Moos anfühlten. Da riß er einen schweren Fetzen von dem kochendheißen Felsen ab und zerrte ihn hinter sich her in den dunklen Korridor. Einen Abhang hinauf, und noch einen, zog und schleppte er seine Beute in Richtung Oberfläche. Mit der Hitze ließ auch die Drangsal nach. Dafür nahm die Anzahl der Leiber um ihn herum zu, eine dichte Masse von Körpern, die wie Piranhas aus allen Richtungen herbeischwärmten und große Stücke aus seinem Flechtenteppich rissen. Er hörte auf zu ziehen und vereinigte sich mit der gierigen Meute, bahnte sich tretend und stoßend seinen Weg mitten in die Orgie hinein. Bis er eine Lichtung fand, auf die er sich mit weit aufgerissenem Mund rettete, ein Stück der immer noch warmen Pflanze in sich einsaugend.

Wells erwachte aus seiner Trance, abermals Auge in Auge mit dem außerirdischen Besucher. Seine Stirn war schweißüberströmt, und sein Herz klopfte. Sein erster Gedanke war zurückzuweichen, der verstörenden Vision, die man ihm gezeigt hatte, zu entfliehen. Doch er unterdrückte den Wunsch. Er konnte kaum glauben, daß die gefaßte und edle Kreatur von solch einem widerwärtigen Ort stammte. Dann lächelte Wells. Er hatte den Bann gebrochen und eine Verbindung hergestellt.

Bei den Militärs allerdings kam sein Bericht nicht gut an. Die Offiziere waren allenfalls am Rande an Wells' Erfahrungen interessiert und erbost darüber, daß er nicht die vereinbarten Fragen gestellt hatte. Obwohl die Vision des Heimatplaneten sich in ferner Zukunft als nützlich erweisen konnte, beantwortete sie nicht die brennende Frage nach dem *Warum*. Warum waren diese Kreaturen zur Erde gekommen, und was wollten sie hier? Die Tatsache, daß Wells sich während der Vernehmung unstet und sprunghaft verhielt, machte die Sache nicht besser. Er verhaspelte sich, wurde rührselig und verlor des öfteren den Faden. Dies weckte bei den Offizieren den Verdacht, daß seine Vision nichts weiter war als eine Halluzination.

Solomon intervenierte und wies darauf hin, daß Wells möglicherweise unter Dehydrierung litt. Er hatte seit fast achtundvierzig Stunden weder Wasser noch Nahrung zu sich genommen. Doch als ihm jemand ein Glas Wasser reichte, lehnte er es rundweg ab. Am Ende der dreißigminütigen Sitzung hatte Wells das Vertrauen der Verantwortlichen verloren. Es wurde entschieden, ihn von der Kreatur fernzuhalten, bis sich sein Geisteszustand besserte. Auch andere, so glaubten sie, konnten auf die von Wells beschriebene Art mit dem ALF kommunizieren.

Diese anderen versuchten es. Tagelang bemühten sie sich, ohne Erfolg.

Am Nachmittag des vierten Tages, als Wells in einem der

unbenutzten Zimmer schlief, betraten Solomon und einige seiner Assistenten leise den Raum. Wells schreckte aus dem Schlaf hoch, er wußte, weshalb sie gekommen waren. Doch noch ehe er auf die Beine kam, packten sie zu und hielten ihn auf dem Bett fest, während Solomon ihm ein Beruhigungsmittel spritzte. Als er zwanzig Stunden später erwachte, lag er in einem anderen Zimmer, war auf dem Bett festgeschnallt und hing am Tropf. Sowie Dr. Solomon das Zimmer betrat, fand er Wells ausgeruht und hellwach vor. Obwohl er sich noch immer weigerte, etwas zu essen, hatte die intravenöse Ernährung seine Lebensgeister wieder geweckt.

«Keiner der anderen hat Glück gehabt», erzählte ihm der Arzt. «Und das Wesen wird schwächer und schwächer. Wenn Sie sich dazu in der Lage fühlen, wünscht der General, daß Sie noch einmal zu ihm gehen.»

Sobald sie den verglasten Raum betraten, spürte Wells, wie nah der Außerirdische dem Tod war. Er holte ein Glas Wasser und hielt es, seine eigene Hydrophobie niederkämpfend, dem Außerirdischen vor die riesigen schwarzen Augen. Telepathisch versuchte er, die Kreatur zum Trinken zu bewegen.

Er fühlte dessen Reaktion: den Befehl, die Flüssigkeit zu entfernen. Wells gehorchte und gab das Glas einem der Soldaten, die hinter ihm standen. Obwohl er wußte, daß der gebrechliche Körper vor ihm dringend Wasser benötigte, verstand er dessen Weigerung. Der Ton des Befehls indes verstörte ihn. Wells empfand, daß er wie ein Untergebener, ein minderwertiges Wesen behandelt wurde – als wäre die halbtote Gestalt ein delirierender Lord, der einen Leibeigenen anbellte.

Wells folgte den Anweisungen der Army und begann, die Fragen zu stellen, auf die sie eine Antwort wollte. Er fragte die Kreatur, warum sie gekommen sei, wollte etwas über die Befehlsgewalten ihrer Spezies wissen, ihre militärischen Kapazitäten und ob noch weitere Raumschiffe in die Erdatmosphäre eingedrungen seien. Doch die einzige Antwort, die er erhielt, war die matte Vision eines riesigen Y. Vielleicht lag es an der geschwächten Verfassung des Besuchers, daß die Vision nichts von der Kraft der früheren Bilder hatte. Sie vermittelte lediglich ein unscharfes Bild eines gegabelten Symbols inmitten einer Einöde. Das gleißende Licht einer Sonne ließ den Wissenschaftler blinzeln. Wells nahm an, der Ort befand sich irgendwo auf der zerstörten Oberfläche des Planeten, den er bereits kennengelernt hatte. Er spürte das Verlangen des Außerirdischen, dorthin zurückzukehren, doch mehr erfuhr er nicht. Und es war nicht das, wonach er forschte.

Er kehrte zurück zu der Frage, warum die Kreatur und ihre Begleiter zur Erde gekommen waren. Da er das *Fenster* oder den *Kanal* entdeckt hatte, wodurch er mit dem fremden Wesen kommunizieren konnte, bewegte er sich nun rascher und sicherer. Er spürte, daß der Außerirdische seine Fragen verstand, doch zu schwach war, um zu antworten. Wells lehnte sich zurück und überlegte, ob es schon zu spät war, ob der Außerirdische die Fähigkeit zu kommunizieren bereits eingebüßt hatte. Obwohl er schnell lernte, die Gedanken der Kreatur zu teilen, konnte er ihn nicht mehr mit derselben Intensität wahrnehmen wie zuvor. Dann kam ihm ein Gedanke, den auszuprobieren er nicht unbedingt erpicht war. Er besah sich die Hand, die auf dem Tisch ruhte. Sie besaß zwei plumpe, greiffähige Finger von etwa fünfzehn Zentimetern Länge. Die Hand war noch immer mit dem nach Urin riechenden Schleim überzogen, der aus dem Brustkorb des größeren, tentakelbestückten Schalentiers stammte. Wells holte tief Luft, beugte sich vor und legte seine eigene Hand auf einen der Finger. Er drückte ihn sanft und spürte, wie die harzige Flüssigkeit zwischen seinen Fingern hervortrat. Kurz darauf krümmte sich der zweite Finger um Wells' Hand und drückte sie mit der Kraft eines kleinen Kindes.

Warum bist du hergekommen? Wer sind eure Führer? Was wollt ihr? Die Fragen strömten von einem Körper in den anderen. Zwei volle Stunden blieben sie äußerlich unbewegt und schwiegen, während die Männer hinter der Trennscheibe sie beobachteten. Dann öffnete die Kreatur ihre Hand und zog sie weg. Wells flüsterte ihr etwas zu, und verließ dann den Raum.

«Unser Freund», wie Wells den ALF seitdem nannte, «unser Freund war ein Wissenschaftler auf Entdeckungsreise, ebenso wie seine Begleiter, die bei dem Absturz ums Leben gekommen sind.» Sie waren während einer, wie es schien, ziellosen Expedition durch das Universum auf unseren Planeten gestoßen. Etwas hatte sie aufmerksam gemacht, möglicherweise von der Erde abgestrahlte Radiowellen, und sie kamen her, um nachzuforschen. Eines hatte das Ding unmißverständlich zum Ausdruck gebracht – sie waren nur als Beobachter gekommen. Sie hatten sorgfältig versucht, nicht entdeckt zu werden, und, obwohl sie die Menschen offenbar nicht fürchteten, keinen Kontakt zu ihnen gewünscht. Sie schienen an Menschen nicht mehr interessiert als an Tieren und der Pflanzenwelt. «Tatsächlich», sagte Wells, «ich hatte das Gefühl, daß unser guter Freund mich physisch ekelerregend fand und daß es für ihn genauso befremdlich war, mich zu berühren, wie umgekehrt.»

Als er nach den Befehlsgewalten und der Sozialstruktur der Außerirdischen gefragt hatte, war ihm das Bild einer riesigen Kreatur gezeigt worden, vermutlich einer Art Führer oder Kommandant. Mit diesem Wesen verband sich ein starkes Gefühl der Geborgenheit. Es war ein Beschützer, obwohl nicht deutlich wurde, wen es beschützte. Die meisten Schwierigkeiten hatte Wells damit, die Antwort auf die Frage nach weiteren Raumschiffen zu verstehen. Er nahm bloß ein zwanzig Meter langes Schiff wahr, das durchs All schwebte. Als Wells fragte, weshalb sich kein Proviant an Bord befinde, und die Annahme der Militärs weiterleitete, daß das Schiff lediglich für Kurzstreckeneinsätze konstruiert sei, war das Interview mit einemmal beendet.

Der Wissenschaftler brachte seine Bewunderung für den Weltraumreisenden unverhohlen zum Ausdruck und wies auf die Tapferkeit seines Freundes hin, deren es bedurfte, sich auf eine solche gefährliche Reise zu begeben.

Am selben Abend stand Wells im Foyer des Hospitals und unterhielt sich mit einigen Offizieren. Er wollte ihnen die physischen Empfindungen beschreiben, die er gehabt hatte, als er die Gedanken des Außerirdischen zu entschlüsseln versuchte. Plötzlich brach er mitten im Satz ab und beklagte sich über Schwindelgefühle. Schwankend packte er einen der Offiziere am Arm, bemüht, sich auf den Beinen zu halten, und stürzte dann, ehe ihn jemand stützen konnte, zu Boden.

Sowohl er als auch der Außerirdische waren gemeinsam in ein Koma gefallen, das neun Tage währen sollte. Solomon kam zu der Überzeugung, beide hätten freundschaftliche Bande geknüpft. Er verglich es mit dem Phänomen, das gelegentlich bei Zwillingen zu beobachten ist, wenn einer die Schmerzen des anderen fühlen kann. Er wies auf den Fall Metchek hin, in dem eine Frau aus Dallas die Polizei in Connecticut angerufen hatte, um einen Unfall zu melden. Sie behauptete, gesehen zu haben, wie der Wagen ihrer Zwillingsschwester von einer vereisten Straße abgekommen und einen Abhang hinabgestürzt sei. Obwohl sie niemals in Connecticut gewesen war, konnte sie Einzelheiten des Straßenverlaufs benennen sowie den genauen Ort, am dem der Wagen eine Begrenzungsmauer durchschlagen hatte. Als die Polizei nachforschte, fand sie den verletzten Zwilling exakt an der ihnen bezeichneten Stelle. Solomon befürchtete, der Außerirdische könnte versuchen, Wells mit in den Tod zu nehmen, und erhielt die Erlaubnis, den Wissenschaftler aus der Quarantäne zu schaffen. Wells wurde zum Luftwaffenstützpunkt Wright-Patterson gebracht, wo er blieb, bis der ALF verstarb.

Als er aus dem Koma erwachte, hatte er dauerhaft sein Gehvermögen eingebüßt, und die Bewegungsfähigkeit seines Oberkörpers war stark eingeschränkt. Seitdem bezeichnete Dr. Wells den Außerirdischen nicht länger als seinen Freund.

8 Die Bikini-Connection

Nachdem er den Wells-Bericht gelesen hatte, öffnete Okun seine Tür und schlenderte, in Gedanken versunken, durch die Korridore. Unwillkürlich zog es ihn zur Gruft, und er beschloß, den toten Außerirdischen einen Besuch abzustatten.

Die Behälter, drei mit einer trüben Flüssigkeit gefüllte, stahlverstärkte Glassärge, standen nebeneinander auf dem Fußboden. Er ging in die Hocke, preßte seine Nase gegen das Glas und sandte ihnen telepathisch eine Botschaft zu, damit sie aufwachten. Wann immer er dieses Spiel spielte, erwartete irgend etwas in ihm, ein Muskelzucken, ein Augenblinzeln oder sonst ein Lebenszeichen zu sehen, woraufhin er mit dem Ruf «Sie leben! Sie leben!» durch die Gänge rennen wollte. Doch die käsigen weißen Leichname schwebten ruhig in ihren Formaldehydgräbern. Tot sahen sie ebenso friedlich aus wie der, den Wells beschrieben hatte. Ihre weit aufgerissenen Augen verliehen ihnen einen erstaunten, unschuldigen Ausdruck, der einen tatsächlich glauben machte, sie wären einzig der reinen Wissenschaft wegen gekommen, hätten keine anderen Beweggründe gehabt.

Doch Okun glaubte das nicht. Obwohl er sich stolz als Peacenik bezeichnete, war er ein realistischer Wissenschaftler. Diese Kreaturen mochten einer anderen Galaxie entstammen, trotzdem blieben es Lebewesen mit Instinkten und Trieben. Okun bezweifelte, daß sie so selbstlos waren, wie Wells sie geschildert hatte.

Er erinnerte sich an eine Anekdote über Napoleon Bonaparte, die er an der Caltech gehört hatte. Als Napoleon sich darauf vorbereitete, in Ägypten einzumarschieren, trat eine Gruppe von Frankreichs berühmtesten Philosophen und Historikern an ihn heran. Da sie spürten, daß ein historischer Augenblick bevorstand, wollten sie daran teilhaben und aus erster Hand von den Ereignissen berichten. Sie appellierten an Napoleons Ego und versprachen ihm, als Dankeschön ein Buch zu schreiben, in dem sie seine Heldentaten bejubeln wollten. Es würde dem General einen Platz in der Geschichte sichern. Napoleon willigte ein, jedoch nur unter der Bedingung, daß die Akademiker sich am Ende seiner Marschkolonne einreihten, dort, wo sie hingehörten, nämlich «zu den Huren und Marketenderinnen». Die Professorin, die Brackish die Anekdote erzählt hatte, erklärte, sie illustriere das typische Verhältnis von Wissenschaft und Militär. «Wo es Wissenschaft gibt», sagte sie, «gibt es Krieg. Die Idee einer reinen Wissenschaft ist nichts weiter als ein Mythos. Unter der Oberfläche lauert stets ein anderes Motiv.»

Damals hatte Okun sie nicht übermäßig ernst genommen, doch jetzt, nur wenige Jahre später, arbeitete er mehr oder minder selbst für das Militär. Sicher, er hatte schulterlanges Haar, trug eine Anch-Kette, und an seiner Wand hing ein Poster mit dem Slogan ‹Krieg gefährdet die Gesundheit von Kindern und anderen Lebewesen›. Trotzdem marschierte er brav am Ende der Karawane mit.

Wenn er mit den toten Außerirdischen hätte reden können, hätte er sie über ihre biomechanischen Hüllen ausgefragt. Die bei der Autopsie anwesenden Ärzte waren zu dem Schluß gekommen, Innen- und Außenkörper gehörten zu verschiedenen Spezies. Obwohl keiner der Mediziner 1947 daran gedacht hatte, fragte sich Okun, ob diese Wesen nicht vielleicht sogar von verschiedenen *Planeten* stammten. Dies würde darauf hinweisen, daß die in den Tanks schwebenden

Kreaturen Angehörige einer Erobererrasse waren, die die anderen Körper auf dieselbe Weise benutzte wie die Menschheit das Vieh. In jedem Fall verspürte Okun das dringende Bedürfnis, Vegetarier zu werden. Die exoskelettalen Hüllenkörper waren unglücklicherweise seit langem zerstört: Man hatte sie, um der Verbreitung nichtirdischer Bakterien vorzubeugen, mit DDT besprüht, und das Spray löste eine chemische Reaktion aus, die die Schalen zu einer dickflüssigen Paste schmelzen ließ.

Okun setzte sich auf den nächstliegenden Sarg und überdachte die Frage nach dem zweiten Schiff. «Bin ich paranoid?» fragte er die außerirdische Lebensform unter sich, «oder hat meine Regierung Kenntnis von euren anderen Schiffen? Vielleicht gibt es sogar irgendwo ein Area 52. Andererseits, warum sollten sie mich von der Untersuchung dieser Möglichkeit abhalten wollen?»

Die Außerirdischen sagten nicht, daß alles nur Teil eines Plans war, das junge Genie bei Laune zu halten.

«Auf Sie habe ich gerade gewartet.»

«Ihr Ton gefällt mir überhaupt nicht. Was ist los?» Radecker, der nicht länger verheimlichte, daß er sich in einem fünfjährigen Urlaub befand, trug einen weißen Tennisdreß. Aus seinem Köfferchen ragte eine Schlägerhülle. Er kam gerade von einem 36stündigen Erholungsaufenthalt am Strand vom Frenchman Lake zurück.

«Tennis gespielt?» fragte Okun.

«Genau. Und Sie brechen gerade nach Woodstock auf?» konterte sein Boß defensiv. Okun trug Sandalen und ein verblichenes altes T-Shirt mit einer Jimi-Hendrix-Silhouette.

«Dieser Wells-Bericht war ziemlich interessant. Haben Sie mal reingelesen?»

«Überflogen. Warum? Steht etwas drin, das ich wissen müßte?»

Okun musterte ihn und suchte nach Anzeichen, daß Radecker log. «Naja, das Inhaltsverzeichnis auf der Titelseite führt einen Nachtrag auf, der einige Jahre später hinzugefügt wurde. Einen Abschnitt mit dem Titel ‹Revision der vorläufigen Schlußfolgerungen›. Diese Seiten fehlen.»

«Und Sie glauben, ich hätte sie entfernt?»

«Das habe ich nicht gesagt.» Okun versuchte, sein Pokerface zu wahren, es gelang ihm aber nicht. Sein schiefgelegter Kopf und die zusammengekniffenen Augen verrieten Radekker, daß er verdächtigt wurde.

«Sehen Sie, Sie haben mich um den Bericht gebeten, und ich habe ihn besorgt. Weshalb sollte ich mir die Mühe machen, ihn hierher schicken zu lassen, um Ihnen dann etwas zu verheimlichen?»

Beide kannten die Antwort. Weil darin Informationen enthalten sein könnten, die zusätzliche Raumschiffe betrafen. Brackish wollte etwas erwidern, erinnerte sich jedoch des Versprechens, das er Dworkin gegeben hatte. Er konnte Radecker nicht sagen, was der alte Mann ihm erzählt hatte. «Ich behaupte nicht, Sie hätten die Seiten entfernt, nur daß sie fehlen. Vielleicht will uns jemand in Washington über etwas im dunkeln lassen.»

«Wenn dem so ist, gibt es leider nichts, was wir tun können, oder?» Radecker ging in sein Zimmer, um auszupakken.

Okun schüttelte den Kopf. Er fragte sich, ob Colonel Spelman wußte, wie Radecker seine Zeit in Nevada verbrachte. Aus dem, was Radecker in den ersten Tagen im Laboratorium geäußert hatte, konnte sich Okun zusammenreimen, daß er ehrgeizig war und in der CIA Karriere machen wollte. Doch schien er nur mäßig intelligent, und ein gewissenhafter Arbeiter war er auch nicht. Okun kam erstmals der Gedanke, daß Radecker vielleicht gar kein hervorragender Agent war. Vielleicht hatten sie ihn ausgewählt, eben weil er mittelmäßig und leicht ersetzbar war. Doch in einem hatte Radecker ohne Zweifel recht: Wenn Pentagon und CIA ihnen etwas verheimlichen wollten, hatten sie alle Macht der Welt, die Männer in der Area 51 im dunkeln tappen zu lassen.

Okun folgte dem Labyrinth der Korridore bis zum Ausgang und schaltete die lange Lichtschiene ein, die die Aktenberge beleuchtete. Irgendwo in dieser Ansammlung bedruckten Papiers befand sich der Schlüssel, den er brauchte. Das spürte er. Aber wo? Seit er mit dieser völlig desorganisierten Bibliothek bekannt gemacht worden war, hatte er es gerade mal geschafft, vierzig Berichte zu lesen. Er zog einen Stift aus der Hemdtasche und benutzte seine Handfläche als Schmierpapier. Bei seiner gegenwärtigen Lesegeschwindigkeit würde er 513 Jahre brauchen, um alle Dokumente zu sichten.

Niedergeschlagen schaltete er die Lichter aus. Es sollte fast ein Jahr vergehen, ehe er sie wieder einschaltete.

Einen Monat nachdem der Wells-Bericht eingetroffen war, tänzelte Radecker in die Küche und schwang ein Telegramm. «Packt eure Sachen, wir machen eine kleine Tournee. Das kam gerade von Spelman», verkündete er und ließ das Telegramm vor einem brütenden Okun auf den Tisch fallen. «Sie haben Ihren Antrag genehmigt.»

«Sie machen Witze. Ich hab das gar nicht ernst gemeint.» Nach zwei Wochen Depression war Brackish klargeworden, daß er sich mit irgend etwas beschäftigen mußte. Mit Hilfe seiner Kollegen hatte er dann einen einigermaßen irrwitzigen

Antrag formuliert, das außerirdische Raumschiff mittels menschlicher – zur Hälfte noch nicht einmal entwickelter – Technologie wieder flugtüchtig zu machen. Die Männer hatten über die meisten ihrer absurden Vorschläge gelacht. Für Okun war es wie früher gewesen, als er Pläne schmiedend mit den *Mothers* auf seinem Zimmer gehockt hatte. Nur daß seine neue Clique eher den Namen *Grandpas of Invention* verdiente.

Eine seiner Ideen, der er keine besondere Bedeutung beimaß, sollte sich als erstaunlich prophetisch herausstellen: Obwohl es aus steuerungstechnischen Gründen keinen besonderen Grund dafür gab, entschloß er sich zu der Annahme, Geschwindigkeit und Lenkung des Schiffs basierten auf telekinetischer Energie. Okun erinnerte sich an Dr. Solomons Theorie, nach der die Außerirdischen ihre biomechanischen Hüllen mittels Willenskraft steuerten. Aufgrund ihrer fötusähnlichen Position innerhalb des Brustkorbs und der Tatsache, daß sie selber keine Tentakel besaßen, hatte Dr. Solomon die Möglichkeit ausgeschlossen, die Hüllen könnten mimetisch auf die physischen Bewegungen ihrer Träger reagieren. Es mußte vielmehr durch mentale Befehle geschehen. Okun wollte ein ähnliches Prinzip auf die Steuerung des Schiffes anwenden. Jahre vor der Erfindung von *Virtual Reality* vermutete er einen von den Piloten getragenen «Sensoranzug», der in der Lage war, die leisesten physikalischen Impulse zu erfassen und in eine Befehlskette umzuwandeln, die vom Kontrollsystem des Schiffes verstanden wurde. In seinem Antrag hatte er diese Funktion die «Guck mal, keine Hände»-Schnittstelle genannt und damit begründet, daß sie die «Reaktionszeit der Piloten signifikant verringerte».

Dworkin war baß erstaunt, daß ihr Antrag bewilligt worden war. Er hatte seinen jüngeren Kollegen noch gebeten, ihn nicht einzureichen, da er befürchtete, er werde seine Glaubwürdigkeit bei den «höheren Stellen» ernstlich beschädigen. Nachdem er das Telegramm gelesen hatte, wandte er sich an Okun und runzelte die Stirn. «Irgend jemand da oben scheint Sie zu mögen.»

Spelman hielt das Vorhaben für lachhaft. Es bewies, wie wenig ernsthafte Arbeit in den geheimen Laboren geleistet wurde. Unmittelbar nachdem er den Antrag gelesen hatte, rief er im Hauptquartier der CIA an und bat, mit dem Büro des Stellvertretenden Direktors verbunden zu werden.

«Al, ich mach mir Sorgen um unseren Jungen. Ich glaube, bei dem sind ein paar Schrauben locker. Gerade hat er mir einen Antrag geschickt, in dem er vorschlägt, unseren Vogel mit konventioneller Technologie wieder zusammenzubauen. Er enthält so viele schräge Ideen, daß ich zunächst dachte: Oh, oh, da haben wir uns einen neuen Manny Wells eingehandelt.»

«Was hat er denn vor?» Nimziki klang, als sei er beschäftigt und höre nur halb hin.

Spelman erläuterte die Grundzüge des Vorhabens, wobei er darauf achtete, einige der aberwitzigeren Aspekte zu betonen. «Und jetzt passen Sie auf: ‹Um diese Ziele zu realisieren›», zitierte er aus dem Antrag, «‹müssen wir Arbeitsmöglichkeiten an folgenden Forschungsinstitutionen erhalten: Los Alamos National Labs, Massachusetts Institute of Technology, Lawrence Livermore Labs, University of California at Berkeley, Oak Ridge …› Die wollen insgesamt etwa fünfundzwanzig verschiedene Einrichtungen aufsuchen.»

«Dann lassen Sie sie, es kann nicht schaden.»

Spelman wollte nicht glauben, was er da hörte. «Meiner Meinung nach wäre es schneller und einfacher, ihm mehr Hinweise zu liefern. Radecker leistet offenbar bessere Arbeit, als Sie vorausgesehen haben.»

«Noch nicht», sagte Nimziki barsch. «Ich habe meine Quellen, und da draußen läuft alles bestens. Der Junge braucht etwas Erholung. Er war lange genug da unten. Schicken wir sie ruhig los. Sie kümmern sich um die Einzelheiten.»

Widerstrebend willigte Spelman ein, nicht ohne jedoch die beantragte Liste auf zwei Institutionen zusammenzustreichen: Los Alamos und Jet Propulsion Labs. Außerdem arrangierte er spezielle Sicherheitsvorkehrungen. Er wußte, daß Dworkin und die anderen keine Informationen über die Area 51 ausplaudern würden. Okun hingegen war ein unbeschriebenes Blatt. Obwohl Spelman ihm nie persönlich begegnet war, deutete alles darauf hin, daß der junge Mann ein ernstzunehmendes Sicherheitsrisiko darstellte. Er setzte zwei seiner talentiertesten Leute darauf an, Okun dazu zu bringen, geheime Informationen auszuplaudern.

Zehn Monate hielten sich Radecker und seine Mitarbeiter außerhalb der Area 51 auf. Sieben davon verbrachten sie in den hochangesehenen Los Alamos National Laboratories, wo die Gruppe unbeschränkten Zugang zu ultramodernstem Gerät genoß und vom Wissen des technischen Stabs profitierte. Danach wechselten sie für einen kürzeren Aufenthalt in die Jet Propulsion Labs in Pasadena, Okuns alte Jagdgründe. Zweimal täglich erhaschte er durch die getönten Scheiben des Kleinbusses, der sie zwischen ihrem Hotel und den Laboratorien hin- und hertransportierte, einen Blick auf seine Alma Mater. Da ihnen, wohin sie auch kamen, ein roter Teppich ausgerollt wurde, machte die Tour allen Spaß. Nur nicht Okun. Da er sich in zahlreichen der Fachgebiete, die die Ingenieure um ihn herum aus dem Effeff beherrschten, nicht auskannte, war er gezwungen hinzuzulernen. Die meiste Zeit des Jahres mußte er seine Nase also in Bücher über Raketenantrieb, Aerodynamik oder die neue, an Bedeutung gewinnende Computerwissenschaft stecken. Es war sein Lehrjahr. Unter der geduldigen Anleitung seiner älteren Kollegen bewältigte er binnen zehn Monaten ein Studienpensum von drei Jahren. Ohne zu enthüllen, wozu sie all die Informationen brauchten, lernten die Wissenschaftler von hochkomplizierten Schweißtechniken bis hin zum Design von Mikroschaltkreisen jede Menge Neues, das ihnen helfen würde, nach ihrer Rückkehr das Raumschiff zu reparieren. Was die Sicherheitsbedenken anging, erwiesen sich Spelmans Befürchtungen als unbegründet: Okun war viel zu beschäftigt, um Zeit für Plaudereien zu haben. Zudem arbeiteten in beiden Fakultäten äußerst normale, verantwortliche Wissenschaftler, die Karriere gemacht hatten, weil sie die Regeln befolgten. Sie kleideten sich, sprachen und trugen ihr Haar auf die Weise, von der sie glaubten, sie werde von ihnen erwartet. Wenn diese Normalbürger Okun in einem der zahllosen Korridore begegneten, verdrückten sie sich ins nächstgelegene Büro, um ihm aus dem Weg zu gehen. Als er eines Morgens mit einem Smilie-T-Shirt und einer brandneuen karierten Hose bekleidet erschien, löste er bei einer Gruppe Sekretärinnen sogar eine kleine Panik aus, zumal er in seinen Gesundheitslatschen keine Socken trug. Seine Chancen, mit diesen Angestellten ein Gespräch über nationale Sicherheit zu führen, wären nicht geringer gewesen, wenn er sich als Anführer der Grauen Panther ausgegeben hätte. Spelmans Spione kamen nicht einmal in seine Nähe.

An einem warmen Frühlingsmorgen machten sie sich auf die «Heimfahrt». Okun überredete Radecker zu einem kleinen Überraschungsbesuch bei seiner Mutter. Doch als ihr Kleinbus in die Einfahrt einbog, erzählte ein Nachbar Radecker, daß Saylene gerade einkaufen sei. Auf der langen Rückfahrt durch die Wüste dachte Okun an seine Mutter und an seine Freunde. Plötzlich stieg eine andere Erinnerung in ihm auf. Sie drehte sich um einen Film, den er vor Monaten in Los Alamos gesehen hatte. Es handelte sich um einen langweiligen alten Dokumentarfilm über die Arbeit des Laboratoriums: über das Manhattan Project, Raketenexperimente und die Geschichte des amerikanischen Atomprogramms. In einem Ausschnitt tauchte, zum erstenmal für Okun, Dr. Wells auf, im Hintergrund einer Aufnahme vom Laboratorium stehend. Die Bilder, die ihn nicht losließen, stammten allerdings aus dem Südpazifik. Sie hielten einen unangenehmen Augenblick amerikanischer Militärpropaganda fest, indem sie einen Navy-Offizier zeigten, der zu einer Gruppe verlegen lächelnder Inselbewohner sprach. Die Inselbewohner wurden vom Bikini-Atoll deportiert, das zu den Marshall-Inseln gehörte, da dort der Test einer neuentwickelten Wasserstoffbombe vorbereitet wurde. Der Offizier suggerierte den Ureinwohnern auf beunruhigende Weise, daß sie ihre Insel aus freien Stücken verließen und es genügend andere gebe, auf denen sie unterkommen könnten. Sicherlich, ein verstörender historischer Augenblick, doch Okun konnte sich keinen Reim darauf machen, weshalb er ihm beständig im Kopf herumging. Irgendwie schien er von Bedeutung.

In dem Moment, in dem er sein Zimmer betrat und den Wells-Bericht auf seinem Schreibtisch so liegen sah, wie er ihn zurückgelassen hatte, dämmerte es ihm. Stocksteif stand er da und starrte auf die Seiten, sein Gepäck noch immer in der Hand haltend. Ganz langsam fing er an zu nicken.

Am nächsten Morgen versammelte er alle zu einem Treffen. «Erinnern Sie sich an den Film über Oppenheimer und von Braun, den man uns gezeigt hat? Mit all den Ausschnitten über die Raketentests, die sie damals, als die erste Wasserstoffbombe erprobt wurde, gemacht haben?»

«Ja, wieso?»

«Eine der Raketen ist explodiert. Erinnert ihr euch? Kurz nachdem sie die Atmosphäre verlassen hatte, und niemand wußte, warum. Heute morgen hab ich in Los Alamos angerufen und den Zeitpunkt checken lassen. Die Explosion fand am 5. Juli 1947 um 16.30 Uhr statt.»

«Und?»

«Das heißt», verkündete Okun stolz, «in New Mexico war es der 4. Juli, 22.30 Uhr. Was wiederum bedeutet ...»

«... es war kurz bevor unser außerirdisches Raumschiff abstürzte», beendete Cibatutto den Satz.

«Genau.»

«Und Sie glauben, es gibt da eine Verbindung zwischen diesen Ereignissen?»

Freiling unterbrach. «Dieser Test war auf der anderen Seite der Erdkugel in der südlichen Hemisphäre. Wie sollte das irgend etwas am Himmel über New Mexico beeinflussen können?»

«Ich habe keine Ahnung», log Okun, «aber die Übereinstimmung ist zu verblüffend, als daß wir sie nicht untersuchen sollten.»

Dworkin warf Lenel einen kurzen Blick zu und sagte: «Ich glaube, ich erinnere mich an einen Bericht über den fehlgeschlagenen Raketentest.»

«Natürlich existiert ein Bericht», grummelte Lenel. «Jedesmal, wenn du ein paar Millionen Dollar Regierungsgelder in die Luft bläst, darfst du hinterher einen Bericht darüber schreiben. Ihn zu finden ist eine andere Sache.»

Okun deutete vornehm in Richtung Aktenberge. «Nach Ihnen, meine Herren.» Die alten Männer stießen einen kollektiven Seufzer aus; sie wußten, sie würden den Rest des Tages damit verbringen, sich durch alte Dokumente zu wühlen. Widerstrebend ließen sie sich führen.

Eineinhalb Tage später fanden sie, wonach sie gesucht hatten. Die Männer setzten sich in die Küche, öffneten eine Tüte Salzbrezeln und ließen sie herumgehen, während Okun den Bericht vorlas.

«Wir sind ins Paradies zurückgekehrt, in der Absicht, es zu zerstören. Die Anmut dieser tropischen Insel ist so überwältigend, überall spürt man die Hand Gottes in dieser seiner Schöpfung. Wir können nur beten, daß Er uns vergibt.» Dies schrieb ein englischer Elektriker über das Bikini-Atoll. Er war einer von zweihundert Männern, die für das Manhattan Project eine Reihe von Raketen- und Bombentests auf den Marshall-Inseln durchführten. Obwohl es sich um geheime Tests der USA handelte, fand die Hälfte der Unterhaltungen auf deutsch statt. Ein großes Kontingent von Technikern, die ein Jahr zuvor noch für die Nazis gearbeitet hatten, bildete nun das Rückgrat der amerikanischen Raketenforschung. In den letzten Kriegstagen hatten Wernher von Braun und seine Mannschaft den Befehl erhalten, von ihrer in Norddeutschland gelegenen Insel Peenemünde in ein Landgasthaus in der Nähe Berlins umzusiedeln. Hitler, entschlossen, sie daran zu hindern, zu den Alliierten überzulaufen, hatte SS-Agenten beauftragt, sie zu exekutieren. Es war reines Glück, daß ein

Vetter von Brauns von dem Mordkomplott erfuhr und die Ingenieure auf amerikanisch besetztes Gebiet schmuggelte. Dort ergaben sie sich. Binnen weniger Wochen fanden sich die Wissenschaftler auf dem White-Sands-Testgelände in New Mexico wieder.

Während des Krieges hatten sie die tödliche V2-Rakete entwickelt, den ersten Marschflugkörper der Welt, der in der Lage war, Höhen von 130 Kilometern zu erreichen. Doch die neue Rakete, deren Erprobung sie auf dem Bikini-Atoll vorbereiteten, der Prototyp der Redstone-Reihe, sollte noch höher fliegen, ganze 450 Kilometer hoch, um dann, nach einem kontrollierten Wiedereintritt in die Erdatmosphäre, mittels einer kleinen Bombe in ihrer Spitze auf der nahegelegenen Insel Kwajelin zu detonieren. Die Filmteams und Reporter, die auf die Insel gekommen waren, ignorierten die Deutschen und konzentrierten sich statt dessen auf den Test der ersten Wasserstoffbombe. Nichtsdestotrotz waren die Ingenieure der Auffassung, daß ihre Experimente ebenso bedeutend waren wie die, die Oppenheimer und seine Mannschaft durchgeführt hatten. Wenn der Abschuß erfolgreich verlief, so dachten sie, wäre das der Beginn eines Weltraumprogramms.

Hochmodernes Gerät war auf das Bikini-Atoll verbracht worden, um den Flug der Rakete zu verfolgen: Hochgeschwindigkeitskameras mit verbesserten Telefotokapazitäten, hochempfindliche Radargeräte, Infrarot- und Funksysteme wurden in Strohhütten nahe der Abschußrampe aufgebaut. Nach einem letzten Systemcheck begann der Countdown. Der Start erfolgte um 16.18 Uhr Ortszeit und verlief ohne Probleme. Mit ohrenbetäubendem Dröhnen erhob sich die vierzig Tonnen schwere Rakete in den wolkenlosen Himmel und zog einen anmutigen Kondensstreifen hinter sich her. Die Bodencrew beobachtete ihren Flug, bis sie außer Sicht war, und versammelte sich dann um die Monitore. Plötzlich, ohne Vorwarnung, explodierte die Rakete in vierhundert Kilometer Höhe. Bis zu diesem Augenblick war alles exakt nach Plan verlaufen, bei hochkomplexen Tests wie diesem eine Seltenheit.

Radarbeobachter berichteten später, Sekundenbruchteile vor der Explosion in Raketennähe etwas über die Schirme huschen gesehen zu haben. Dieser «Geist» sei aus dem Nichts aufgetaucht und ebenso plötzlich wieder verschwunden. Die übereinstimmende Meinung unter den Technikern war, daß es sich um eine Fehlanzeige handelte, die von der mit der Explosion in Zusammenhang stehenden Energie verursacht worden sei. Allerdings hatte die Art und Weise, wie der Schatten sich bewegte, etwas Besorgniserregendes. Er schien zu beschleunigen oder, wie einer der Beobachter es formulierte: «Er wirkte wie ein Fisch, der im Sand zappelt und dann, gerade wenn du drauftreten willst, wegschnellt.»

Der Bericht beinhaltete mehrere Erklärungen der Explosionsursache. Eine davon betraf ein Strahlungsfeld. Die Autoren dieses Berichts waren über die Entdeckung dieses Felds einigermaßen verwirrt, ja alarmiert. Okun hätte über diesen Abschnitt hinweggelesen, wenn Cibatutto ihm nicht ins Wort gefallen wäre.

«Die Rakete ist in die Nähe eines der Van-Allen-Gürtel geraten, das ist es, wovon sie reden.»

Lenel zog eine Grimasse. «Unfug! Die Gürtel würden keine Raketenexplosion verursachen.»

«Doch, da die Rakete eine ferngesteuerte Bombe in ihrer Spitze mit sich führte, könnte eine plötzliche Veränderung des Magnetfeldes den Zünder aktiviert haben.»

Lenel widersprach erneut und wollte gerade erklären,

warum, als Freiling ihn mit seiner eigenen Interpretation unterbrach. Bald redeten alle gleichzeitig und begannen zu brüllen, um einander zu übertönen. Als der Streit in eine Tirade von Beschimpfungen auszuarten drohte, reckte Okun seine Hand in die Höhe und brüllte die anderen nieder.

«Entschuldigen Sie bitte! Ich habe eine Frage!» Plötzlich wurde es still im Raum. «Was ist ein Van-Allen-Gürtel?»

Cibatutto dozierte aus dem Gedächtnis. «Die Van-Allen-Gürtel sind zwei mit hochenergetischen Teilchen aufgeladene Ringe, die die Erde umgeben. Die Teilchen stammen wahrscheinlich von der Sonne und sind im Magnetfeld der Erde gefangen. Der erdnähere, energetischere Gürtel befindet sich in einer Höhe von etwa vierhundert Kilometern über der Erdoberfläche, der äußere Gürtel ist ungefähr 65.000 Kilometer entfernt. Die Gürtel wurden von dem Physiker James Van Allen entdeckt. Form und Dichte sind je nach der Fluktuation der Solarwinde beträchtlichen Schwankungen unterworfen.»

Die älteren Wissenschaftler strichen sich nachdenklich die Bärte. Okun hatte keinen Bart zum Zwirbeln, dafür eine Idee. «Diese Schwankungen – folgen sie einem bestimmten Muster?»

Wieder wußte Cibatutto die Antwort. «Ja, das tun sie. Die Gürtel unterliegen jahreszeitlichen Schwankungen, die jedoch nicht unmittelbar mit den Jahreszeiten auf der Erde in Zusammenhang stehen. Das Energieniveau des inneren Gürtels ist über mehrere Monate hinweg niedrig und weist dann kurze Perioden intensiver Aktivität auf.»

«Hmmm, wäre es möglich herauszubekommen, in welchem Zustand sich die Gürtel am 4. Juli 1947 zwischen 22 Uhr und Mitternacht über New Mexico befanden?»

«Nichts leichter als das.» Cibatutto holte ein umfangreiches Handbuch und arbeitete sich durch eine Reihe mathematischer Gleichungen.

Okun war zu wißbegierig, um den Mann in Ruhe rechnen zu lassen. «Wie oft tritt dieses Dingsbums im inneren Gürtel auf?» fragte er.

«Etwa an fünf aufeinanderfolgenden Tagen im Jahr, manchmal auch zweimal pro Jahr. Sie müssen jedes Datum in die Gleichung einsetzen.» Als er mit seinen Berechnungen fertig war, betrachtete Cibatutto seine Ergebnisse und nickte in unbewußter Nachahmung von Okuns Angewohnheit. «Am fraglichen Tag hatte das Energieniveau seinen Höchststand erreicht.»

Okun grinste und wandte sich an die anderen. «Ich biete euch eine Wette an.» Die Wissenschaftler, gewohnt, beim Spielen zu gewinnen, waren ganz Ohr. «Nennt mir irgendeine unheimliche Begegnung, von der ihr glaubt, sie sei am wahrscheinlichsten, eine, die am ehesten stattgefunden hat, und ich wette um den Abwasch eines Monats, daß sie sich während einer dieser Perioden ereignete.»

«Eau Claire, Wisconsin», sagte Lenel, ohne zu zögern. Die anderen stimmten ihm zu. Neben Roswell war dies der Zwischenfall mit den härtesten Fakten.

Ein Polizist aus Eau Claire hatte behauptet, eine über einem Bauernhaus schwebende außerirdische Untertasse «überrascht» zu haben. Als sich das Raumschiff entfernte, hatte er es mit Höchstgeschwindigkeit verfolgt, bis es einen blauen Strahl abschoß, der sein Fahrzeug traf und ihn bewußtlos machte. Eine Untersuchung des Wagens ergab, daß die gesamte Elektrik zusammengebrochen war. Alles, von der Zündung bis zu den Rücklichtern, hatte den Geist aufgegeben, Zündkerzen und -punkte waren geschmolzen. Der Polizist überlebte den Vorfall, starb aber sechs Monate später an nervösen Depressionen. Sein Fahrzeug wurde in die UFO-Beweismaterial-Lagerstätte der Air-Force-Akademie verbracht.

Cibatutto rechnete seine Gleichung mit dem Datum des Eau-Claire-Zwischenfalls durch und verkündete das Ergebnis. «Die gute Nachricht ist, daß wir, wie es scheint, eine Verbindung zwischen den außerirdischen Besuchern und der Aktivität der Van-Allen-Gürtel hergestellt haben. Die schlechte Nachricht ist, jeder von uns muß in diesem Monat 1,55 mal häufiger abwaschen.»

Die alten Männer jubelten und schlugen Okun auf die Schulter. «Fortschritte dieser Größenordnung verdienen mehr als schmutziges Geschirr», erklärte Dworkin. «Sie verdienen Champagner!»

Sollte ihre neue Theorie korrekt sein, wäre dies die bedeutendste Entdeckung, seit das Raumschiff der Außerirdischen sechsundzwanzig Jahre vorher abgestürzt war, bedeutender noch als Okuns unbewiesene Annahme, daß die Schiffe in Gruppen fliegen müssen. Wenn die Besucher die Erdatmosphäre tatsächlich nur während der kurzen hochaktiven Ausbrüche von Radioaktivität durchstießen, bedeutete dies zweierlei. Erstens konnten die Forscher die zahllosen erfundenen Begegnungen und UFO-Berichte herausfiltern und sich auf die wahren Begebenheiten konzentrieren. Zweitens wären sie in der Lage vorherzusagen, wann die Kreaturen womöglich wieder auftauchen würden.

Während die älteren Männer sich daran machten, zur Untermauerung der neuen Theorie Akten herauszusuchen, überprüfte Okun noch einmal die Fallstudien, die er bereits durchgearbeitet hatte. Zu seiner Überraschung stellte sich nur einer als wahrheitsgemäß heraus – der Bridget-Jones-

Zwischenfall. Das flunkernde Mädchen hatte wenigstens einmal die Wahrheit gesagt.

Es wurde ein langer Tag, doch die Männer waren enthusiastisch. Sie stellten ein Radio in die Küche und sangen die Lieder, die sie kannten, mit. Selbst Lenel hatte gute Laune. Während sie die Akten wälzten, kam Okun auf die glorreiche Idee, Radecker anzurufen, um ihm mitzuteilen, was sie herausgefunden hatten. Dworkin winkte ihn zu sich heran. «Gestern in Los Angeles, als wir vor dem Haus Ihrer Mutter parkten, habe ich beobachtet, wie sich Ihr Gesichtsausdruck veränderte, als Sie erfuhren, daß sie nicht da war. Da fiel mir auf, wie sehr ich Ihnen wünsche, von hier wegzukommen, wenn Ihr Vertrag ausläuft. Ich glaube, das ist es auch, was Sie sich wünschen. Rufen Sie Mr. Radecker also ruhig an, aber bedenken Sie eines: *Je mehr Sie wissen, desto tiefer stekken Sie drin.*»

9 Mrs. Gluck und ihre Tochter

Okun verstand den genauen Zusammenhang zwischen den Van-Allen-Gürteln und der Ankunft der Raumschiffe nicht. Das war ihm aber egal. Für ihn zählte nur, daß die Daten übereinstimmten. Nun hatte er einen Weg gefunden, sich durch den Aktenmüll zu graben und die Goldader zu entdecken. Doch es gab kaum realistische Berichte. Lenel hatte nicht übertrieben, als er sagte, 99,9 Prozent des ganzen Aktengebirges bestünden aus Bockmist oder Gewäsch. Nachdem sie mehrere Tage lang die Akten sorgfältig durchgekämmt hatten, waren über vierhundert Studien von Fällen zusammengekommen, die sich während der spezifischen Fünf-Tage-Perioden zugetragen hatten. Dann folgte das mühsame Verfahren, sie durchzuarbeiten und Falschmeldungen auszusortieren. Schließlich hatten die Wissenschaftler bis auf zweiundsechzig Fälle alles abgehakt. Nur zwanzig davon hatten sich nach 1960 zugetragen. Davon wiederum waren vier bloße Erscheinungen. Am Schluß blieben sechzehn solide Fälle übrig. Einer davon der Zwischenfall in Eau Claire, Wisconsin. Und der Fall Bridget Jones.

Immerhin erfuhren sie von dreizehn Personen, die behaupteten, entführt worden zu sein. Da fing es an, spannend zu werden. Alle erzählten ähnliche Geschichten: Sie waren über eine einsame Landstraße gefahren oder zu Hause beschäftigt gewesen, als sie plötzlich aufhörten, das zu tun, was sie gerade getan hatten. Die Fahrer fuhren an den Straßenrand, die Leute zu Hause blieben stocksteif stehen oder setzten sich. Alle Verschleppten beschrieben, wie sie von kleinen, behenden Kreaturen mit übergroßen Köpfen eingekreist worden seien. Einige berichteten, auf ein Raumschiff verschleppt worden zu sein, wo man sie diversen Experimenten unterworfen habe. Sechs schilderten einen Anführer, der deutlich größer gewesen sei als der Rest. Okun wußte aus seiner bisherigen Lektüre, daß Bemerkungen über einen größeren Anführer häufig waren.

Doch es gab einen Bericht, der sich von den anderen abhob. Er handelte von einer Frau, die behauptete, über ein Y-förmiges Etwas verhört worden zu sein. Aus ihrer Akte ging hervor, daß es eine berühmte Dame war, und man hatte sorgfältig darauf geachtet, alle Hinweise auf ihre Identität zu tilgen. Doch Okun wußte, daß sie Trina Gluck hieß und in Fresno lebte. Er kannte sogar ihre Adresse: Name und Anschrift waren in einer ihm mittlerweile bekannten Handschrift auf den Aktendeckel gekritzelt worden.

Zwei Wochen später fuhr er mit den alten Herren nach Las Vegas. Wie immer stoppten sie zunächst bei Parducci Savings. An der Vorderfront erinnerte nichts daran, daß sich dahinter eine Bank verbarg. Kein Firmenschild, keine Parkmöglichkeit, kein Nachtschalter. Die Vorhalle sah aus wie ein Wohnzimmer mit zahlreichen Familienfotos an den Wänden und zu vielen Möbeln. Immerhin gab es einen verglasten Schalter, im Hintergrund führten Türen in die Privatbüros. Diese Türen waren stets geschlossen. Salvatore Parducci, der schwergewichtige Manager mit einer Vorliebe für edle Anzüge und Goldkettchen, sprach betont leise, brach aber gelegentlich in dröhnendes Gelächter aus.

Okun wußte seit seinem ersten Besuch, daß dies keine ge wöhnliche Bank war. Kurz nachdem er sein neues Konto eröffnet hatte, kam Salvatore hinter dem Schalter hervor und nahm ihn in die Arme. Während er gegen die Gürtelschnalle des mächtigen Mannes gepreßt wurde, schaute Salvatore auf ihn herab und schnurrte: «Willkommen. Meine Familie bedankt sich für das entgegengebrachte Vertrauen.» Bei anderer Gelegenheit hatte Okun beobachtet, wie ein Helikopter neben dem Gebäude landete. Eine alte Dame, die eine Kasserolle trug, war ausgestiegen und hereingekommen: Signora Parducci, die ihrem Sohn das Mittagessen brachte. Ehe sie in einem der Hinterzimmer verschwand, hatte sie auf italienisch schamlos mit Cibatutto geflirtet. Zwielichtig, fand Okun, äußerst zwielichtig.

Die Transaktionen dieses Morgens waren ohne besondere Vorkommnisse verlaufen, abgesehen davon, daß Okun den ungewöhnlich hohen Betrag von dreihundert Dollar abhob. «Ich glaube, heute habe ich eine Glückssträhne», erklärte er.

Es war ein sonniger Morgen, alle hatten gute Laune. Sie schlenderten den Boulevard hinunter und besuchten ein Café, das Ein-Cent-Frühstücke anbot. Dann ging es an die Spieltische. Okun wirkte abgelenkt. Er ließ sich zurückfallen und befingerte das Geldbündel in seiner Tasche. «He, ihr!» rief er. Die anderen drehten sich um. «Nichts gegen euch, aber ich glaube, ich probiere mein Glück heute in einem der kleineren Kasinos. Alleine.» Seine Freunde waren sichtlich enttäuscht.

«Was ist denn auf einmal mit Ihnen los?» fragte Freiling. «Ich denke, wir treten als Team auf.» Als das keine Reaktion hervorrief, versuchte er es anders. «Wir lassen Sie auch gewinnen.»

«Es geht mir nicht ums Geld. Ich möchte heute einfach lieber allein sein.»

«Vollkommen verständlich», erklärte Lenel. «Ich habe es

auch satt, immer nur diese häßlichen alten Wachteln zu sehen. Ein bißchen Abwechslung würde garantiert nicht schaden.»

«Dr. Freiling», rief Cibatutto, «dieser Mann hier hat Sie soeben eine häßliche alte Wachtel genannt!»

Freiling nahm die Fäuste hoch. «Wer hat das gesagt? Den hau ich um.»

Während die beiden Männer einander boxten, trat Dworkin auf seinen jungen Freund zu und flüsterte: «Seien Sie vorsichtig.» Okun fragte sich, ob er etwas ahnte.

Eine Stunde später hatte er einen Wagen gemietet und fuhr Richtung Westen.

Brinelle Gluck war genau die junge Frau, die er schon immer hatte kennenlernen wollen – intellektuell, ein wenig zerzaust, mit einem Hang zur Bohème und auf ihre eigene Weise hübsch. Es war Liebe auf den ersten Blick. Ein paar Jahre älter und einige Zentimeter größer als er, war sie schlank wie ein Mikroskop. Von ihren Mokassins über ihre perfekten kleinen Brüste bis zu ihren langen glatten Haaren wirkte sie auf ihn wie die Anmut in Person. Augenblicklich bedauerte er, sich so spießig angezogen zu haben.

«Kenne ich dich?» fragte sie, als sie die Tür öffnete.

Okun wollte auf keinen Fall etwas sagen, das mit «nein» anfing, also antwortete er: «Vielleicht aus einem früheren Leben. Warst du mal ein Affe in Tibet?»

Statt ihm die Tür vor der Nase zuzuschlagen, dachte sie tatsächlich einen Augenblick nach, ehe sie erwiderte: «Ja, jetzt, wo du es sagst, das war ich.»

Sie lachten beide über ihre Antwort und plauderten sich die nächste halbe Stunde von einem Thema zum nächsten. Von der Reinkarnation wechselten sie zu Brinelles Gedichten und ihrer Leidenschaft für modernen Tanz, sie redeten über die Beatles, Bangladesch, Biogärtnerei, die furchtbarsten Achterbahnen der Welt und die Bücher Carlos Castanedas. Als sie beiläufig seine Brust streifte, spürte Okun, wie sein Herz schneller schlug. Sie ließ seine Anch-Kette durch die Finger gleiten.

«Eigentlich mag ich keinen Schmuck, aber das ist das abgefahrenste Ding, das ich je gesehen habe. Wo hast du das her?»

Die Frage traf ihn unvorbereitet. «Ähh, weiß ich nicht mehr, ich habe es schon ewig.» Als sie ihn nach seinem Namen fragte, stammelte er: «Bob, Bob Robertson.»

«Ich bin Brinelle Gluck. Ich wünschte, ich hätte so einen normalen Namen wie du. Du kannst dir nicht vorstellen, wie es ist, ständig mit deinem Namen aufgezogen zu werden. Also, Mr. Robertson, was machen Sie so? Haben Sie einen Beruf?»

«Äh ja, ich schätze, man kann es einen Job nennen.»

«Und? Was machst du?»

Okun begann, sich unbehaglich zu fühlen. Dieser Teil der Unterhaltung gefiel ihm weniger. «Ich bin Wissenschaftler.»

«Ehrlich? Was genau?»

«Oh, eher langweilig, Flugzeuge, Raketen, technische Sachen halt.»

«Verstehe. Und wo machst du diese ganzen langweiligen Sachen?»

«Forschungsinstitute, meistens.»

«Ach! Ich meine, wie heißt dein Institut? Mein Vater kennt Hunderte von Typen, die in Livermore, Stanford und an der UCLA arbeiten.»

Okun mochte das Mädchen wirklich und wollte ihr am liebsten die Wahrheit sagen, zumindest ihr erklären, daß ihm das nicht gestattet war. Doch man hatte ihm Tausende Male eingetrichtert, niemals, unter keinen Umständen so zu reagieren. Es würde nur Neugier und Verdacht wecken, zwei Dinge, auf die die Area 51 allergisch reagierte. Er hatte die Anweisung, sich umzudrehen und zu gehen, sollte es ihm nicht möglich sein zu lügen.

«Ich arbeite in den Jet Propulsion Labs, in der Abteilung für Mikroschaltkreise. Wir entwickeln Schaltungen und Antriebssysteme für das Weltraumprogramm, meistens für Satelliten.»

Darauf tat sie etwas, das ihm das Herz brach: Sie nickte. Ein tiefes unbedarftes Nicken, mit einem Gesichtsausdruck, der zeigte, wie beeindruckt sie war. Sie wollte ihn gerade fragen, weshalb er gekommen sei, als das Telefon klingelte.

«Ich geh kurz ran. Komm rein und setz dich.» Brinelle verschwand in einem anderen Zimmer.

Das Haus war beeindruckend. Ein kleiner Palast im spanischen Landhausstil, mit viel Holz und hohen geweißten Decken. Er schlenderte in das abgesenkte Wohnzimmer und begutachtete ein Gemälde. Es kam ihm bekannt vor, und er fragte sich, ob es von einem berühmten Künstler stammte. In so einem Haus hätte ihn das nicht gewundert.

Er setzte sich aufs Sofa und ließ sein bisheriges Leben an sich vorbeiziehen. *Diese Puppe ist mondo aufregend. Ich kenne sie noch keine Stunde und habe sie schon zigmal angelogen. Wenn ich weiter in der Area 51 arbeite, werde ich nie mit ihr oder sonst jemandem befreundet sein können. Zuviel Geheimniskrämerei.* Plötzlich stellte er sich selbst als Vierzigjährigen vor, immer noch mit langen Haaren um das Raumschiff herumkrauchend, immer noch Single. Wenn Dworkin und die anderen nicht mehr sind, wird er dann da unten alleine weitermachen?

Er nahm eine Nuß aus einer Schale auf dem Couchtisch und wollte sie gerade knacken, als eine Frau ins Zimmer trat. «Und wen haben wir da?» fragte sie.

«Ähhm, heißen Sie Gluck? Trina Gluck?»

«Kann schon sein. Wer sind Sie?»

«Hallo, ich bin Bob. Bob Robertson. Ich arbeite in den JPL, in der Abteilung für Mikroschaltkreise. Wir entwickeln die Elektronik für das Weltraumprogramm. Ich hatte gerade eine äußerst anregende Unterhaltung mit Ihrer Tochter.»

Die elegante Dame von Mitte Fünfzig war augenscheinlich Brinelles Mutter. Die Art, wie sie gekleidet war, ließ darauf schließen, daß sie eben von einem gesellschaftlichen Anlaß heimkehrte. «Sind Sie ein Freund meiner Tochter?»

«Irgendwie schon, naja, ich hoffe. Aber eigentlich wollte ich Sie sprechen. Ich habe vor kurzem den Bericht über Ihre Entführung gelesen und wollte Ihnen einige Fragen dazu stellen.»

Augenblicklich merkte er, daß er etwas Falsches gesagt hatte. Der Gesichtsausdruck der Frau verdüsterte sich. «Verlassen Sie sofort mein Haus, sonst rufe ich die Polizei.»

Okun wollte ihr verständlich machen, wie wichtig es war, aber sie hörte nicht zu. Brinelle kam zurück und versuchte, ihn zu verteidigen, doch ihre Mutter war so aufgebracht, daß sie laut brüllend in Tränen ausbrach. Er stand noch in der Tür, da stemmte sie sich schon dagegen. «Dr. Wells schickt mich», stieß er hervor, dann fiel die Tür ins Schloß.

Verblüfft blieb er auf der Schwelle stehen. Wie hatte er nur so blöd sein können! Bis jetzt hatte er das Ganze als Spiel betrachtet – die «Große Amerikanische Untertassen-Jagd». Doch offensichtlich litt die Frau an einer tiefen persönlichen Wunde. Kaum hatte er das Wort Entführung ausgesprochen, hatte sich ein tiefer Schmerz auf ihrem Gesicht abgezeichnet. Für Trina Gluck war es kein Spiel. Okun ging langsam die gepflasterte Auffahrt hinab, als sich die Tür wieder öffnete.

Mrs. Gluck trat heraus und winkte ihn zurück. «Wenn Dr. Wells Sie geschickt hat, können Sie reinkommen.»

Das Kidnapping, wie sie es nannte, hatte vor etwa zehn Jahren stattgefunden, kurz nachdem ihr Mann, ein Kongreßabgeordneter, seine Kandidatur für den kalifornischen Senat bekanntgegeben hatte. Es war das Memorial-Day-Wochenende, und Brinelle besuchte ihre erste Pyjamaparty. Trinas Mann lag lesend im Bett. Sie war im Badezimmer und putzte sich die Zähne, als ihr Arm mit einemmal schlaff wurde. Wenig später fiel die Zahnbürste ins Waschbecken. Obwohl sie zuvor nie einen Gedanken an eine Begegnung mit Außerirdischen verschwendet hatte, wußte sie sofort, was geschah. Sie war starr vor Schreck und wollte schreien. Vergeblich. Ihre Augen konnte sie noch kontrollieren, deshalb versuchte sie, zur Tür zu blicken. Aber ihr Nacken spielte nicht mit. Sie fühlte, wie der erste das Zimmer betrat, sah dann sein Bild im Spiegel. Später sagte sie aus, er sei etwa einen bis eineinhalb Meter groß gewesen, habe einen riesigen, länglichen Kopf gehabt und silbern glänzende Augen. Nachdem der erste ihr Nachthemd und ihre Haare inspiziert hatte, kamen weitere durch die Tür.

Einer von ihnen stand direkt hinter ihr, so daß sie ihn nicht sehen konnte, und stellte sich als «der Freund» vor. Die Kreatur sprach ihre Sprache und es schien, als redete sie eine lange Zeit auf sie ein. Ihre eigenen Gedanken verschwammen mit denen des Freundes. Sie fühlte, wie kleine Hände sie an verschiedenen Stellen berührten, und hörte jemanden Schränke und Schubladen durchwühlen. Sie merkte, daß sich ihr Schock in Wut verwandelte, und kämpfte darum, ihre Selbstkontrolle wiederzuerlangen. Als der Freund fragte, ob sie ihr helfen könnten, sich zu entspannen und zu kooperieren, verlangte sie nach ihrem Mann. «Los, holt meinen Mann aus dem Bett.» Doch unmittelbar darauf hörte sie ihre eigene Stimme antworten: «Ihr Mann schläft jetzt.»

Sie wurde nach draußen gebracht und zwischen den Büschen neben dem Haus auf den Rücken gelegt. Der Freund gab ihr zu verstehen, daß sie eine Hautkrankheit habe, etwas Ansteckendes auf Bauch und Schamhügel. Kleine Hände schoben ihr Nachthemd hoch, während andere ihren Kopf anhoben, damit sie die Operation beobachten konnte, die sie angeblich heilen werde. Während sie stumm darum bat, sie mögen aufhören, mußte sie zusehen, wie ein nadelähnliches Instrument ihre Haut aufschlitzte. Die Klinge öffnete die linke Seite ihres Bauchs vom Brustkorb bis zur Hüfte, ohne daß es blutete. Ein zweites Instrument, das sie nicht erkennen konnte, wurde in die Öffnung eingeführt. Während es zwischen Haut und Magen hineinglitt, beglückwünschte der Freund sie, wieder rein zu sein. Noch immer hörte sie, wie ihre Stimme von einem anderen Wesen benutzt wurde, und mußte einem kurzen Vortrag lauschen, den sie nicht recht begriff. Es mochte um Hygiene gegangen sein, aber sicher war sie nicht.

Als die Operation abgeschlossen war, wurde sie erst aufgesetzt, dann in die Lüfte gehoben. Sie hatte das Gefühl, in einem starken Netz zu sitzen und von einem Kran mit hoher Geschwindigkeit emporgezogen zu werden. Zwischen ihren Knien konnte sie sehen, wie die Lichter der Stadt verblaßten.

Plötzlich war sie in einem grauen Raum. Sie hörte das leise Rascheln ihrer Bewegungen: als riebe man Seide an Seide.

Den Kopf zur Seite drehend, stellte sie fest, daß sie auf einer Art Tisch lag. Der Raum schien rund zu sein, beinahe kugelförmig. In der Wand, nur wenig über dem Boden, befanden sich Fenster. Unweit von ihr entdeckte sie einen Kleiderhaufen, alte, schmutzige Kleider, und sie glaubte zu spüren, jemand habe hier geschlafen. Der Freund kam und rückte ihren Kopf gerade, so daß sie nur noch die graue Decke sehen konnte. Ihr wurde mitgeteilt, die Untersuchung werde fortgeführt.

Dann erschien eine neue Gestalt am Rand ihres Blickfelds und näherte sich dem Tisch. Sie war deutlich größer als die anderen, und sie fühlte, daß sich diese Gestalt auch sonst von den übrigen unterschied. Es schien sich um eine Art Anführer zu handeln. Das Wesen beugte sich vor, bis sie ihr verzerrtes Spiegelbild in seinen hervorquellenden Augen sehen konnte. Die Augen erinnerten sie an ein Insekt, obwohl das Gesicht fast menschliche Züge hatte. Sie schloß die Augen in der Hoffnung, das große Wesen werde sich zurückziehen, wenn sie es ignorierte. Doch es stand weiter über den Tisch gebeugt und begutachtete sie.

Ohne vernehmbare Stimme formulierte der Anführer eine Reihe von Wörtern oder Gedanken, als läse er sie von einer Liste ab. Sie begriff, daß sie zu jedem Punkt befragt wurde, verstand aber nicht ihre Rolle in diesem Verhör. Das einzige «Wort», an das sie sich später erinnerte, war der Buchstabe Y, und das auch nur, weil danach wiederholt gefragt worden war. Diverse Male versuchte das große Wesen, ihre Gedanken zur Bedeutung dieses Symbols zu ergründen. Sie bemühte sich, kooperativ zu sein, weil sie hoffte, sie würden sie am Leben lassen, falls sie ihnen die gewünschten Informationen gab. Ihr war klar, daß sie nicht den Buchstaben meinten. Vielmehr schien es ihr, als könnte das Y ein

Ort sein, vielleicht das Wahrzeichen einer Stadt. Sie dachte an die *Space Needle* in Seattle und den *Gateway Arch* in St. Louis, doch der Anführer war mit den Antworten nicht zufrieden.

Er richtete sich auf, und als er sich entfernte, mußte sie das Bewußtsein verloren haben.

«Mein Mann weckte mich um zwei Uhr in der Frühe und sagte, er habe geträumt, jemand versuche ins Haus einzubrechen. Er ging nach unten, um nachzusehen, und stellte fest, daß die Alarmanlage abgeschaltet worden war. Sie hat danach nie wieder richtig funktioniert, und schließlich mußten wir sie austauschen. Ich bat ihn um ein Glas Wasser, weil ich eine trockene Kehle hatte. Als ich mich aufsetzte, fiel ihm auf, daß auf meinem Rücken und an meinen Haaren Dreck und Blätter klebten. Wir nahmen an, ich wäre schlafgewandelt und hätte dabei die Alarmanlage abgestellt. Wir gingen nach draußen und sahen neben dem Haus nach, weil die Blätter im Bett aussahen, als stammten sie von den Kamelien, die dort wuchsen. Aber wir konnten nichts Ungewöhnliches entdecken, keine Kampfspuren, nichts. Ich erzählte ihm, daß ich das Gefühl hatte, irgendwo gewesen zu sein, doch zu diesem Zeitpunkt war das alles noch in meinem Unterbewußtsein vergraben.

Am nächsten Morgen sprachen wir beim Frühstück darüber. Ich wiederholte, daß ich das Gefühl hatte, irgendwohin verschleppt worden zu sein. Er wollte die Polizei rufen, doch ich ließ das nicht zu. Nachdem er ins Büro aufgebrochen war, ging ich ins Badezimmer und duschte. Als ich das Arzneischränkchen öffnete und meine Zahnbürste in der Halterung daneben hängen sah, kam die Erinnerung urplötzlich wieder zurück. Ich hatte die Zahnbürste dort nicht hingehängt. Immer stelle ich sie in einen kleinen Keramikbecher. Dieses kleine Detail löste eine Lawine aus. Es war nicht so, daß mir alles nach und nach wieder eingefallen wäre. Es kam binnen eines einzigen Augenblicks über mich. Ich untersuchte meinen Bauch und entdeckte einen dünnen, geröteten Stich, eine Art Kratzer. Der Arzt sagte später, es sei eine Narbe, und zwar so dünn, daß ich sie seit meiner Kindheit haben müsse. Aber ich weiß, daß dem nicht so ist.

Wir riefen die Polizei, doch das war ein Fehler. Ich fühlte mich geschändet, als wäre ich vergewaltigt worden, und während ich der Polizei alles erzählte, wurde schnell klar, daß sie mir nicht glaubten. Dann tauchte das FBI auf, bald darauf kamen CIA und Army. Ich hatte einen schweren Nervenzusammenbruch, und die benahmen sich, als würde ich das Ganze erfinden, um Aufmerksamkeit zu erheischen. Das ist wahrscheinlich das Schlimmste: alleine dazustehen und das Gefühl vermittelt zu bekommen, man hätte etwas verbrochen. Dr. Wells war der erste, der zu verstehen suchte, was ich durchmachte. Er brachte mich mit Dave Natchez und der Selbsthilfegruppe der Überlebenden zusammen. Durch sie erhielt ich einige Unterstützung, hatte jemanden, der mir glaubte. Und mein Mann, natürlich, der glaubte mir auch, ohne ihn hätte ich wahrscheinlich nicht überlebt. Beantwortet das Ihre Fragen?»

Okun war von dem, was sie ihm erzählt hatte, einigermaßen überwältigt. «Ja, doch, ich denke schon.»

«Und? Wie geht es Dr. Wells?» fragte sie, um die Stimmung zu heben. «Ich hoffe, er ist immer noch so verrückt wie früher.»

«Unglücklicherweise ist Dr. Wells verstorben.»

«Oh, wie entsetzlich. Tut mir leid, das zu hören. Standen Sie ihm nahe?»

Da er nicht wußte, wie er darauf antworten sollte, zuckte Okun nur mit den Schultern.

«Ich wünschte, ich hätte eher zurückgeschrieben», fuhr sie fort. «Vor ungefähr sechs Monaten kam ein Brief von ihm, und ich habe bis jetzt nicht die Zeit gefunden, ihn zu beantworten. Oh, ich fühle mich schrecklich.»

«Vor sechs Monaten?»

«Ja, ich weiß. Da gibt es nichts zu entschuldigen. Ich hätte mir die Zeit nehmen können.»

«Könnte ich den Brief vielleicht sehen?»

«Aber sicher.»

Der Briefumschlag war vor sechs Monaten abgestempelt worden. Der Aufdruck benannte eine gewisse Sunnyglen Villa in San Mateo, einem Städtchen auf der Halbinsel von San Francisco. Der Brief bestand nur aus wenigen Zeilen und enthielt nichts Enthüllendes.

«Kann ich bitte mal telefonieren?»

Er rief in der Sunnyglen Villa an und verlangte Dr. Immanuel Wells zu sprechen. Die sanfte Stimme einer Frau am anderen Ende der Leitung teilte ihm mit, Mr. Wells sei krank und könne keine Anrufe entgegennehmen. Sie bot an, eine Nachricht weiterzugeben, und fragte, «ob er einem Dienst angehöre». Okun sagte, er sei ein alter Freund der Familie und werde es später wieder versuchen.

Er starrte den Umschlag an und fragte sich, wer wohl auf die Idee gekommen war, eine Nervenklinik Sunnyglen zu nennen.

Inzwischen war der Nachmittag weit vorgerückt. Wenn er wieder in Las Vegas sein wollte, ehe der Bus sie abholte, würde er bald gehen müssen. Nachdem er Mrs. Gluck dafür gedankt hatte, daß sie ihm ihre Geschichte erzählt hatte, begleitete Brinelle ihn zum Wagen. «Hey, warum so eilig? Warum bleibst du nicht zum Abendessen?»

«Ich muß wieder an die Arbeit.»

«Du fährst doch nach San Mateo, und zwar jetzt sofort, oder?»

Okun lachte. «Ich wünschte, ich könnte. Nein, im Ernst, ich muß wieder nach Pasadena.»

«Verstehe. Tagsüber Übersinnlichkeitsforscher und nachts Triebwerksingenieur. Haßt du es nicht auch, wenn die Leute dich anlügen, Bob?»

«Ja, definitiv. Ich hasse es.»

«Hey, ich habe eine Idee», sagte sie fröhlich. «Besuchen wir Dr. Wells doch zusammen. Wir können bei meiner Freundin in Palo Alto übernachten.»

Okun wußte nicht, ob sie es ernst meinte oder nicht.

10 Fersengeld

O ja, Okun haßte es, wenn man ihn belog. Auf der Fahrt nach San Francisco sprach er ununterbrochen über die Lügen, die Radecker ihm aufgetischt hatte. Und je mehr er redete, desto wütender wurde er. «Er hat mir erzählt, mein Job ist es, das Raumschiff zum Fliegen zu bringen. Schön. Aber wenn ich ihm sage, ich brauche ein zweites Schiff, damit ich das hinkriege, versucht er, mir Informationen vorzuenthalten. Was soll das? Wenn ich ihm sage, ich muß mit Wells reden, erzählt er mir, der Mann ist tot. Fick dich, Radecker!»

Später würde er behaupten, seine außerordentliche Verärgerung habe ihn dazu gebracht, nach Norden statt nach Westen zu fahren. Doch noch während er herumbrüllte, realisierte Okun, daß es mehr war als Wut: Neugier. Er wollte diesen Wells kennenlernen, herausfinden, worum es ging. Und da war noch etwas, die Notwendigkeit, sich durchzusetzen – die Kontrolle über seine eigenen Forschungen zu erhalten und aufzuhören, von Radeckers Gnade abhängig zu sein.

Brinelle hatte Brackish überredet, nach San Mateo zu fahren, nicht aber, sie mitzunehmen. So cool er die Idee fand, sie war das Risiko nicht wert. Er wollte nicht in der Zeitung lesen, daß sie bedauerlicherweise mit einem Postlaster zusammengestoßen sei. Also fuhr er allein die Küste hoch, kaufte sich einen Stadtplan und entdeckte die gesuchte Adresse in einem Industriegebiet.

Sunnyglen Villa erwies sich als leicht heruntergekommenes viktorianisches Herrschaftshaus, eingezwängt zwischen einem Busbahnhof und einer Lagerhalle. Das Gelände war von einem hohen Metallzaun umgeben, der von Stacheldraht gekrönt wurde. Alle Fenster hatten Gitter, selbst die der oberen Stockwerke. Als ein Wachposten auf die Veranda trat und sich eine Zigarette anzündete, legte Okun den Gang ein und glitt davon. Für eine Nervenklinik sah der Ort merkwürdig aus. Er glich eher einem Gefängnis, und Okun beschlich das Gefühl, daß Besucher nicht willkommen waren.

Er fuhr eine Weile herum, bis er ein passendes Motel gefunden hatte. Es war ein für ihn ungewöhnlich gefühlsreicher Tag gewesen, und am Abend tat er etwas, was er sonst nur in melancholischen Momenten tat: Er schrieb traurige Gedichte in sein Notizbuch, das sonst wissenschaftlichen Notizen vorbehalten war.

Am folgenden Morgen betrat er einen Friseursalon und sagte dem Angestellten: «Ich habe heute ein Vorstellungsgespräch bei einem Versicherungskonzern. Verpassen Sie mir eine Normalo-Frisur.»

«Bürstenschnitt?» fragte der Friseur.

Okun nickte gequält. «Bürstenschnitt – klingt gut.»

Als er den Salon verließ, fühlten sich seine Ohren an wie zwei gigantische Satellitenschüsseln, und im Nacken spürte er zum erstenmal seit Jahren eine kalte Brise. Sein nächster Halt war ein Kaufhaus. Fast sein gesamtes Geld gab er für einen dunklen Anzug und einen Aktenkoffer aus. Auf dem Parkplatz des Kaufhauses zog er sich um, wobei ihm eine freundliche alte Dame zeigte, wie man einen Krawattenknoten bindet. Okun war bereit.

Als er vorfuhr, stand das Fronttor offen. Er parkte, ging zum Eingang und griff nach dem Türknauf. Es summte, und die Tür öffnete sich. Das Innere der Villa Sunnyglen unterschied sich stark vom äußeren Anschein. Der Eingangsbereich war zu einem Wartezimmer umgestaltet worden, wie in einer Arztpraxis. In der Ecke überwachte eine Videokamera geräuschlos den Raum. Hinter dem Schiebeglas eines Empfangsschalters saß eine gertenschlanke Frau, die ihn mit sanfter Stimme fragte: «Hallo. Kann ich Ihnen helfen?»

«Ich möchte zu Dr. Immanuel Wells.»

«Und Ihr Name bitte?»

«Radecker. Agent Lawrence Radecker, CIA.»

Als sie nach seinem Ausweis fragte, vergewisserte sich Okun, daß niemand lauschte, und flüsterte dann: «Ich habe einen Spezialauftrag. Ich trage keinen Ausweis bei mir. Meine Anweisung lautet, daß Sie im Hauptquartier anrufen, wo man meine Angaben bestätigen wird. Man hat mir gesagt, Sie hätten die Nummer.»

«Oh, gewiß. Die habe ich gleich hier.» Sie sah ihn mit großen Rehaugen an. «Wenn Sie sich setzen wollen, Agent Radecker, ich werde sofort anrufen.» Sie lächelte und schloß das Schiebeglas.

Okun versuchte, sich unauffällig zu benehmen. Er griff nach einer Zeitschrift, legte sie aber bald wieder beiseite und begann, hektisch auf und ab zu gehen. Alle Augenblicke sah er verstohlen zur Eingangstür, um sich zu vergewissern, daß sie noch offen stand. Er war bereits dabei, einen Fluchtplan zu entwerfen für den Fall, daß die junge Frau ihn nach dem heutigen Paßwort fragen sollte. Jeden Morgen führte Radekker ein Blitzgespräch mit jemandem aus dem CIA-Hauptquartier, der ihm das Paßwort des Tages übermittelte. Radecker wiederholte es und hängte auf. Die Codewörter folgten selbstverständlich keinem erkennbaren System. Am Montag konnte es ZEBRA lauten, am Dienstag EINZIGARTIG und so weiter. Er würde es niemals erraten können, deshalb wollte er ihr sagen, er hätte es auf einem Zettel im Wagen notiert.

«Vielen Dank für Ihre Geduld. Wenn Sie mir bitte folgen wollen, ich bringe Sie zu Dr. Wells.»

An der Rückwand ihres kleinen Büros befand sich eine schwere Glastür, die sie mit einem Schlüssel öffnete. Sie betraten den dunklen Hauptkorridor und gingen durch den Aufenthaltsraum, wo drei Männer und eine Frau vor einem Fernsehgerät saßen und eine Serie anschauten. Die vier waren sehr alt, achtzig oder neunzig, und schauten kaum auf, als die Rezeptionistin ihnen einen guten Morgen wünschte. Die Farbe an den Wänden blätterte teilweise ab, und in der Luft hing der Geruch nach Desinfektionsmitteln.

«Sind Sie Mr. Wells schon einmal begegnet?»

«Nicht persönlich.»

«Aber Ihnen ist bekannt, daß er nicht mehr spricht?» An seinem Gesichtsausdruck konnte sie ablesen, daß er das nicht wußte. «Nun, vielleicht haben Sie mehr Glück. Um die Wahrheit zu sagen», sagte sie, während sie eine Fliegentür öffnete, «für uns war es ein Segen, als er verstummte. Der Mann hat geredet wie ein Wasserfall.»

Sie traten auf eine geräumige Terrasse. Zum Garten hin standen ein paar Liegestühle. Der Garten selbst war eine grüne Wildnis aus Obstbäumen, Büschen und Unkraut. Ein verwitterter Sommerpavillon wurde von kräftigen Wisteria-Ranken erdrosselt. Die Frau ging auf einen gebrechlich wirkenden Mann im Rollstuhl zu und sagte, so laut es ihre Piepsstimme erlaubte: «Dr. Wells, das hier ist Agent Radekker. Er ist von der CIA und möchte Ihnen ein paar Fragen stellen.» Der alte Mann rührte sich nicht. Sie zuckte mit den Schultern und lächelte. «Na denn, viel Glück.»

Okun zog einen Stuhl heran. Er hatte erwartet, einen zerrütteten, gewalttätigen Irren vorzufinden, doch mit Ausnahme des Rollstuhls sah der Alte aus wie ein Mitglied der Seniorenmannschaft eines Golfclubs. Er war glattrasiert, gepflegt und dank seiner Glatze auf eine bullige Art gutaussehend. Er trug eine frischgebügelte weiße Hose und einen Pullover, der exakt die gleiche Farbe hatte wie seine stahlblauen Augen.

«Dr. Wells? Dr. Wells? Sie verstehen mich doch? Wenn Sie mich verstehen, geben Sie mir ein Zeichen. Bewegen Sie etwas, blinzeln Sie.»

Ohne den Kopf zu wenden, hob der Mann seine rechte Hand und reckte Okun den Mittelfinger entgegen.

«Okay, das ist ein Zeichen. Hören Sie», flüsterte Okun. «Ich bin gar nicht von der CIA. Das habe ich nur behauptet, um hier reinzukommen. Und ich heiße auch nicht Radecker. Ich arbeite in der Area 51 und habe mich unerlaubterweise vom Arbeitsplatz entfernt, damit ich herkommen konnte, um mit Ihnen zu sprechen. Wenn ich zurückkehre, stecke ich wahrscheinlich knietief in Marmelade, also helfen Sie mir.»

Wells drehte sich seinem Besucher zu und wartete, daß er weitersprach.

«Hey, können Sie schreiben? Wenn ich Sie etwas frage, können Sie die Antwort aufschreiben. Ich habe einen Stift dabei.»

«Welche Area 51?» fragte der alte Mann mit brüchiger Stimme. «Nie davon gehört.»

Er konnte also sprechen. Okun nickte. «Wollen Sie mich auf die Probe stellen, oder erinnern Sie sich nicht mehr? Sie haben dort mal gearbeitet. Sie wissen doch, Groom Lake, unterirdische Labors, das abgestürzte Raumschiff.»

«Reden Sie weiter. Ich weiß immer noch nicht, wovon Sie sprechen.»

Bingo. Plötzlich kapierte Okun, worauf der Alte hinauswollte: Er verlangte nach einem Beweis, daß Okun nicht nur ein Amateur-Ufologe war. «Okay, ich habe verstanden. Dworkin, Lenel. Jeden Freitag nach Vegas. In der Küche steht ein langer Tisch mit zwei Bänken. Die Fliesen des Badezimmerfußbodens sind überwiegend weiß, aber ein paar davon sind purpurfarben, und die Hähne des mittleren Waschbeckens passen nicht zusammen. Hey, was ist los?» Er merkte, daß der alte Mann kurz davor stand, in Tränen auszubrechen. «O nein, bitte nicht.» Es war das zweite Mal binnen kurzem, daß er jemanden zum Weinen brachte.

«Ich wußte, Sie würden kommen. Ich habe gewartet und gewartet. Warum haben Sie mich so lange warten lassen?»

«Ich habe erst gestern herausgefunden, wo Sie stecken.»

«Hat Dworkin Sie nicht geschickt?» Er wurde plötzlich paranoid. «Wer schickt Sie?»

«Niemand schickt mich. Beruhigen Sie sich. Ich habe gestern mit Mrs. Gluck gesprochen, und die hat mir einen Brief gezeigt, den Sie ihr geschrieben haben. Dworkin und die anderen glauben, Sie wären tot. Das zumindest hat man uns gesagt.»

«Dann sind Sie also gekommen, um mich zu befreien? Das schaffen Sie nicht allein. Wir brauchen Hilfe. Wir müssen sofort nach San Francisco. Da gibt es zwei Fernsehsender, die nur ein paar Blocks voneinander entfernt sind. Die Presseerklärung habe ich schon geschrieben, die liegt aber in meinem Zimmer. Es ist alles vorbereitet. Ich brauche jemanden, der mich begleitet ...»

«Hoppla. Immer mit der Ruhe. Ich komme nicht ganz mit.»

Wells begann noch einmal von vorne und erklärte seinen Plan. Es sei höchste Zeit, daß sie die Welt auf die bevorstehende Invasion der Außerirdischen aufmerksam machten, die, wie er sagte, jeden Moment beginnen könne. Es war derselbe Plan, den er vor fünf Jahren den Mitarbeitern der *Operation Schlammschlacht* vorgeschlagen hatte, mit dem Ergebnis, daß er pensioniert und eingesperrt worden war. Er zeigte auf den Stacheldraht in den Büschen. Dann begann er, in aller Ausführlichkeit von der Kette von Ereignissen zu berichten, die zu seinem Ausschluß aus der *Operation Schlammschlacht* geführt hatten, und brachte seine tiefe Abscheu vor den Männern zum Ausdruck, die sich ihm widersetzt hatten.

Ohne innezuhalten, kam er wieder auf seinen detaillierten Plan zu sprechen, die Nachricht an die Medien weiterzuleiten. Jede Einzelheit hatte er in Gedanken ausgearbeitet, jede mögliche Reaktion des Feindes vorausgeahnt. Er und einige wenige Getreue fochten einen verzweifelten Kampf gegen die weltweite Verschwörung, die Sache unter den Tisch zu kehren. Während er sprach, bemerkte Okun, daß Wells tatsächlich verrückt war. Zwar kein unzurechnungsfähiger Irrer, aber in höchstem Maße zwanghaft obsessiv.

«Es ist vielleicht schon zu spät, aber wir müssen es trotzdem versuchen. Jeder Mann, jede Frau, jedes Kind muß sich die Rettung des Planeten zur vordringlichsten Aufgabe machen. Wenn sie erst davon hören, wenn sie verstehen, daß wir vor der völligen Ausrottung stehen, werden sie bereit sein, die notwendigen Opfer zu bringen. Alle werden zusammenarbeiten. Die Welt muß zu einer einzigen, straff organisierten Kriegsmaschine zusammengeschweißt werden. Politik, Wirtschaft, Gesellschaft, das muß sich alles ändern, wenn wir überleben wollen.» Er meinte, jeder, der Bescheid wisse und trotzdem schweige, sei ein größerer Kriegsverbrecher als Hitler, der widerlichste Abschaum des Planeten. Er werde höchstpersönlich die öffentliche Hinrichtung dieser Verschwörer fordern. Wohlweislich verschwieg Okun, daß er ja selbst zu den Verschwörern gehörte.

War man einmal auf der Liste der Feinde des alten Mannes gelandet, hatte man offenbar keine Chance, wieder gestrichen zu werden. Deshalb spielte Okun, der sich in den letzten beiden Tagen an die Schauspielerei gewöhnt hatte, Wells etwas vor. «Ich werde Ihnen helfen und Verstärkung holen. Doch vorher müssen Sie mich Ihnen ein paar Fragen stellen lassen. Die erste dreht sich um den Nachtrag zu Ihrem Bericht. Ich habe den Teil gelesen, den Sie nach der Sache in Roswell verfaßt haben, doch der Teil, den Sie später hinzugefügt haben, fehlte. Was stand da drin? Ihre Vorstellungen einer Invasion?»

«Kommen Sie mir nicht dumm, junger Mann. Das sind nicht bloß Vorstellungen. Zum Zeitpunkt der Begegnung hatte ich angenommen, man hätte mir einen Blick auf den Heimatplaneten der Außerirdischen gestattet. Später kam ich zu der Überzeugung, daß man mir den Planeten gezeigt hat, der einst den Wirtstieren gehörte, denen, die sie ausgeweidet und als Rüstung benutzt haben. Haben Sie die Aufnahmen von den größeren Körpern gesehen?»

«Ja, schrecklich.»

«Bevor der Planet, den ich gesehen habe, ruiniert wurde, war es ein Dschungel, ein üppiges Treibhaus unermeßlichen pflanzlichen Lebens. Endlos. Selbst unter der Oberfläche blühte und gedieh die Vegetation. Denken Sie an die anatomischen Unterschiede der beiden Kreaturen. Welche wäre wohl besser geeignet, auf diesem Planeten zu existieren? die Tentakel ermöglichen dem größeren Wesen, auszugreifen und zu klettern. Der Körper des anderen war für diese Umgebung viel zu empfindlich. Ich bin mir ganz sicher, daß der kleine Wicht mir nicht seinen Planeten gezeigt hat. Nein, er erklärte mir, weshalb sie zu uns gekommen waren: Weil sie den Ort, den er mir gezeigt hat, langsam zerstört hatten, weil sie alles, was an der Oberfläche wuchs, vertilgt hatten, bis ihnen nichts anderes mehr blieb, als das Moos von den Höhlenwänden zu rupfen. Ich glaube, sie kommen zu uns, um zu fressen.»

«Finster.»

«Noch etwas. Wenn diese Kreatur wirklich ein Wissenschaftler war, wie kommt es dann, daß sie selbst nach Nahrung grub? Das ergibt für mich keinen Sinn. Da ich ihr meine persönlichen Erinnerungen mitgeteilt habe, nahm ich an, sie hätte dasselbe getan. Zumindest fühlte es sich an wie eine persönliche Erinnerung, so unmittelbar, so wirklich. Doch wie konnten diese beiden Geschöpfe eins sein? Dann dämmerte es mir. Sie haben kollektive Gedanken, sie haben einen kollektiven Verstand, sie müssen eine kollektive Erinnerung haben.»

«Exakt. Das ist dasselbe Prinzip, das auch für ihre Schiffe gilt. Sie haben eine kollektive Energiequelle genauso wie kollektive Geistesaktivitäten.»

«Wir haben es mit einem Schwarm zu tun, mein Freund. Und das macht sie gefährlich. Individuell mögen sie nicht so intelligent sein wie Sie oder ich. Doch kollektiv sind sie vermutlich mächtiger, als wir es uns vorstellen können. Hat Sam Ihnen je von meinem Experiment mit den Bienen erzählt?»

Okun schüttelte den Kopf.

«Sechs Monate lang habe ich einen Schwarm in den alten Baracken neben dem Haupthangar gehalten. Versuchshalber bin ich dazu übergegangen, ihre Nahrungsquelle zu verstekken. Doch sie haben sie immer nach wenigen Minuten gefunden. Ich habe den Radius auf drei Kilometer rund um den Stock ausgedehnt, ihre Nahrung täglich an einen anderen Ort gebracht. Nach etwa drei Monaten passierte etwas verdammt Beängstigendes. Ich ging zu der Stelle, die ich ausgesucht hatte, um die Nahrung zu deponieren, und sie haben mich schon erwartet! Daraufhin habe ich alle erdenklichen Tricks ausprobiert, um sie zu narren. Eine Weile haben die Tricks funktioniert, aber nie zweimal derselbe. Das ging so weiter, bis ich feststellte, daß sie gelernt hatten, mich zu antizipieren. Sie waren mit meinem Verhalten so vertraut, daß sie es vorausahnten. Am Ende habe ich den Stock angezündet. Also, wenn Bienen zu so etwas in der Lage sind, wozu dann erst diese Monster? Und wir machen es ihnen noch nicht einmal besonders schwer. Wir jagen Funkwellen in den Äther, die unsere Position angeben. Damit muß sofort Schluß sein. Die sind jetzt da draußen und beobachten uns, studieren unser Verhalten und warten auf die Gelegenheit loszuschlagen.»

«Sie haben vollkommen recht. Sie gehen also davon aus, daß es mehr als ein Schiff gibt?»

«Sind Sie noch bei Trost? Verstehen Sie nicht, was ich Ihnen erklärt habe? Da draußen sind *Hunderte* solcher Schiffe, und sie sind ganz in der Nähe! Alle paar Monate kommen sie herunter und spionieren unsere militärischen Anlagen aus, veranstalten Experimente mit Menschen und Tieren. Haben Sie nie von diesen zerstückelten Rindern gehört, an denen kein Blut gefunden wurde? Rufen Sie das Pentagon an und sagen Sie, man solle Ihnen die Akten schicken. Die Zeit der Experimente wird bald vorüber sein, dann greifen sie an. Wir wissen nicht, wie mächtig ihre Waffen sind, aber unsere Luftwaffe wird gegen die Wendigkeit und Geschwindigkeit ihrer Schiffe keine Chance haben. Binnen weniger Monate werden alle unsere Flugzeuge vernichtet, alle unsere Raketen verschossen sein. Dann nehmen sie sich unsere Bodenstreitkräfte vor. Es bleibt kaum noch Zeit, die Waffen zu entwickeln, die wir brauchen werden. Jetzt sofort müssen wir Opfer bringen, um ein Verteidigungssystem im All zu installieren. Lasersatelliten, Raumtorpedos, um die Erde kreisende Minenfelder, die wir mit Nuklearsprengköpfen bestücken sollten. Wenn uns noch Zeit bleibt, können wir im All Fabriken errichten, in denen wir unsere eigenen Kriegsschiffe bauen, und selbst einen Angriff starten. Es kann schon zu spät sein, aber wir müssen es versuchen. Besorgen Sie ein paar gute Männer, und stürmen Sie dieses Gefängnis.»

Auf eine seltsame Art schien das, was er sagte, mehr Sinn zu machen, je länger er redete. Okun war versucht, ihn nach den anderen Begegnungen zu fragen, doch er kam wieder auf seine Eingangsfrage zurück. «Darum kümmere ich mich später. Im Augenblick muß ich an ein zweites Schiff rankommen.» Er erläuterte das Experiment, mit dem er bewiesen hatte, daß die Raumschiffe nur in Gemeinschaft fliegen können. «Wissen Sie, ob die Regierung noch weitere von einem anderen Absturz her in ihrem Gewahrsam hat?»

«Wie steht's mit Chihuahua, Mexiko?»

«Was ist das?»

«Haben Sie die Majestic-12-Dokumente gesehen?»

«Das Ding, das Sie für Eisenhower zusammengeschrieben haben? Ja, die habe ich gesehen.»

«Da steht es drin.»

Okun hatte die streng geheime Akte gelesen, war aber zu dem Schluß gekommen, daß es sich um eine Falschmeldung handelte, eine Desinformation, die die Mächte der Finsternis verfaßt hatten. Der Bericht hatte eine Passage enthalten, die geschwärzt worden war. «Also, worum geht es in der Chihuahua-Geschichte?»

«Zeitgleich mit dem Absturz bei Roswell wurde weiter südlich ein weiterer Lichtstrahl beobachtet. Die Army hat Hunderte von ‹verläßlichen› Beobachtungen aufgezeichnet, von Leuten, die zwischen Roswell und Guerrero leben, einer kleinen Stadt in den Bergen des mexikanischen Bundesstaats Chihuahua. Ein paar Tage nach dem Absturz haben wir Truppen über die Grenze geschickt. Die sind einfach einmarschiert und haben das Gebiet umstellt, wo, den örtlichen Bewohnern zufolge, das Ding heruntergekommen war. Man hat sehr lange gesucht, doch nichts gefunden.»

«Aber Sie glauben, daß da unten eines ist?»

«Ich weiß es nicht. Immer wollte ich runterfahren und selbst nachsehen, habe es aber nie getan.»

«Und wo genau soll das gewesen sein?»

«Direkt außerhalb von Guerrero.» Wieder begann Wells, ihm auseinanderzusetzen, weshalb sie den Fernsehsender aufsuchen müßten, doch Okun unterbrach ihn sofort.

«Eine letzte Frage noch. Das Y. Ich habe es auf den Monitoren im Schiff gesehen, als wir versuchten, die Energieversorgung wiederherzustellen. Ich dachte, es wäre eine Art SOS. Dworkin erzählte mir, Sie hätten denselben Eindruck gehabt.»

Diesmal schüttelte Wells nur den Kopf. «Ich habe es nicht herausfinden können. Sie sagten, Sie hätten mit Trina Gluck gesprochen.»

«Ja.»

«Haben Sie ihr geglaubt?»

«Ich glaube nicht, daß sie lügt. Ja, eigentlich glaube ich ihr.»

«Wenn sie recht hat, dann wissen die Außerirdischen

ebensowenig wie wir, was das Y bedeutet. Jahrelang habe ich angenommen, daß es sich um ihr Gegenstück zu unserem SOS handelt, doch warum erkennen sie es dann nicht?»

«Agent Radecker», rief die Schwester von der Tür aus. «Ein Anruf für Sie, Sir.»

«Unsere Verstärkung?» fragte der alte Mann erwartungsvoll.

«Entweder das oder dicker Ärger.» Okun streckte seine Hand aus. «Vielen Dank für Ihre Hilfe.»

Wells starrte auf die Hand, wie versteinert. «Was, Sie wollen gehen? Mich verlassen? Nein! Sie haben mich reingelegt! Sie sind einer von denen! Hatten nie die Absicht, mir zu helfen. Bleiben Sie mir vom Leib, Sie dreckiger Mörder.»

Den ganzen Weg zurück durch das Haus und ins Büro konnte Okun die Flüche des alten Mannes hören. Und er hatte nicht das Gefühl, daß seine unmittelbare Zukunft rosiger aussähe. Er war ziemlich sicher, daß er, sobald er den Hörer aufnähme, von einem Typen der inneren Sicherheit in Washington gekreuzigt werden würde.

Er holte tief Luft und nahm den Hörer. «Hier Radecker.»

«Ich dachte, dein Name ist Bob Robertson.»

«Brinelle?»

«Erraten. Hör zu, Geheimagent ‹Name unbekannt›, du bist gründlich aufgeflogen. Gerade waren zwei Typen vom FBI hier und haben nach dir gefragt. Wir mußten ihnen sagen, wo du hinwolltest, tut mir leid. Deshalb solltest du vielleicht verschwinden.»

«Danke, Chef. Ich werde mich sofort darum kümmern.»

«Sind Leute in der Nähe, die dir zuhören?»

«Positiv.»

«Und es soll so klingen, als wäre das ein dienstliches Gespräch.»

«Exakt.»

«Cool. Dann sieh besser zu, daß du wegkommst, aber benutz die Telefonnummer, die ich dir gegeben habe. Okay?»

«Werde ich. Ende.»

Okun wandte sich zur Tür, überlegte es sich dann aber anders. Weshalb sollte er abhauen? Was spielte es für eine Rolle, *wie* er zurück nach Nevada kam? Wenn er Gesellschaft hätte, würde die Fahrt vielleicht lustiger. Also setzte er sich und blätterte ein paar Zeitschriften durch, bis er hörte, wie draußen ein Wagen mit quietschenden Bremsen zum Stehen kam.

11 Ein Todesfall in der Familie

Brackish Okun verbrachte die Nacht hinter Gittern. Wie vorhergesehen, hatten ihn die FBI-Typen, von denen er festgenommen worden war, den ganzen Weg zurück nach Nevada chauffiert und am Eingang des Nellis-Testgeländes abgeliefert. Sie verhielten sich ihm gegenüber äußerst höflich, geradezu freundlich. Er mußte keine Handschellen tragen und wurde auch sonst nicht als Gefangener behandelt, nach dem Mittagsimbiß begleiteten sie ihn jedoch auf die Toilette. Sowie sie ihn der Militärpolizei übergeben hatten, die ihn am Eingang erwartete, wurde das Klima rauher. Er wurde gefilzt, in Handschellen gelegt und in einen Jeep gestoßen. Die MPs fuhren ihn zum Gebäude des militärischen Geheimdienstes und sperrten ihn in eine fensterlose Zelle. Mitten in der Nacht wurde er rüde geweckt und in ein Verhörzimmer gebracht, in dem ihn zwei Offiziere vernahmen. Sie wollten wissen, wo er während seiner siebenundzwanzigstündigen Abwesenheit überall gewesen war und mit wem er alles gesprochen hatte. Allerdings warnten sie ihn dringend davor, die *ganze* Geschichte zu erzählen. Falls er geheime Informationen preisgegeben habe, irgend etwas, was mit der Arbeit am Groom Lake in Zusammenhang stehe, solle er nur sagen, wem gegenüber, da sie nicht befugt seien, solche Informationen zu erfahren. Sollte er ihnen etwas verraten, stelle dies eine Gesetzesverletzung dar.

Er erzählte ihnen die Wahrheit, doch die Offiziere benahmen sich, als glaubten sie ihm kein Wort. Zwei Stunden lang grillten sie ihn, wobei sie ihn mit subtilen Mitteln drängten, Farbe zu bekennen. Anschließend wurde er in seine Zelle zurückgebracht. Um 7 Uhr in der Frühe weckte man ihn wieder. Diesmal war es Radecker, der vor den Gitterstäben seiner Zelle stand und aussah wie ein Hochdruckradiator, kurz davor, zu platzen und den Raum mit kochendem Schmutzwasser zu überschwemmen. Er brüllte Okun minutenlang an, machte ihm klar, was für eine gefährliche Dummheit es war, einfach zu verschwinden. Als der tobende CIA-Agent schließlich Luft holen mußte, versuchte Okun, dessen Laune aufzubessern.

«Wollen Sie nicht wenigstens meinen Haarschnitt loben?»

Radecker schenkte ihm einen gnadenlosen Blick. «Ich habe Ihnen vertraut», zischte er, «und Sie haben mich aufs Kreuz gelegt. Den Dolch in den Rücken gestoßen. Dafür werden Sie bezahlen. Das geht vors Kriegsgericht. Die Militärstaatsanwälte bereiten bereits die Anklage vor. Sie wandern in den Knast. Und zwar für länger.»

«Weshalb?»

«Mal sehen. Unerlaubte Entfernung. Amtsanmaßung. Unerlaubtes Betreten. Verstoß gegen das Bundesspionagegesetz. Zusammengenommen werden sie wohl nicht mehr als neunundneunzig Jahre bekommen. In zwanzig Jahren können Sie dann Bewährung beantragen.»

«Ich habe nichts verraten», versicherte Okun. «Ich schwöre. Der einzige, mit dem ich gesprochen habe, war Wells.»

Radecker grinste ihn hinterhältig an. «Wells ist kein Geheimnisträger mehr. Er steht in keinerlei offizieller Verbindung zu diesem Projekt. Sie haben's sich versaut.»

«Sie nehmen mich auf den Arm, nicht wahr? Ich habe ihm nichts erzählt, was er nicht schon wußte.»

«Die Jungs vom Kriegsgericht haben davon keine Ahnung. Ich schätze, ich könnte ein Wort für Sie einlegen, ihnen die Situation erklären und versuchen, daß die Anklage niedergeschlagen wird. Aber das werde ich nicht tun, und ich werde Ihnen auch sagen, warum. Weil Sie mich mit voller Absicht blamiert haben. Ich werde hierher abgestellt, um auf Ihren Hippie-Arsch aufzupassen, und Sie ziehen diese Nummer ab. Was glauben Sie, wie ich jetzt dastehe? Für die CIA bin ich erledigt. Eine Lachnummer. Selbst das Scheiß-FBI lacht sich über mich kaputt.»

Doch Okun wurde nie angeklagt. Offenbar besaß er unbekannte Freunde in einflußreichen Positionen. Ein Anruf aus dem Büro des Stellvertretenden CIA-Direktors wies den Militärstaatsanwalt an, das Verfahren einzustellen und den ganzen Vorfall zu vergessen. Radecker erhielt den Befehl, Okuns Bewegungsfreiraum auf die unterirdischen Laboratorien und die allernächste Umgebung zu begrenzen, ansonsten aber keine weiteren Disziplinarmaßnahmen einzuleiten. Radecker war stinkwütend, besaß aber nicht die Macht, dagegen anzugehen.

Als Okun in die unterirdischen Laboratorien zurückkehrte, war die Stimmung getrübt. Nicht nur an ihm ließ der Boß seine Wut aus. Als Brackish zur Rückfahrt aus Vegas nicht aufgetaucht war, hatten die alten Männer einen Trick nach dem anderen angewandt, um die Abfahrt des Busses zu verzögern. Erst spiegelte Freiling einen senilen Anfall vor und schlich sich davon, dann klagte Lenel über Herzschmerzen und wurde ins Krankenhaus gebracht. Als Okun bei Einbruch der Dunkelheit noch immer ausblieb, gaben sie auf und kehrten zurück. Radecker war überzeugt, sie wären in die Verschwörung eingeweiht. Die Ausflüge nach Las Vegas, verkündete er, seien Vergangenheit. Künftig werde ihnen nur noch gestattet, sich so lange in Vegas aufzuhalten, wie sie für ihre Bankgeschäfte und einen Besuch der Apotheke bräuchten. Für Dworkin und seine Kollegen bedeutete dies, der einzigen Freizeitbeschäftigung beraubt zu werden. Es war ein schwerer Schlag für die alten Männer, und sie konnten nicht anders, als Okun die Schuld zu geben.

Die Stimmung war also gedrückt, die Atmosphäre vergiftet. Die Solidarität unter den Männern bekam Risse. Sie fingen an zu streiten und machten aus ihrer Wut auf Okun keinen Hehl. Eines Morgens baute sich Lenel vor ihm auf und fragte, ob seine Komödie es wert gewesen sei. «Was war denn so wichtig, daß Sie unbedingt mit ihm reden mußten?»

Als Okun versuchte, die Verantwortung Radecker und seinen Lügen zuzuschieben, fragte ihn Lenel erneut. «Wir haben Ihnen doch erklärt, daß Wells verrückt ist. Also, ich frage Sie noch einmal, ob Sie irgend etwas Neues erfahren haben, als Sie mit ihm gesprochen haben?»

Statt zu antworten, zog sich der junge Mann mit dem neuerworbenen Bürstenschnitt auf sein Zimmer zurück. Was war durch seinen Ausflug an die Küste tatsächlich gewonnen? Der ehemalige Direktor der Area 51 hatte ihm diverse interessante Dinge erzählt, aber nichts, was ihn wirklich weiterbrachte. Die Frage des telepathischen Y blieb weiterhin ein Geheimnis, und nun hatte er weniger Freiheiten denn je, der Existenz eines zweiten Schiffes nachzuspüren. Das einzige, was er wirklich mitgenommen hatte, war die beklemmende Ahnung einer Invasion von außerirdischen Eroberern aus einer fernen Galaxie. So grotesk sich Wells' Worte anfangs anhörten, mit der Zeit schlugen sie in Okuns Bewußtsein Wurzeln und wirkten von Tag zu Tag überzeugender. Er versuchte, mit den anderen Männern darüber zu sprechen, doch es schien, als flößte ihnen der Gedanke Angst ein. Weshalb sonst verwarfen sie seine Ausführungen ohne Umschweife, wenn es doch breitgestreute Indizien gab, die sie untermauerten?

Radecker war noch nicht fertig mit ihnen. Er installierte eine heimtückische Form der Bürokratie. Mittlerweile trafen täglich neue Container mit Materialien und Geräten ein, die für die Rekonstruktion des Schiffes angefordert worden waren. Unter Radeckers neuem System mußte jedes Einzelteil in dreifacher Ausfertigung katalogisiert werden, bevor man es benutzen durfte. Für jede Schraube, jeden Dichtungsring, jede Drahtspule waren verschiedenste Formulare auszufüllen. Hinzu kam eine weitere Form administrativen Sadismus: der tägliche Arbeitsplan. Jeden Morgen gab es nun erst einmal eine Stunde lang Schreibarbeit.

Im Laufe der folgenden zwei Wochen besserten sich die Dinge ein wenig. Cibatutto funktionierte ein ausrangiertes Telexgerät um, so daß es den Papierkram zu erleichtern half, und Dworkin entdeckte ein neues Kartenspiel – Bridge –, das die alten Männer bald meisterhaft beherrschten. Eines Freitagabends kam Radecker in die Küche und traf sie bei einer hitzigen Partie an. Okun schaute zu. Gerade als seine Wunden zu heilen begannen, riß Radecker sie wieder auf. Er hatte begriffen, daß Okun ihn demütigen konnte, ohne im geringsten Schaden zu nehmen. An diesem Abend mußte bei Radecker eine Sicherung durchgebrannt sein, denn am folgenden Tag versuchte er, Okun auf die einzig erfolgversprechende Weise zu treffen. Wenn er das junge Genie nicht offen abstrafen konnte, mußte er unter die Gürtellinie zielen. Er ließ Freiling zum nahen Luftwaffenstützpunkt schaffen und einer psychiatrischen Untersuchung unterziehen, die feststellen sollte, ob er geistig noch in der Lage war, in den hochkomplexen Forschungsanlagen zu arbeiten. Freiling kehrte verwirrt und erschüttert zurück. Die Seelenklempner hätten ihn in die Mangel genommen, erzählte er, und in voller Absicht aus der Fassung gebracht. Die Aussicht, in ein Altersheimgefängnis à la San Mateo eingewiesen zu werden, entsetzte ihn.

Die ganze Mannschaft marschierte sofort zu Radeckers Büro, doch der weigerte sich, mit ihnen zu reden. «Ich dachte, wir hätten eine Vereinbarung, Mr. Radecker», sagte Dworkin so höflich wie möglich durch die geschlossene Tür.

«Reden Sie nicht mit mir, reden Sie mit Okun. Und denken Sie das nächste Mal vorher nach, ehe Sie mich hinters Licht führen.» Den Rest des Samstags verbrachten sie damit, Freiling zu beruhigen und ihm zu versichern, daß sie nicht zulassen würden, daß man ihn wegschaffte. Als Freiling sich schließlich wieder faßte und einschlief, war es später Abend.

Okun ging in die Küche, wo er Dworkin entdeckte, allein in der Dunkelheit sitzend. «Was ist, können Sie nicht schlafen?»

«Eine Magenverstimmung», sagte Dworkin. Als Okun das Licht anmachte, bemerkte er auf dem Tisch eine Flasche Wasser und eine Packung Pillen. «Wahrscheinlich nur Sodbrennen nach einem anstrengenden Tag.»

«Sind Sie sicher, daß es Ihnen gutgeht? Sollen wir einen Arzt rufen?»

Der alte Mann lachte. So schlimm sei es nicht. Er lud Okun ein, Platz zu nehmen, und fragte ihn nach seinem Besuch bei dem Wissenschaftler. Er wollte alles über die Klinik wissen, in der Wells gefangengehalten wurde, wollte erfahren, was er gesagt hatte. Nach einer Weile unterbrach er Okun. «Meinen Sie, daß er recht hat? Sind wir Kriminelle, weil wir es der Welt verschweigen?»

«Vielleicht. Besonders, wenn man sich hier umschaut und die Zahl der Leute bedenkt, die die Regierung dafür abgestellt hat. Hier müßten Hunderte von Forschern arbeiten, und was haben wir? Vier Männer, die alle schon die Siebzig überschritten haben, und einen Grünschnabel, der nicht einmal einen Doktortitel hat. Die nehmen das Ganze nicht ernst. Ich glaube, in einem hat Wells recht: An diesem Projekt sollten viele Leute arbeiten. Wenn das nach außen dränge, würden die Menschen es ernst nehmen und sich zusammentun, um vorbereitet zu sein.»

«Vielleicht», sinnierte Dworkin. «Aber wenn Sie mich fragen: Ich halte es für wahrscheinlicher, daß die Gesellschaft auseinanderbrechen würde. Die Art, wie sie auf das Schiff und die Leichen der Außerirdischen reagiert haben, ist ziemlich untypisch. Sollten die Menschen wirklich zu glauben beginnen, daß, wie Wells annimmt, ihre Ausrottung bevorsteht, würden sie eher dazu tendieren, sich zurückzuziehen. Ich kann mir gut vorstellen, wie Gruppen verängstigter Menschen ihren Alltag aufgeben und sich in ihr privates Elend flüchten, möglicherweise würden sie sogar Milizen bilden und sich in den Bergen verschanzen. Doch das ist Spekulation», schloß er, sein Glas austrinkend, «und steht nicht zur Debatte, da die Öffentlichkeit nicht informiert wird. Selbst wenn es einem von uns gelänge, in die Abendnachrichten zu kommen und die ganze Geschichte zu erzählen, würde niemand uns Glauben schenken. Sie wissen, was in Roswell geschehen ist. Die haben verdammt viel Übung darin, intelligente Menschen wie Verrückte aussehen zu lassen.»

«Was also ist die Lösung? Einfach mit der Routine hier unten fortfahren?»

Dworkin starrte einige Augenblicke lang in sein leeres

Glas. «Ich habe die meiste Zeit meines Lebens in diesen Räumen verbracht und bin mir nicht sicher, ob ich mich damit brüsten kann. Sie wissen, ich war einmal verheiratet.»

«Nein, das wußte ich nicht. Kinder?»

«Nein, Gott sei Dank nicht. Doch selbst wenn ich welche gehabt hätte, wäre ich hier. Dr. Wells und ich hatten unsere Differenzen, aber in einem waren wir stets einer Meinung: daß die Arbeit, die wir taten, bedeutend genug war, die persönlichen Opfer zu rechtfertigen. Die Arbeit war alles, und nun fürchte ich, daß es damit vorbei ist.»

Okun ahnte, wovon er sprach. «Sie fürchten, Sie seien zu alt?»

«Genau. Es ist jetzt schon ein paar Jahre her, seit der letzte Kollege von uns gegangen ist, und ich habe mir gestattet zu vergessen, wie das ist. Wenn Radecker Dr. Freiling wegschaffen läßt, sind wir nur noch vier. Bald wird von uns Alten keiner mehr übrig sein, und ich frage mich, was dann geschehen wird. Ich weiß nicht, ob Sie darauf vorbereitet sind, die Last alleine zu tragen.»

Sie ließen die Frage eine Weile im Raum stehen. Brackish zog die Möglichkeit in Betracht, in Dworkins Fußstapfen zu treten, seine Zukunft gegen das einsame Dasein einer Laborratte einzutauschen. Er dachte einen Moment lang an Brinelle, ihre geschmeidigen Arme und Beine, ihr offenes Lächeln. Er wußte, daß er sie vermutlich nie wiedersehen würde, doch für den Augenblick repräsentierte sie all die Menschen, denen er noch begegnen wollte. Die Laboratorien zu erhalten – hieß das, sich nie wieder in ein Mädchen zu verlieben? Oder sich kurz entschlossen mit ein paar Freunden einen Film anzusehen?

«Falls diese Kreaturen sich jemals feindselig verhalten sollten», brach Dworkin das Schweigen, «sind Sie vermutlich der einzige, der die Menschheit darauf vorbereiten kann. Bisher haben unsere Gönner in Washington – wer auch immer sie sein mögen – Ihnen noch nichts abgeschlagen. Es könnte an der Zeit sein, sie um personelle Verstärkung zu bitten. Ich bezweifle, daß wir Alten noch lange da sein werden.»

Okun winkte ab. «Das müssen wir nicht heute abend entscheiden. Mein Vertrag läuft noch drei Jahre, und ihr Naturburschen werdet mich um Jahre überleben. Kommen Sie, Sie sollten versuchen, ein wenig zu schlafen.»

«Sie haben recht.» Dworkin seufzte. «Ich bin tatsächlich hundemüde.»

Am folgenden Morgen erschien Dworkin nicht zum Frühstück. Als sie nach ihm sahen, stellten sie fest, daß er im Schlaf gestorben war. Nur einen Tag nachdem sie erfahren hatten, daß Freilings Kopf unter dem Fallbeil lag, hatten sie ihren Anführer verloren. Während Cibatutto zum Telefon ging, um das Begräbnis zu veranlassen, zogen sich die anderen auf ihre Zimmer zurück, um zu trauern.

«Sechs tot und drei an der Schwelle.» Lenel flüsterte, während der Pastor eine kurze Eloge auf den Toten sprach. Die Zeremonie war dieselbe, die auch die vor Okuns Ankunft verstorbenen Männer erhalten hatten. Sie war Teil eines Bestattungspakets, das ihnen ihre Bank angeboten hatte. Parducci-Bestattungen sorgte für Einbalsamierung, Makeup, Sarg, einen Imbiß im Rahmen der Totenwache, den Transport zum Friedhof, Blumen sowie einen Begräbnisgottesdienst zu einem günstigen Gesamtpreis. Das einzige, was nicht darin enthalten war, war eine Polizeieskorte zum Friedhof. Die Parducci-Familie hatte nicht das beste Verhältnis zur Polizei. Als der Pastor geendet hatte, kündigte er an, daß nun ein paar Minuten für diejenigen zur Verfügung stünden, die Dr. Dworkin ein letztes Lebewohl sagen wollten. An der Feier nahmen mehr Menschen teil, als Okun erwartet hatte. Zwei von Dworkins Schwestern waren mit ihren Familien gekommen, vier oder fünf Wissenschaftler, die in früheren Jahren mit ihm zusammengearbeitet hatten, Ellsworth in Begleitung zweier Offiziere sowie Dr. Insolo vom Wissenschafts- und Technologieausschuß. Sie bildeten eine Schlange und defilierten am offenen Sarg vorbei, einige hielten kurz inne, um ein paar Worte zu sagen oder Blumen niederzulegen. Als Okun sich dem Kiefernsarg näherte, erkannte er die Gestalt darin kaum wieder. Die Wangen waren zu rosig und das Haar auf eine Weise toupiert, wie Dworkin es nie getragen hätte. Als hinter ihm jemand «wie im Leben» murmelte, rutschte Brackish fast das Herz in die Hose, und er beeilte sich, nach draußen zu kommen.

Er ließ sich neben dem Fahrer des Leichenwagens auf eine Bank fallen. Der Fahrer blickte von seiner Zeitung auf: «Wie steht's da drinnen?»

«Heftig Mann. Sehr heftig.» Okuns Stimme erstarb.

«Waren Sie verwandt?»

«Gewissermaßen.»

Der Mann nickte, als wüßte er, was Okun meinte. Eine Weile saßen die beiden nur da und beobachteten den Verkehr, dann wandte sich der Fahrer wieder seiner Zeitung zu. Okun fiel ein, daß Dworkin gesagt hatte, er wisse nicht, ob er in der Lage sei, die Arbeit fortzuführen. Er spürte ein plötzliches Bedürfnis wegzulaufen, in der Stadt unterzutauchen und ein normales Leben zu beginnen, wie es der Mann neben ihm führte. Als er sich dem Fahrer zuwandte, um ihm eine Frage zu stellen, stach ihm etwas ins Auge. Eine Schlagzeile lautete «Erdbeben in Chihuahua verdunkelt Teile von

Texas», darunter in kleineren Lettern «Elektromagnetisches Rätsel beeinträchtigt Bauarbeiten». Er beugte sich vor und begann, die Geschichte auf der Rückseite der Zeitung zu lesen. Je weiter er las, desto heftiger nickte er. Am Ende der Spalte stand «weiter auf Seite A6».

Brackish ging zum Bus, mißtrauisch beäugt von einem der auf dem Parkplatz postierten Sicherheitsbeamten, und holte sein Tagebuch heraus. Er überflog die Notizen, die er sich nach seiner Unterredung mit Wells gemacht hatte. «Das ist es, die echte, fette Enchillada», murmelte er vor sich hin und kehrte zu den Feierlichkeiten zurück. Als er an dem Fahrer vorbeiging, riß er dem überraschten Mann die Zeitung aus den Händen und nahm sie mit hinein.

Die drei älteren Wissenschaftler waren um den offenen Sarg versammelt und erwiesen ihrem verstorbenen Freund schweigend die letzte Ehre. Okun gesellte sich zu ihnen und legte die Zeitung auf den Sarg, damit er sie glattstreichen konnte. «He, ihr», flüsterte er aufgeregt, «ich hab's gefunden. Es ist in Mexiko.»

Schlechte Manieren waren eine Sache, aber dies war die reine Flegelhaftigkeit. «Brackish, hier ist weder der Ort noch die Zeit», sagte Freiling streng.

«Er hat völlig recht», grummelte Cibatutto, «Sam zuliebe.»

Okun schaute ihnen in die Augen. «Sam hat mir gesagt, daß er stets sein persönliches Glück der Aufgabe geopfert hat, und ich bin überzeugt, er würde es wollen, daß ich euch auf der Stelle diesen Artikel vorlese.»

Zögernd machten die Männer ihm Platz, und Okun stellte sich an die Stirnseite des Sarges, wo er die Zeitung vor fremden Blicken verborgen hielt und flüsternd vorlas.

«Ein schweres Erdbeben der Stärke 8,2 auf der nach oben offenen Richterskala erschütterte diese Woche den Wüstenstaat Chihuahua, zerstörte Dörfer, beschädigte Highways und legte Dutzende von Hochspannungsleitungen lahm, über die der mexikanische Bundesstaat wie auch die texanischen Städte Sierra Blanca und Van Horn mit Strom versorgt werden.»

«Kommen Sie zum Punkt.»

Er überflog ein paar Absätze.

«... doch die Bemühungen, die Stromversorgung durch die Region Casa Grande umzuleiten, verzögerten sich aufgrund schwerer Schäden am örtlichen Straßennetz und wegen des Ausfalls der Funk- und Telefonverbindungen in besagter Gegend. Tatsächlich sind fast alle elektrischen Geräte, die in die unter den Bewohnern als Zona del Silencio oder Schweigezone bekannte Gegend gebracht wurden, gestört.

‹Das ist schon lange so›, sagte Octavio Juan Marquez, ein Sprecher des örtlichen Energieversorgungsunternehmens. ‹In den Hügeln da draußen funktionieren unsere Funkgeräte nicht. In manchen Gebieten haben wir ein sehr starkes Rauschen, in anderen passiert gar nichts. Die Anwohner behaupten, es wären die *chupacabras*, das soll eine Art Pelztier sein, das nachts kleinen Kindern nachstellt›, ergänzte er mit einem Lachen.

Aber die Bewohner der Lehmhüttendörfer in der Umgebung finden dies alles andere als lustig. Mit Hilfe eines Übersetzers sagte eine aus der Gegend stammende indianische Frau: ‹Was so beängstigend ist, ist die Stille, die hier herrscht. Da draußen wachsen keine Pflanzen mehr, die Tiere trauen sich nicht mehr hin, nicht einmal Insekten. Darum sagen die Menschen, da draußen lebe das *chupacabra.*›

Die unerklärlichen atmosphärischen Störungen machen den Experten seit ihrem ersten Auftreten im Juli 1947 zu schaffen. In den frühen fünfziger Jahren haben in der weiter südlich gelegenen Stadt Guerrero stationierte US-Truppen eine umfassende geologische Untersuchung der Gegend durchgeführt und das Phänomen den hohen Eisenvorkommen zugeschrieben.»

Während Okun zur Seite A6 weiterblätterte, schaute er lange genug auf, um festzustellen, daß die Wissenschaftler allmählich kapierten. Jeder noch vorhandene Zweifel wurde für immer ausgeräumt, als Okun die Seite A6 aufschlug. Dort befand sich ein kleines Foto, das einen Bautrupp bei der Reparatur der umgestürzten Hochspannungsmasten zeigte. Eine lange Reihe riesiger Masten erstreckte sich bis zum Horizont, und alle hatten die Form eines riesigen Y.

Soweit es Okun betraf, brauchte er nicht weiterzulesen. Er warf seinen Kollegen einen Blick zu, der besagte: *Ihr wißt, was wir jetzt zu tun haben.*

Die Männer traten ins Freie, und Okun gab ihnen einen Abriß seiner Theorie, wie das Ganze zusammenhing. «Also, wir hatten recht: Es existierte ein zweites Schiff, das gemeinsam mit dem von Roswell unterwegs war. Sie schnüffelten herum, oder taten sonst was, als die Rakete von Polynesien aus abgeschossen wurde. Der Schatten, der über die Radarschirme huschte, kurz bevor die Rakete explodierte, stammte wohl von einem dritten Schiff. Vielleicht wurde es getroffen, vielleicht hat es das Signal zum Rückzug gegeben, vielleicht – über diesen Teil bin ich mir noch nicht schlüssig.

Wir wissen aber, daß das Roswell-Schiff Richtung Norden flog und ein anderes nach Süden. Die Army ging davon aus, daß es in der Nähe von Guerrero abstürzte, und sie ist in Mexiko einmarschiert, um es zu suchen, war aber zu weit südlich. Das Y muß ein Signal des abgestürzten Schiffes sein.»

«Aber warum ist dann das dritte Schiff, das auf den Radarschirmen zu erkennen war, nicht gekommen und hat sie aufgenommen?» fragte Freiling, der langsam kapierte.

«Die Hochspannungsleitungen», spekulierte Lenel. «Vielleicht haben die elektromagnetischen Wellen das Signal blockiert.»

Vier Köpfe nickten zustimmend.

«Das bedeutet», führte Cibatutto aus, «bei ihrem nächsten Besuch, falls die Außerirdischen uns in absehbarer Zeit noch einmal besuchen sollten, werden sie in der Lage sein, das Signal zu empfangen. Da wir es erst letztes Jahr aufgeschnappt haben, wird es wahrscheinlich noch ausgestrahlt.»

«Wann ist die nächste Aktivitätsperiode der Van-Allen-Gürtel?»

Cibatutto zog einen Stift hervor und stellte auf der Zeitung einige Berechnungen an. «*Mamma mia. Dio di cane!*»

«Übersetzen Sie bitte.»

«In drei Tagen. Das Energiefeld des inneren Gürtels erreicht seine höchste Aktivität in drei Tagen.»

Okun, der unbewußt an seiner Anch-Kette herumfingerte, schaute seine Kollegen der Reihe nach an und gab sein Bestes, um wie Dworkin zu klingen. «Meine Herren, wir befinden uns in einer einigermaßen mißlichen Lage. Wenn wir im Anschluß an das Begräbnis zu der Area 51 zurückkehren, haben wir wenig bis keine Hoffnung mehr, das zweite Schiff vor unseren außerirdischen Besuchern aufzuspüren.»

Als die Feierlichkeiten beendet waren und Dworkins Sarg im Leichenwagen stand, stiegen die Trauergäste in ihre Autos, um zum Friedhof zu fahren. Radecker ging zur Spitze des Konvois, denn er erwartete, im Leichenwagen mitzufahren. «Zeigen Sie wenigstens etwas Pietät», fuhr Lenel ihn an, als Radecker die Tür öffnen wollte. «Sie haben den Mann mit ins Grab gebracht. Lassen Sie ihn wenigstens seine letzte Fahrt in Würde und mit seinen Freunden machen.»

Die beiden Männer tauschten eisige Blicke aus, bis Radekker schließlich zurücksteckte und in einen der hinteren Kleinbusse stieg. Lenel öffnete die Beifahrertür und fragte sich, wie er noch im Wagen Platz finden sollte. Okun, Freiling und Cibatutto saßen bereits eingezwängt neben dem Fahrer.

«Nein, auf keinen Fall mehr», sagte der Chauffeur. «Ich kann hier nicht noch jemanden mitfahren lassen. Sonst handle ich mir einen Strafzettel ein.» Doch die Wissenschaftler, die zu den erfahrensten Trickkünstlern des Strips zählten, konnten äußerst überzeugend wirken. Der Fahrer änderte schnell seine Meinung und ließ Lenel einsteigen. Mit einiger Mühe kletterte er auf Okuns Schoß, und die Prozession verließ die Einfahrt, bog nach Süden auf den berühmten Las-Vegas-Boulevard ab.

Noch ehe sie die erste Ampel erreichten, legte Freiling los: «Hat jemand die Hecktür überprüft. Ich glaube, die ist nicht richtig zu. An der nächsten Ampel steige ich aus und sehe nach. Das fehlte noch, wenn der alte Sam Dworkin durch die Hecktür rutschen und auf dem Strip herumrollen würde.»

«Keine Sorge, Sir, die Tür ist zu.»

«Das ist sehr freundlich von Ihnen, das zu sagen, und ich weiß, daß Sie es gut meinen», schnatterte Freiling, «außerdem bin ich sicher, Sie erledigen Ihren Job zur vollsten Zufriedenheit, aber an der nächsten Ampel steige ich trotzdem schnell aus und sehe nach.»

Freiling benötigte nur drei Ampeln, um den Fahrer so weit zu bringen, daß er schrie: «In Ordnung. Ich sehe nach der verdammten Tür.» Er stieg aus, stürmte zum Heck des Leichenwagens, öffnete die Tür und brüllte die Männer auf dem Vordersitz an: «Ich habe es Ihnen ja gesagt. Die Tür war zu. Und jetzt mache ich sie wieder zu und schließe sie ab.»

Doch bevor er sein Vorhaben ausführen konnte, war Freiling auf den Fahrersitz gerutscht und trat das Gaspedal durch. Mit quietschenden Reifen schoß der Wagen in den Verkehr auf der Kreuzung. Wegen der plötzlichen Beschleunigung rutschte der Sarg heraus, krachte auf die Fahrbahn und kippte um. Mit einigem Glück und dank der schnellen Reaktion anderer Fahrer gelang es Freiling, den Leichenwagen unbeschadet über die Kreuzung zu manövrieren.

Während sich die übrigen festhielten, jagte Freiling, der seit zwanzig Jahren nicht mehr gefahren war, den Cadillac auf hundert. Indes trug Sam Dworkin seinen Teil dazu bei, Radecker und den Rest der Prozession aufzuhalten.

Freiling raste auf der Überholspur quer durch die Stadt, bretterte über Verkehrsinseln, verschreckte Fußgänger und ignorierte das Flehen seiner Beifahrer, die Geschwindigkeit zu drosseln. Sie wollten zum Tropicana, doch Freiling war so damit beschäftigt, die Kontrolle über den Wagen zu behalten, daß er das Kasino erst sah, als es fast zu spät war. «Was, wir sind schon da?» wunderte er sich, schlug hart nach rechts ein und steuerte auf die Zufahrt zu. Während neben ihm die Fahrzeuge schlingerten und schleuderten, jagte Freiling den Wagen so gegen die Bordsteinkante, daß beide Vorderreifen platzten. Unbeeindruckt pflügte er über eine Grünfläche und eine weitere Bordsteinkante bis zum Eingang des Tropicana. Während die Hotelangestellten verblüfft die Augen aufrissen, eilten die drei älteren Flüchtlinge begleitet von ihrem jüngeren Komplizen durch das Portal.

Es dauerte nicht lange, bis Radecker vorfuhr, doch der Vorsprung genügte den drei Zockern, die sich in dem Gebäude bestens auskannten, sich unsichtbar zu machen. Erst eine halbe Stunde nachdem sie das Tropicana wieder durch den Haupteingang verlassen hatten, ließ Radecker vierzig Männer das Gebäude durchsuchen. Für den Fall, daß es ihnen doch gelungen war, durch die Türkontrollen zu schlüpfen, informierte er das Büro des Sheriffs und die Highway Patrol ließ eine Ringfahndung auslösen. Jedes Fahrzeug, das die Stadt verließ, wurde durchsucht. Inzwischen fragte sich Radecker, was die Männer außerhalb des Gebäudes wohl machen würden, und vermutete ausnahmsweise einmal richtig. Er sprang in einen Wagen und düste davon. Wenig später parkte er vor Parducci Savings und stürmte hinein.

Salvatore Parducci war gerade dabei, einen Stapel Geldscheine zu zählen, und wollte sich nicht vertun. Er ignorierte Radeckers Fragen nach den alten Männern so lange, bis eine Hand über den Schalter schnellte und das Geld auf den Boden fegte. Als Salvatore aufblickte, hatte Radecker eine Pistole auf ihn gerichtet. «Bitte, Sir, was kann ich heute für Sie tun?»

«Wo sind sie, verdammt? Sie haben sich hier versteckt, stimmt's?»

«Drei alte Männer? Wir zählen zahlreiche Pensionäre zu unseren Kunden. Können Sie sie mir beschreiben?» Im Hintergrund war plötzlich ein Geräusch zu hören, das wie ein Elektromotor klang.

«Lenel, Cibatutto und Freiling», sagte Radecker und kam

um den Schalter herum, um die Büros zu durchsuchen. «Sagen Ihnen die Namen etwas?»

«Gewiß doch. Meine Familie unterhält seit Jahren enge geschäftliche Verbindungen mit ihnen.» Parducci streckte die Hände aus, als habe er nichts zu verbergen. Er blieb selbst dann noch vollkommen ruhig, als Radecker eine Bürotür eintrat, um hineinsehen zu können.

«Wann haben Sie sie zuletzt gesehen?»

«Sie sind nicht etwa von der Steuerfahndung?»

«Was ist das?» Das Summen des Motors war zu einem Dröhnen angewachsen.

«Was ist was?»

«Der Lärm.»

«Oh, der Lärm. Dieses Tschupta-tschupta. Das müßte der Firmenhelikopter sein.»

Radecker eilte zum Fenster, riß die Vorhänge zur Seite und erhaschte gerade noch einen Blick auf seine Untergebenen, die soeben abhoben. Er drehte sich zu dem mit Juwelen behängten Bankier um, der pflichtschuldigst erklärte: «Wir sind ein Finanzinstitut, das eine komplette Palette von Dienstleistungen zur Verfügung stellt.»

Als Radeckers zweiter Fahndungsaufruf an die Polizeibehörden im Westen der USA hinausging, mieteten die flüchtigen Wissenschaftler auf dem Ontario-Flughafen in Kalifornien bereits einen Wagen und bezahlten in bar.

12 Chihuahua

Mit Okun am Steuer machte sich die Truppe auf den Weg nach Süden. Die Mietwagenfirma hatte ihnen einen nagelneuen Ford-Kombi gegeben, der auf dem Highway dahinschaukelte wie eine kleine Yacht. Ihr Plan war es, so schnell wie möglich bei Tijuana die Grenze zu passieren. Während Okuns letzter Eskapade hatte Radecker eine kleine Armee mobilisiert, um ihn zu finden. Sie konnten sich lebhaft vorstellen, daß er diesmal eine Massenfahndung auslösen würde.

Okun war noch nie in Mexiko gewesen, deshalb fiel ihm nichts Ungewöhnliches auf, als sie sich zwischen San Diego und der Grenze in einem langen Stau wiederfanden.

Lenel beugte sich vom Rücksitz nach vorn und sagte: «Etwas stimmt hier nicht. Die Schlange müßte auf der anderen Seite sein. Nach Mexiko reinzukommen dürfte nicht so lange dauern.»

«Die Zustände haben sich vielleicht geändert, seit Sie das letzte Mal hier waren», antwortete Okun schulterzuckend.

«Nein. Drehen Sie um! Sehen wir zu, daß wir hier wegkommen!» befahl Lenel. Doch dafür war es zu spät. Sie befanden sich mitten auf einer siebenspurigen Piste, auf der der Verkehr nur in eine Richtung rollte. Also entwickelten die alten Männer umgehend Plan B. Einer nach dem anderen schlüpften sie aus dem Wagen und machten sich auf den Weg zum Fußgängerübergang. Dort wollten sie eine große Touristengruppe, die zum Einkaufen nach Tijuana unterwegs war, abwarten, um darin gefahrlos unterzutauchen. Okun dachte, seine Kollegen benähmen sich überängstlich, doch als er sich dem Grenzübergang näherte, fielen ihm zwei Männer mit Sonnenbrillen und dunklen Anzügen auf, die zwischen den Wagen hin und her gingen und jeden inspizierten. Sowie einer der beiden näherkam, spreizte Okun zwei Finger zum Peace-Zeichen und lächelte. Ohne eine Reaktion zu zeigen, ging der Mann weiter, setzte seine Suche fort. *Hatte Radecker etwa herausgefunden, wo sie hinwollten?* fragte sich Okun und rekapitulierte die komplizierten Schlußfolgerungen, mit denen er die Lage des zweiten Raumschiffs ausgemacht hatte. *Nee, Radecker würde keinesfalls dahinterkommen.*

«Wo wollen Sie hin?» fragte der uniformierte Grenzer, als Okun am Übergang vorfuhr.

«Ensenada.»

«Zweck Ihres Besuchs?»

«Mucho tequila.»

Der Grenzer grinste, ermahnte ihn, vorsichtig zu fahren, und winkte ihn durch.

Hundert Meter weiter warteten die drei Männer schon auf ihn und stiegen wieder ein. Als sie die Stadt hinter sich gelassen hatten und auf der richtigen Straße waren, fuhr Okun dreißig Stundenkilometer schneller, als der mit Schlaglöchern übersäte Asphalt zuließ.

Gegen 22.30 Uhr am Abend erreichten sie das Gebirgsstädtchen Nuevo Casas Grandes und erwarteten, den Ort ausgestorben und schlafend vorzufinden. Während sie die Serpentinen hochgefahren waren, die sich in die Ausläufer der Sierra Madre hineinwanden, hatten sie überall am Straßenrand umgestürzte Telefonmasten und eingefallene Blockhütten bemerkt. Doch in Grandes war von dem gewaltigen Erdbeben, das vor einer Woche die Stadt erschüttert hatte, nicht mehr viel zu spüren. Die Hauptstraße wurde von alten Holzhäusern gesäumt, die unbeschädigt geblieben waren. Am hellsten und lautesten ging es vor der Taverna Terazas zu, direkt gegenüber der Kirche. Von drinnen drang der Lärm einer Jukebox auf die Straße, verschmolz mit dem Knattern eines Generators. Vor der Bar saß ein Dutzend Männer. Sie hatten ihre Stühle gegen die Wand gekippt, tranken und lachten.

Lenel, Freiling, Cibatutto und Okun, noch immer die Anzüge tragend, die sie für Dworkins Begräbnis angezogen hatten, stellten den Wagen ab und gingen die Straße hinunter. Nebeneinander nahmen sie fast die gesamte Straßenbreite ein und erinnerten an eine Bande nicht allzu bedrohlicher Revolverhelden. Die Männer vor dem Saloon dagegen sahen durchweg wie hartgesottene Burschen aus: Vaqueros in staubigen Lederstiefeln, Overalls und Cowboyhemden. Als die Gringos aufmarschierten, hörten sie urplötzlich auf zu lachen.

«*Hola, amigos*», rief Okun, als er an ihnen vorbei die Bar betrat. Die Wissenschaftler folgten ihm. Die kleine Bar war ziemlich voll. Okun fand einen freien Tisch in der Nähe der Jukebox, aus der ein schräger Ranchero-Song schallte. Einen Augenblick lang ebbte die Unterhaltung ab, die Männer am Tresen drehten sich um, musterten die vier geschniegelten Gringos, kehrten aber gleich wieder zu ihren Drinks und Gesprächen zurück. Als die Kellnerin vorbeikam, bestellte Okun vier Bier und beugte sich dann verschwörerisch über den Tisch. «Sobald wir die Schweigezone gefunden haben, folgen wir den Hochspannungsmasten, bis sich mir der Blickwinkel auftut, den ich vor dem Monitor der Außerirdischen hatte.»

«Erinnern Sie sich denn gut genug?»

«Vertrauen Sie mir. Es hat sich in mein Gehirn eingebrannt.»

«Und wie kriegen wir raus, wo sich die Stelle befindet?»

Lenel deutete zum Tresen. «Ihren Overalls nach zu urteilen, arbeiten die Männer da für die Elektrizitätsgesellschaft. Wir könnten ihnen morgen früh einfach folgen.»

«Ich habe eine bessere Idee», erklärte Cibatutto. Er hielt inne, drückte der Kellnerin einen Zwanziger für die Biere in die Hand und sagte, sie könne den Rest behalten. «Wir heuern einen Führer an.»

«Dann aber jemand, den wir nicht besonders mögen», warnte Lenel düster. «Denn wenn wir das Raumschiff der Außerirdischen tatsächlich entdecken sollten, könnte es sein, daß er nicht mehr lange zu leben hat.»

Okun überlegte, wie es klappen könnte. «Dr. C. hat recht. Es geht schneller, wenn wir jemanden auftreiben, der uns hinführt. Falls wir ein Schiff entdecken, versuchen wir, es vor ihm geheimzuhalten. Zwei von uns können da draußen bleiben, die anderen beiden fahren mit dem Führer zurück in die Stadt und fordern Verstärkung an. Wenn er etwas spitzbekommt, Pech für ihn. Es steht zuviel auf dem Spiel.»

«Langsam, langsam, Junge. Sie reden ja schon wie Victor Frankenstein», bremste ihn Lenel.

Freiling wartete, bis sich die Gemüter beruhigten, dann wandte er sich an Cibatutto. «Ich frage mich immer noch, warum Sie der Kellnerin so viel Trinkgeld gegeben haben.»

Prompt kam die Antwort zu ihnen an den Tisch. Ein schlaksiger, vielleicht siebzehnjähriger Mestize zog einen Stuhl heran, drehte ihn um und setzte sich rittlings darauf. «Wollt ihr ein paar Pötte kaufen?»

Okun verschluckte sich. «Ein paar was?»

«Pötte, Töpfe, Keramik.» Er erklärte ihnen in tadellosem Englisch, daß ab und zu Amerikaner nach Grandes kämen, die Keramik kaufen wollten, alte, von Einheimischen aus den Gräbern der Mogollon-Indios geraubte Stücke. Das Wort Mogollon sprach er Mo-go-YON aus. Andere kämen auch nur, um die Höhlen zu besichtigen, in denen die Indios einst gehaust hatten.

«Wir sind nicht ein paar alter Töpfe wegen hier. Wir wollen in die Schweigezone.» Okun zog die zusammengerollte Zeitung aus der Tasche und zeigte sie dem Jungen. «Kennst du jemanden, der uns da hinbringen kann?»

«Wir zahlen hundert Dollar», fügte Cibatutto hinzu.

«Ich», rief der Junge. «Ich selbst bringe euch hin. Ich hab keine Angst vor der Zona del Silencio.»

«Abgemacht. Wir brechen morgen früh auf, sobald es hell wird. *Temprano en el mañana*», sagte Okun und besiegelte die Abmachung mit einem Händedruck. «Wie heißt du?»

«Pedro.» Der gewiefte Junge grinste, als habe er den Gringos gerade eine Million Dollar abgeluchst. Wenn ihm das Risiko bekannt gewesen wäre, das er einging, hätte er mehr verlangt. Er könne sie nicht nur in die Schweigezone führen, sagte er, sondern sie auch zum einzigen Hotel der Stadt bringen, und für ein paar Scheine extra wolle er ihnen auch Proviant und Wasser besorgen. Englisch spreche er seit seiner Zeit in Los Angeles, wo er neun Jahre lang gelebt habe, ehe sein Vater entschied, daß das kein geeigneter Platz für seine Kinder sei, und die Familie zurück in seine Heimatstadt brachte. Nun hänge er in Bars herum und biete den Gringos Schwarzmarktkeramik an.

Die vier Männer erstellten eine Liste der Dinge, die sie am kommenden Tag benötigten.

«Warum wollt ihr da raus?»

Die Wissenschaftler sahen einander unsicher an. «Kannst du dichthalten?» fragte Okun.

«Klar, aber sicher.»

«Versprichst du, niemandem etwas zu erzählen?»

«Klar, aber sicher.»

«Wir sind Schatzsucher», flüsterte er. «Wir arbeiten für eine Bergwerksgesellschaft, die glaubt, in den Hügeln da draußen steckten jede Menge Schätze.»

Der Junge richtete sich kerzengerade auf. «Ihr meint Gold und Silber?»

«Nein. Ich rede von Eisenerz. Millionen Tonnen Eisenerz. Wir haben von der Zona del Silencio gehört und uns gesagt, daß es da Eisen geben muß.»

Das klang nicht besonders aufregend, und der Junge verlor sofort das Interesse. Genau das hatte Okun beabsichtigt.

Am nächsten Morgen in aller Frühe trafen sie sich vor dem Hotel. Der Junge hatte bis auf die Taschenlampen alles besorgt, was sie ihm aufgetragen hatten. Immerhin, erklärte er, sei er in die Kirche gegenüber gegangen und habe einen Beutel voller Kerzen mitgehen lassen. «Das Geld gebe ich denen später.» Eine Stunde vor den ersten Bautrupps folgten die Wissenschaftler den Anweisungen ihres Führers und fuhren zum Stadtrand, wo sie auf eine ungepflasterte Straße abbogen. Sie nahmen Kurs auf die Hügel, auch wenn ihr Kombi für die holprige Straße nicht geeignet war und sie kräftig durchgerüttelt wurden. Schließlich befanden sie sich in einem weiten flachen Tal, das mindestens fünfzehn Kilometer breit war.

«Das ist das Tal der Höhlen», sagte Pedro, obwohl es eher an eine riesige öde Hochebene erinnerte. In der Ferne zeichneten sich die Y-förmigen Hochspannungsmasten ab. Dahinter führten steile Klippen ins Gebirge hinauf zu entfernten Gipfeln. Selbst aus dieser Entfernung konnten sie erkennen, daß einige der Masten schief standen und durch das Erdbeben beschädigt waren. Als sie die Hochspannungsleitung erreichten, sahen sie Kräne, riesige Drahtspulen und anderes Baugerät. Einige der Leitungen waren von den Masten gerissen.

Sie fragten Pedro nach den Mogollon-Höhlen, die er am Vorabend erwähnt hatte. Er erzählte ihnen, was er von den Schwarzmarktkunden wußte. Die Mogollon-Indios hatten diese Höhlen gegraben und jahrhundertelang in ihnen gelebt, bis sie vor ungefähr fünfhundert Jahren plötzlich verschwanden. Wie die anderen Stämme der Gegend hätten sie ihren Neugeborenen Schienen angelegt, um die Schädelknochen zu verformen. «Das war irgendwie unnatürlich», sagte der Junge. Die Mogollonen waren hervorragende Töpfer und hatten große Städte erbaut, Paquime zum Beispiel. Niemand vermochte zu klären, warum ihre ganze Zivilisation mit einemmal aufgehört hatte zu existieren.

«Vielleicht haben die *chupacabras* sie gefressen», scherzte Okun.

«Jetzt lachen Sie noch», erwiderte Pedro, «aber warten Sie nur, bis Sie erst da draußen sind. Da geht es nicht mit rechten Dingen zu. Dort gibt es kein Leben. Nicht einmal Fliegen.» Das Wort *chupacabras* wurde gewöhnlich mit «Ziegenverschlinger» übersetzt. Der Legende zufolge waren diese wilden vierbeinigen Kreaturen Chihuahuas Antwort auf das Seeungeheuer von Loch Ness. «Sie ernähren sich vom Blut anderer Tiere», fuhr Pedro fort. «Deshalb gibt es hier auch keine Lebewesen. Manche Leute sagen, sie wären die Haustiere der *extranjeros*, die aus dem All gekommen sind.»

Alle vier wandten sich ruckartig dem Jungen zu.

«Vor langer Zeit, heißt es, wäre in der Nähe von Guerrero, etwa hundert Meilen südlich von hier, ein Raumschiff abgestürzt und die Indios hätten sich um die Außerirdischen gekümmert. Die sollen rund zehn Jahre bei den Indios gelebt und die *chupas* als Haustiere gehalten haben. Doch als die Weltraumwesen starben, bekamen die *chupas* Sehnsucht nach ihren Herrchen und liefen davon. Sie kamen ins Tal der Höhlen, und wenn sich heute andere Tiere hierher verirren, töten sie sie und saugen ihnen das Blut aus.»

Okun war bereits mit anderen Dingen beschäftigt. «Wie weit noch?»

«Noch eine ganze Ecke. Fahren Sie ruhig weiter.» Einige Minuten später beugte sich Pedro vor und suchte die Klippen ab. «Da ist eine.» Er zeigte nach vorn. «Da ist eine der Höhlen.»

Als die Wissenschaftler sahen, worauf der Junge deutete, fielen ihnen die Kinnladen herunter. Sie hatten sich Tunnel vorgestellt, die ins Erdinnere führten. Doch nun sahen sie hoch über dem Tal eine gewaltige, in den Fels geschälte Nische, siebzig Meter breit und fünfundzwanzig Meter hoch. Darin hatte man aus Lehmziegeln kleine Hütten errichtet, einige nah am Abgrund gebaut. Es war eine kleine Stadt in einem riesigen Kabuff drei Stockwerke über dem Boden. Schweigend stiegen sie aus, um es aus der Nähe zu betrachten. Selbst wenn ihnen die Zeit davonlief, dieser Ort hatte eine kurze Besichtigung verdient. Alle sahen das Offensichtliche: *Diese Felsenhöhlen waren groß genug, um eines der außerirdischen Schiffe zu beherbergen.*

Beim Aufstieg bedurfte es einiger Kraxelei über steinerne Treppen und wackelige Holzleitern, was die alten Männer erstaunlich gut bewältigten. Dann gingen sie in die Höhle hinein. Sie war tief genug, um zwei Schiffe von der Größe ihres Schiffes in der Area 51 aufzunehmen. Gegen die Innenwände der Höhle hatten die Indios mit Lehmziegeln eine Reihe von primitiven Hütten gebaut, die mit den Jahren zu bröckeln begannen. Einige im hinteren Teil der Höhle wiesen noch die merkwürdig geformten fensterartigen Türöffnungen auf. In manchen Hütten waren die Zimmerdecken vom Ruß uralter Feuer geschwärzt. Jugendliche aus der Umgebung, die die prähistorische Felsensiedlung als Partykeller benutzten, hatten zerbrochene Flaschen und plattgetretene Bierdosen zurückgelassen.

Pedro führte die Männer ans hintere Ende der Höhle und deutete auf einen schmalen Pfad, der in den Fels geschlagen worden war. Er nannte ihn die Hintertür und erklärte, daß die meisten Höhlen solche Ausgänge hätten. «Wenn jemand versuchte, die Bewohner anzugreifen, zogen sie die Leitern ein, und wenn es jemand über diesen Pfad probierte, konnte man sie mühelos niederknüppeln.» Ehe sie wieder hinunterkletterten, stellten sich die Männer an den Rand des Kliffs, ließen sich den warmen Wind ins Gesicht wehen und genossen die überwältigende Aussicht. Der offene Landstrich ging in die scheinbar endlose, sich bis zum Horizont erstreckende Wüste über. Es war ein wunderbarer Morgen, das Wetter angenehm warm, der Himmel strahlend blau und wolkenlos.

«Ich kann mir keinen besseren Platz vorstellen, um ein Raumschiff zu verstecken», bemerkte Freiling, als der Junge außer Hörweite war.

Zurück im Wagen, folgten sie der Hochspannungsleitung, wobei Okun mit einer Geschwindigkeit über die rauhe Erde jagte, die die Federung des schwerbeladenen Kombis auf eine harte Probe stellte. Pedro meinte, sie seien fast da, und drehte das Radio an. «Wenn es ausgeht, wissen Sie, daß Sie in der Zona sind.» Bald war ein starkes Rauschen zu vernehmen, und die Männer sahen sich an. Als das Radio völlig verstummte, richteten sie ihren Blick geradeaus und suchten die Hügel nach etwas Ungewöhnlichem ab.

«Wie groß ist diese Gegend?» fragte Okun. «Die Zone, in der die Radios nicht funktionieren.»

«Weiß nicht, ziemlich groß.»

«Warst du schon einmal auf der anderen Seite, da, wo die Radios wieder funktionieren?»

«Ja, das ist drüben, in der Nähe von Galeana. Ich weiß aber nicht, wie weit das ist.»

Die Männer auf dem Rücksitz schlugen eine Karte der Gegend auf und versuchten herauszufinden, wie groß die Schweigezone tatsächlich war. Schließlich kamen sie zu dem Ergebnis, das Zentrum müsse etwa acht Kilometer vor ihnen liegen. Nach fünf Kilometern bremste Okun und warf einen langen Blick auf einen der riesigen stählernen Hochspannungsmasten. Er stellte den Motor ab und stieg aus, den Blick noch immer auf den Y-förmigen Mast gerichtet. Dann weckte etwas anderes seine Aufmerksamkeit.

«Wahnsinn! Hört euch das an.» Sie waren von einem Meer der Stille umgeben. Mit Ausnahme eines gelegentlichen Windstoßes herrschte absolute Ruhe. Bis zu diesem Moment hatten Okun und seine Kollegen keine Ahnung gehabt, wie viele Hintergrundgeräusche es normalerweise gab: flatternde Vögel, raschelnde Büsche, das Summen kleiner Insekten. Doch plötzlich konnte jeder hören, wie laut sein Atem war.

«Sehen Sie», sagte Pedro, «deshalb nennt man es Zona del Silencio.»

Okun holte sein Notizbuch hervor und sah sich die Skizze an, die er angefertigt hatte, nachdem ihm einige Tage zuvor das Y erschienen war. Dann kletterte er auf einen der umliegenden Felsen. Er ging nach rechts, nach links, bis sein Blickfeld dem entsprach, was er auf dem Monitor gesehen hatte. Wenn der Mast vor ihm derjenige vom Bildschirm der Außerirdischen war, dann mußte das Schiff ganz in der Nähe seines jetzigen Standortes sein. Er verschwand im Gebüsch, das am Fuß eines Kliffs wuchs, und kam kurz darauf kopfschüttelnd wieder zum Vorschein. «Versuchen wir es beim nächsten Mast.»

Sie fuhren ein paar hundert Meter weiter und probierten das Ganze nochmal. Diesmal halfen alle, das Unterholz, das am Fuß der Felsen wuchs, zu durchsuchen. Doch die Prozedur erwies sich als unpraktisch, da die alten Männer zu lange brauchten, um wieder zurück zum Fahrzeug zu gelangen. Es war bereits früher Nachmittag, und obwohl es niemand laut aussprach, war allen klar, daß ihnen die Zeit davonlief. Selbst Pedro half nun mit. Er und Okun schafften es, eine Stelle in fünf Minuten zu durchkämmen. Jedesmal, wenn sie wieder einstiegen, ließ Okun seinen Blick über die schier endlose Reihe von Hochspannungsmasten gleiten, die sich bis zum Horizont erstreckte, und redete sich ein: *Wir haben die ganze Nacht und den nächsten Morgen – geh methodisch vor, hab Geduld.*

Sie kamen zu einem weiteren Felsmassiv und entdeckten zwei Felsbehausungen in mehr oder weniger günstiger Entfernung zum nächstgelegenen Mast. Die Gruppe vergeudete eine wertvolle Stunde, die zwei Höhlen und die umliegende Gegend zu erforschen. Als sie sich dem nächsten Mast näherten, plädierte Lenel für die Kontaktaufnahme mit Spelman.

«Es wird spät. Spätestens morgen früh sollten wir Spelman anrufen, egal, ob wir etwas finden oder nicht. Wenn wir mit unseren Vermutungen recht behalten, besteht die Möglichkeit, daß morgen abend hier einiges los ist. Wir erklären unsere Theorie, und vielleicht gelingt es uns, ihn zu überzeugen, daß wir nicht verrückt sind.»

«Die Telefone in der Stadt sind alle außer Betrieb. Wir müßten mindestens bis zum Highway zurückfahren.»

«Und der Tank ist jetzt schon halb leer.»

«Vielleicht sollten wir in die Stadt zurückkehren und überlegen, was wir als nächstes machen.»

Okun trat gegen einen Felsbrocken. Er war nicht bereit aufzugeben, wußte aber, daß die Männer recht hatten.

«He, seht mal da rauf», sagte Freiling plötzlich. «Schaut euch diesen Kaktus an und die anderen Pflanzen drum herum. Ist das nicht komisch? All die anderen Klippen bestehen aus nacktem Fels, aber auf diesem ist eine Stelle, die dicht bewachsen ist.»

Die Gruppe schaute nach oben. Sie standen vor einer sieben Meter hohen Felswand, die in einen 45 Grad steilen Hang überging, der wiederum am Fuß einer zweiten, wesentlich höheren Felswand endete. Die Stelle, auf die Freiling aufmerksam gemacht hatte, sah in der Tat ungewöhnlich aus. Den ganzen Tag über waren ihnen Agaven und Kakteen aufgefallen, die eng am Fels wuchsen. Sie hatten sich in kleine Spalten gekrallt und ihre Wurzeln über die Felsoberfläche ausgebreitet. Doch hier waren trotz des starken Bewuchses keinerlei Wurzeln zu erkennen.

Pedro erkletterte die Wand und ging vorsichtig den Hang hinauf. Die ihn umgebenden Klippen bildeten einen furchteinflößenden geriffelten Felsenturm, dessen Wände von den Elementen gelblich gebleicht worden waren. Große schwarze Schlieren schienen daran herabzulaufen, als hätte jemand eimerweise Teer darübergegossen.

Okun ging zurück zum Wagen, holte ein Stemmeisen und eine Kerze, kletterte dann selbst hinauf. Als er den schmalen Sims am Fuß des oberen Kliffs erreichte, fielen ihm zwei merkwürdige Dinge auf. Die Stelle, die Freiling entdeckt hatte, war zu glatt. Sie paßte nicht zu den rauhen Felsen der Nachbarklippen. Außerdem wies das Kliff dünne Risse auf, wie er sie nach einem Erdbeben in Los Angeles an Gipswänden gesehen hatte.

Er trat einen Schritt zurück, entdeckte ein quadratisches Loch zu seinen Füßen und stocherte mit dem Stemmeisen darin herum: keinerlei Widerstand. Er legte sich auf das Gestein und versuchte hineinzuschauen: nichts zu sehen. Als er seine Hände über die Oberfläche gleiten ließ, war er fast sicher, daß es sich um eine künstliche Wand handelte. Er hob das Stemmeisen auf und schlug dagegen.

Die Oberfläche sah aus, als wäre sie Teil des Felsens, doch sie war nicht aus hartem Gestein. Sand und kleine Steine lösten sich und rieselten den Hang hinter ihm hinab. Als einer seiner Schläge ein dumpfes Geräusch verursachte, wischte er die letzten Brocken mit der Hand beiseite. Etwas in dem Loch bestand aus weichem, gemustertem Material. Bei näherem Hinsehen entpuppte es sich als getrocknetes Gras, das zu einer Art Matte verwoben war. Okun drückte dagegen und stellte fest, daß sie nachgab. *Merkwürdig.* Er stach mit dem Stemmeisen hinein und schaffte es durchzustoßen. Noch bevor er eine der Kerzen anzündete, um hineinsehen zu können, wußte er, daß er fündig geworden war. Aus der Öffnung stieg ein unverwechselbarer Geruch auf: Ammoniak.

«Wir haben es! Hier ist es!» brüllte er hinunter. «Ich kann die Schalensitze riechen!» Er zündete die Kerze an und schob sie durch das Loch. Die darunterliegende Höhle war riesig, schmaler als die vorige, dafür aber sehr viel tiefer. Und mitten drin, nur zwanzig Schritte von ihm entfernt, stand ein staubiges außerirdisches Raumschiff. «Hab ich dich, Baby», sagte er zu dem Schiff. «Ich kann's kaum glauben, daß ich dich endlich gefunden habe!» Er hievte sich aus dem Loch heraus, wedelte mit den Armen, hüpfte herum und rief erneut: «Hier ist es! Ich kann es sehen! Wir haben es geschafft!» Er fiel rücklings um, rutschte den Abhang hinunter und war kurz davor, in der Tiefe auf den Felsen aufzuschlagen, als er in letzter Sekunde einen Busch zu fassen bekam. Er wurde um 180 Grad herumgewirbelt. Sein Kopf ragte über den Abgrund, von wo aus er zu den Wissenschaftlern hinunterlächelte. «Da drin ist ein Schiff. Identisch mit dem, das wir haben. Ich denke, es ist an der Zeit, die Marines zu rufen.»

«Junger Mann, geh von dem Loch weg!» rief plötzlich Cibatutto. Pedro war über den schmalen Felssims zurückgeklettert, um festzustellen, was Grund der ganzen Aufregung war. Er bemerkte das Loch, das Okun in die Wand geschlagen hatte, und stocherte neugierig darin herum.

«Hey, Pedro, mach, daß du da wegkommst.»

«Was ist da drin?»

«Nichts, bitte, geh da weg.»

«Warum? Ich will reingucken.»

Okun war schon zu weit den Abhang hinuntergerutscht, um ihn aufhalten zu können. Er wußte, wenn Pedro das Raumschiff sah, würde es schlimm für ihn enden. Verzweifelt schrie Okun, so laut er konnte: «Chupacabra!»

Der Junge blieb wie angewurzelt stehen.

«Wir suchen gar nicht nach Eisenerz. Wir suchen diesen Ziegenfresser, und das ist seine Höhle. Paß auf, sonst zieht er dich hinein.»

Sofort konnte der Junge gar nicht weit genug von dem Loch wegkommen. Eiligst kletterte er auf den schmalen Sims zurück und verschwand um eine Biegung.

Eine halbe Stunde später versammelten sich die fünf wieder am Wagen. Pedro hatte noch zwei Pfade entdeckt, die am Rand des Kliffs entlangführten. Einer zog sich im Zickzack zum Gipfel des Felsens, während der andere aus den Hügeln herausführte und in der Nähe des Wagens endete.

Es wurde Zeit, sich aufzuteilen. Okun und Lenel sollten hierbleiben und das Schiff in Augenschein nehmen, während Cibatutto und Freiling mit dem Jungen zum nächsten Telefon fuhren.

«Die Zeit ist entscheidend», bemerkte Cibatutto. «Wir haben nur noch vierundzwanzig Stunden, bis unsere Freunde auftauchen.» Also machten sie sich auf den Weg, ein Telefon zu finden.

«Wir müssen uns beeilen und reingehen, ehe es dunkel wird.» Okun half Lenel, den schmalen Pfad hinaufzukraxeln. Als sie an den großen Felssims außerhalb der Höhle kamen, setzte sich Lenel und sah in die untergehende Sonne, während Okun mit Stemmeisen und bloßen Händen die Öffnung zur Höhle vergrößerte.

13 Die Mogollon-Höhle

Radecker war so damit beschäftigt, seine Fahndung zu organisieren und sich zu bemitleiden, daß er erst am nächsten Morgen Zeit fand, den Chauffeur zu verhören. Der Mann hatte die Nacht auf einer Bank im Polizeirevier verbracht. Er wiederholte alles, was im Wagen gesprochen worden war, sogar Freilings unausstehliches Gequengel.

«Meiner Meinung nach geht es um etwas, das der junge Typ in der Zeitung gesehen hat.» Er beschrieb, wie Okun ihm die Zeitung aus den Händen riß und sie auch auf der Fahrt zum Friedhof nicht aus den Händen legte. «Wenn diese Typen gefährliche Kriminelle sind, warum wurde ich dann nicht gewarnt? Und wer kommt für die Reparatur des Leichenwagens auf?»

Als einer der Polizisten Radecker eine Ausgabe der Samstagszeitung in die Hand drückte, fand Radecker schnell heraus, was Okuns Aufmerksamkeit geweckt hatte. Nun war es an ihm zu nicken: Plötzlich wußte er genau, wohin seine Schäfchen unterwegs waren. Er grinste den Chauffeur an und schrieb eine Telefonnummer auf die Rückseite seiner Visitenkarte. «Sie waren äußerst hilfreich. Rufen Sie diese Nummer an, dann wird man Ihren Wagen wieder in Ordnung bringen.» Anschließend wandte er sich an einen der Cops. «Ich brauche ein Telefon für ein Privatgespräch.»

Der Cop geleitete ihn in ein kleines Büro, von dem aus er Spelmans Direktanschluß anwählte. Spelman meldete sich, sagte ihm, er solle dran bleiben, und reichte den Hörer an jemand anderen weiter. «Sind Sie Radecker?»

«Ja, Sir. Wer spricht?»

Der Mann ignorierte die Frage. «Wir haben festgestellt, daß unsere Jungs gestern am Ontario-Flughafen einen Wagen gemietet haben. Bei dem Fahrzeug handelt es sich um einen goldfarbenen Ford LTD Kombi mit hölzernen Seitenpanelen. Er hat das kalifornische Kennzeichen CYS 385. Haben Sie das notiert?»

«Ja, Sir.»

«Sie sagten, Sie wüßten, wo sie hinwollen?«»

«Ich denke ja, Sir. Aber ehe ich etwas sage, muß ich wissen, mit wem ich spreche und ob Sie die entsprechenden Befugnisse besitzen.»

«Ich bin Nimziki, der Stellvertretende Direktor. Also, wo sind sie?»

«In Mexiko, Sir. Irgendwo im Bundesstaat Chihuahua, wahrscheinlich in Guerrero.» Er beschrieb Okuns plötzliches Interesse an der Zeitung und nannte als wahrscheinlichen Grund einen Absatz in den Majestic-12-Akten, der, ehe er die Dokumente Okun übergeben habe, von ihm allerdings persönlich geschwärzt worden sei. «Er muß es von Wells haben.»

«Sie glauben also, daß sie da runtergefahren sind, um ein außerirdisches Raumschiff zu suchen?»

«Ja, Sir», sagte Radecker fast entschuldigend. Er hatte, was seine Aufgaben anging, wenig präzise Anweisungen erhalten, aber eines war ihm mit aller Deutlichkeit klargemacht worden: zu verhindern, daß Okun Zugang zu Informationen über ein weiteres Raumschiff erhielt. Das schien keine besonders schwierige Aufgabe zu sein, doch er hatte elend versagt. Trotz seiner Bemühungen war Okun fündig geworden. «Mit Ihrer Erlaubnis, Sir, fliege ich auf der Stelle nach Mexiko und nehme sie fest.»

Es entstand eine Pause, während der der Mann am anderen Ende der Leitung nachdachte. «Nein, das wird nicht nötig sein. Sie haben Ihren Zweck erfüllt. Packen Sie Ihre Sachen, und melden Sie sich im Hauptquartier. Man wird Ihnen eine neue Aufgabe zuweisen.»

«Ja, Sir, danke, Sir.» Verwirrt legte Radecker auf. Bis jetzt hatte er nicht die leiseste Ahnung gehabt, wer bei dieser Operation die Fäden in der Hand hielt, und es überraschte ihn, daß es jemand so weit oben war. Nimzikis Büro – jeder in der «Company» wußte, daß der vom Präsidenten ernannte Direktor in der CIA nicht das Sagen hatte. Die täglichen Geschäfte und wer weiß wie viele verdeckte Aktionen wurden zunehmend von Nimzikis Büro aus gesteuert. Es war nur eine Frage der Zeit, bis er zum Direktor ernannt wurde. Doch was hatte er mit *Sie haben Ihren Zweck erfüllt* gemeint? Das hörte sich verdammt bedrohlich an. Doch immerhin hatte Nimziki eine neue Aufgabe erwähnt. Radecker gestattete sich eine gesunde Portion Optimismus trotz des Chaos, das er angerichtet hatte. Vielleicht würde er ja befördert werden. Zumindest wußte er, daß, wohin auch immer man ihn versetzte, es nicht schlimmer werden konnte als in der Area 51.

Die Vorderwand der Höhle bestand aus sorgsam aufgeschichteten Steinen, Lehm und geflochtenem Gras. Nachdem das Material fünfundzwanzig Jahre lang von der Wüstensonne gehärtet worden war, schien es wie Stein. Als Okun zögernd durch die Öffnung trat, bemerkte er ein weiteres interessantes Stück Baumaterial: eine große Schalenpanzerplatte. Er identifizierte sie als runde Lukentür des außerirdischen Raumschiffs. Das letzte Tageslicht schien durch das quadratische Loch, das Okun zuvor entdeckt hatte. Als er eine der Kerzen anzündete und sich dem Loch näherte, machte er eine furchtbare Entdeckung. Etwas lag darunter. Das Ding sah aus wie eine verwitterte Plastiktüte, an der Hände und Füße hingen. Er beugte sich nach unten und erkannte, daß er den vermoderten Körper eines Außerirdischen vor sich hatte. Die aus dickerer und festerer Materie bestehenden Hände und Füße waren langsamer verfallen als der Körper. Lenel kam mit einer Kerze heran.

«Er muß aus diesem kleinen Fensterloch geschaut und auf Rettung gehofft haben, bis er starb. Das elektromagnetische Feld der Hochspannungsleitungen hat vermutlich eine Art Glocke erzeugt, so daß das Signal nur seitwärts, nicht aber nach oben ausstrahlen konnte. Deshalb haben die Außerirdischen den Notruf nie empfangen.»

Okun bückte sich, bis sein Gesicht nur noch wenige Zentimeter von dem vermoderten Körper entfernt war, und schaute durch das Loch. «Raten Sie mal, was das letzte war, das er durch die Öffnung sehen konnte.»

«Ein großes Y, das in einer öden Landschaft steht.»

«Bingo.»

«Sieht aus, als wäre der hier schon seit Jahren tot. Doch wir haben das Signal erst vor knapp zwei Jahren empfangen. Heißt das, es gibt eine telepathische Schnittstelle zwischen den Kreaturen und ihrem Schiff?»

«Das würde Sinn machen. Der kleine Kerl da hat sein Schiff so programmiert, daß es das Signal endlos wiederholt.» Okun drehte sich zu Lenel um. «Jetzt ist mir klar, warum das Bild so einsam wirkte. Was für eine elende Art zu sterben – einsam und verlassen in einem Loch auf irgendeinem fremden Planeten.»

Lenel brummte. Er war nicht geneigt, Mitleid mit den Außerirdischen zu entwickeln. Er tastete sich tiefer in die Dunkelheit vor, um einen Blick auf das Schiff zu werfen. Sie zündeten ein Dutzend Kerzen an, die ein flackerndes Licht gegen die Decke warfen. Wie in der ersten Höhle, die sie erkundet hatten, säumten auch hier Lehmziegelhütten die Außenwände. Sich dicht nebeneinander haltend, gingen die Männer um das Schiff herum.

«Das hier ist nicht abgestürzt», bemerkte Lenel. «Es weist nirgends Beschädigungen auf. Die Schalenpanzerung scheint vollständig intakt zu sein. Ich kann noch nicht einmal Kratzer erkennen.»

Okun hockte sich hin. «Ein Problem gibt es aber. Wo sind die Böcke? Das Baby liegt platt auf dem Bauch. Müßte es nicht aufgebockt sein?»

Lenel zuckte mit den Schultern und ging weiter. Sie umrundeten das Schiff und hielten kurz inne, um die kleinen Hütten im hintersten Winkel der Höhle zu erkunden. Sie entdeckten verschiedene Gerätschaften der Mogollon-Indios, darunter etwas, das wie ein Mahlstein aussah, doch keinerlei Anzeichen, daß die Außerirdischen die Kammern benutzt hatten. Als sie sich wieder dem Schiff zuwandten und sich dem Bug näherten, wurde Okuns Aufmerksamkeit auf Vorgänge hinter den Frontscheiben gelenkt. Er wollte gerade etwas sagen, als er plötzlich in ein Loch trat und hineinstürzte. Sein Aufschrei und das Flackern der fallenden Kerze erschreckten Lenel fast zu Tode. «Okun? Was ist passiert?»

«Mir geht's gut», antwortete er, «aber seien Sie vorsichtig. Hier ist ein Loch.» Er riß ein Streichholz an und entzündete seine Kerze. Lenel kam an den Rand des metertiefen Lochs und hielt Okun die Hand hin, um ihm herauszuhelfen, aber Okun ergriff sie nicht. Er schnupperte. «Der Ammoniakgeruch ist hier unten stärker.» Sich umdrehend stellte er fest, daß er sich in einem Graben befand. «Sieht aus, als führte dieser Tunnel zum Eingang des Schiffs. Sollen wir reingehen?»

«Was ist, wenn ich sage, wir sollten auf Hilfe warten?»

«Dann würde ich wahrscheinlich trotzdem reingehen», gestand Okun.

«Weshalb fragen Sie dann überhaupt?» gab Lenel sauertöpfisch zurück. «Helfen Sie mir lieber in den Tunnel.»

Auf allen vieren krochen sie die zehn Meter zur Mitte des Schiffes. Der Ammoniakgeruch wurde stärker. Als sie sich unter der offenen Luke befanden, erleuchtete die flackernde Kerze schwach das Innere des Schiffes. Irgend etwas stimmte hier nicht. Als Lenel brummend zu ihm aufschloß, ergriff Okun seine Schulter und bedeutete ihm anzuhalten. Er schaute auf eine Art in das Schiff hinein, die Lenel beunruhigte.

«Was ist jetzt?» flüsterte er.

«Hören Sie. Hören Sie das?» Okun ließ langsam seinen Zeigefinger kreisen, um Lenel zu zeigen, in welchem Rhythmus sich das Geräusch wiederholte. Nachdem Lenel ihm eine Minute lang zugesehen hatte, ohne etwas zu hören, sagte er etwas lauter als bisher: «Meine Ohren sind wie taub. Ich kann nichts hören.»

Vorsichtig stand Okun auf, unsicher, ob ihm gefallen würde, was ihn im Innern des Schiffes erwartete. War es möglich, daß es nach all den Jahren Überlebende an Bord gab? Er erinnerte sich an Trina Glucks Geschichte darüber, wie sie dem Großen Auge in Auge gegenüberstand. Obwohl sich an Bord nichts bewegte, war er überrascht, als er die Quelle des sich wiederholenden Geräusches lokalisierte. Das Armaturenbrett an der Frontseite des Schiffes leuchtete in regelmäßigen Abständen heftig auf. Er kletterte nach vorne, wo er sich hinkniete und mit seiner Armbanduhr die Phasen des Aufleuchtens stoppte. Es wunderte ihn nicht, daß ein Teil des Schiffes noch funktionierte. Schließlich hatte er erwartet, ein Signalsystem zu finden, das noch immer die Y-Botschaft ausstrahlte. Doch was er jetzt sah, ergab keinen Sinn. *Alle* Systeme pulsierten in einem langsamen Rhythmus. «Das ist unmöglich», rief er aus. «Das Ding verbraucht viel zuviel Energie. Wieso hat es so viel Saft übrig?» Er wollte zurück zu Lenel, um ihn mit der Frage zu konfrontieren. Aber plötzlich sprang er rückwärts gegen das Armaturenbrett. Sein Herz schlug wie verrückt.

«Was ist los mit Ihnen?» wollte Lenel wissen, der in die Kabine kroch.

Der sprachlose Brackish konnte nur auf etwas am Boden deuten. Lenel ging zu der Stelle und entdeckte in einer Ecke weitere verrottete Körper. Sie hatten einmal aufrecht gesessen, doch im Laufe der Jahre waren Köpfe wie Brustkörbe eingesunken und die Körper zu Boden gerutscht. Drei Paar Beine streckten sich Richtung Vorderteil der Kabine. Okun war so beschäftigt gewesen, das Armaturenbrett zu kontrollieren, daß er, ohne es zu merken, auf sie getreten war. Die Überreste eines Beines hatte er mit seinem Schuh zermalmt.

«Keine Bange. Die sind so tot wie der da draußen, und vor dem haben Sie auch keine Angst gehabt.»

Okun betrachtete die Leichname, als hätte er ein Glas saure Milch getrunken. «Wie sie dasitzen! Horrorkabinett de luxe.»

«Was ist mit dieser Energiegeschichte, von der Sie gerade geredet hatten?»

Brackish wurde wieder wissenschaftlich. «Sehen Sie sich diese Instrumente an!» Die beiden beobachteten, wie das Armaturenbrett im Vier-Sekunden-Rhythmus aufleuchtete. Die gelben Schalensitze glühten schwach. Die knochigen Tentakel der Steuerung zuckten, die Schläuche unter den Sitzen bliesen sich auf. «Wo kommt bloß die Energie her?»

«Keine Ahnung», sagte der alte Mann schulterzuckend. Er wollte noch etwas sagen, zögerte aber.

«Was? Was wollten Sie gerade sagen?»

«Nun, ausgehend von dem, was wir über dieses Schiffe wissen, was wäre wohl die logische Energiequelle?»

Okuns Miene verfinsterte sich einen Moment, bis ihm ein Licht aufging. «Wollen Sie sagen, diese Energiestöße kommen von einem anderen Schiff? Das hieße, ein anderes Raumschiff der Außerirdischen befindet sich in Reichweite. Was bedeutet ...»

«Genau. Sie sind bereits auf dem Weg hierher.»

Diese Theorie hob die Stimmung an Bord nicht gerade an.

«Moment mal», beschwerte sich Okun. «Wir haben die Van-Allen-Verbindung ein paarmal durchgerechnet. Das heißt, wir müßten eigentlich Zeit bis Morgen haben.»

«Lassen Sie sich nur nicht aus der Fassung bringen. Es ist ja nur eine Theorie. Wer weiß, woher die Energie wirklich kommt. Vielleicht nutzt das Schiff das natürliche Magnetfeld der Erde als Batterie, oder vielleicht passiert das jedesmal, wenn die Gürtel erhöhte Radioaktivitätt abstrahlen.»

Doch eine halbe Stunde später pulsierten die Instrumente im Drei-Sekunden-Rhythmus. Okun und Lenel waren jetzt überzeugt, daß ein außerirdisches Raumschiff, möglicherweise sogar eine kleine Armada, Kurs auf Chihuahua nahm.

«Ich schätze, uns bleibt eine Stunde, wenn wir Glück haben, zwei», sagte Lenel. «Dieses Schiff ist völlig intakt. Wir müssen soviel wie irgend geht herausfinden, ehe sie da sind. Ich krieche darunter und versuche, einen Blick auf die Aqua-Box zu werfen. Sie bleiben hier und studieren die Kontrollmechanismen.» Okun, dem tausend Gedanken gleichzeitig durch den Kopf schossen, stimmte vage zu. «Und weil es sich um einen Notfall handelt, leihe ich Ihnen meine Geheimwaffe.» Lenel griff in seine Brusttasche und zog einen kleinen Schraubenzieher heraus. «Schrauben Sie das Armaturenbrett auseinander und fertigen Sie einen Schaltplan an, den wir zu Hause benutzen können.»

Als Lenel durch die Luke stieg, machte sich Okun geistesabwesend daran, das Kontrollsystem aufzustemmen. Als er anfing zu zeichnen, schweiften seine Gedanken ab. Er hatte sein Herzblut gegeben, das Schiff zu finden, und nun sah es aus, als würden sie es wieder verlieren. Er fragte sich, wie aggressiv die Außerirdischen sein mochten. Wären er und Lenel in der Lage, die Höhle – wie einst die Mogollon-Indios – zu verteidigen? Er stellte sich vor, wie er die unwillkommenen Besucher mit Steinen bombardierte, während sie versuchten, den Felsen heraufzuklettern. Wenn das nicht reichte, hätte er immer noch sein Stemmeisen. Würden sie davonlaufen, wenn Mad Dog Okun sie vom Abhang herunter anfauchte? Oder würde sie kämpfen? Würde sein Körper taub werden, und ließe er seine Waffe fallen wie Trina Gluck ihre Zahnbürste?

Es gab noch eine andere Möglichkeit. Wenn die Außerirdischen nah genug wären, würde das Schiff, in dem er stand, wahrscheinlich in der Lage sein zu fliegen. Er malte sich aus, er sitze im Schalensitz des Piloten. Sowie der erste Alf in der von ihm geschlagenen Öffnung auftauchte, würde er den Gang einlegen, durch die Wand donnern und nach Norden zum Groom Lake fliegen, noch ehe die Außerirdischen begriffen, wie ihnen geschah. Allerdings hatte sein Plan zwei Haken. Erstens war Okun noch nie irgendein Flugzeug geflogen, und zweitens hatte er nicht die leiseste Ahnung, wie die Instrumente des Schiffs funktionierten. Also kehrte er zu seinem Stemmeisen-Szenario zurück.

Er hatte gerade seine Skizze der wesentlichen Komponenten des Kontrollsystems beendet, als er Lenel unter dem Schiff fluchen und poltern hörte. Die Energieschübe kamen jetzt alle anderthalb Sekunden, ja schienen heftiger zu werden. Sehr bald würde das Schiff eine kontinuierliche Energiezufuhr haben. Sich so weit wie möglich von den Überresten der Leichname fernhaltend, ging er nachsehen, was der Lärm bedeutete.

«Ich schaff das nicht. Bin einfach zu alt.» Okun kletterte in den Tunnel hinab, um zu prüfen, ob Lenel Fortschritte machte. Der alte Mann hatte sich etwa einen halben Meter Richtung Aqua-Box vorgearbeitet, aber ein guter Meter lag noch vor ihm. Okun nahm das Stemmeisen und hämmerte wie wild drauf los. Mit jedem Schlag brach er eine Handvoll harter Erde heraus. Das hätte er von Anfang an machen sollen! Keiner der Schaltpläne würde ihnen irgend etwas nutzen, solange sie nicht herausfanden, wie das Energiesystem funktionierte. Doch der Boden der Höhle war steinhart, und er merkte schnell, daß auch er es nicht schaffen würde, die Aqua-Box rechtzeitig freizulegen.

Als sie ein ungewöhnliches Geräusch hörten, blieben sie wie angewurzelt stehen. Es kam aus dem Innern des Schiffs. Als sie hineinsahen, stellten sie fest, daß das Armaturenbrett nicht länger blinkte: Das Schiff lief mit voller Kraft.

«Zeit zu verschwinden.»

«Noch nicht», widersprach Okun. «Wir müssen uns das Energiesystem anschauen.» Er schlug Lenel vor, die Höhle zu verteidigen, doch der schaute ihn an, als wäre er verrückt.

Der Alte ließ sich auf alle viere nieder und kroch unter dem Schiff hervor. «Sie können bleiben, wenn Sie wollen. Aber ich will nicht auf diese Weise sterben.»

Frustriert schlug Okun noch ein paarmal auf die Erde ein.

Doch als er gewahr wurde, daß es zu spät war, ließ er sich schwitzend gegen die Wand sinken. Er grübelte über seinen nächsten Schritt nach, als das Schiff plötzlich so etwas wie laut aufstöhnte. Dann gab es ein krachendes Geräusch, und das Schiff hob vom Boden ab. Langsam und zentimeterweise begann es aufzusteigen.

Lenel, dessen Gesicht von seiner Kerze erleuchtet wurde, schien mit ihm aufzusteigen: Auf den Knien kauernd, richtete er sich auf, so weit es das schwebende Schiff zuließ. Wie ein kleiner Junge, der einem Zauberer zusieht, verfolgte er das Schauspiel mit verwunderter Miene. Er stieß ein heiseres Lachen aus und sah Okun an. «Sieh dir das an! Das ist das Wundervollste, was ich je gesehen habe.» Das Schiff stieg weiter, bis es scheppernd gegen die Felsendecke stieß. Ein paar Splitter lösten sich ab und stürzten herunter.

«Der Raketenantrieb scheint zu funktionieren. Sieht aus, als hätten sie Löcher gegraben, in die sie die Triebwerke abgesenkt haben.»

Das schwarze Raumschiff, eine perfekte Kopie seines Gegenstücks in der Area 51, schwebte einen Meter über dem Boden: stumm und geheimnisvoll wie eine Sphinx. Ödipus Okun wollte die Rätsel lösen, ehe er die Höhle verließ. Er ignorierte Lenels Proteste, zwängte sich in die neu entstandene Spalte zwischen Schiff und Boden und begann, an der Abdeckung der Aqua-Box zu zerren.

«Oh, oh», sagte Lenel. «Was ist das?»

«Was ist was?» stöhnte Okun schwitzend.

Lenel schlurfte zum Eingang der Höhle, lehnte sich hinaus und suchte den Himmel ab. Weit entfernt von den Lichtern der nächstliegenden Stadt leuchteten die Sterne, von keiner irdischen Lichtquelle gedämpft, klar und strahlend herab. Es war, als bildeten sie eine glitzernde Decke. Plötzlich schien sich einer der Sterne zu teilen. Die eine Hälfte blieb am Himmel stehen, während die andere sich näherte.

«Wir bekommen Gesellschaft! Sie sind da!» Lenel wandte sich um und rief: «Wir müssen verschwinden.»

«Gleich. Ich habe es fast.» Okun zerrte noch einmal mit aller Kraft an der Abdeckung und riß sie aus ihrer Verankerung. Als Lenel sein «Uff!» hörte, wiederholte er seine Warnung.

«Gehen Sie schon vor», rief Okun unter dem Schiff hervor. «Ich komme nach.»

Unentschlossen steckte Lenel den Kopf durch die Öffnung und betrachtete den Felssims, der zum Pfad führte. «In Ordnung. Ich nehme den gleichen Weg, den wir heraufgekommen sind, und warte am Fuß des Hügels. Wie lange brauchen Sie noch?»

Falls es Okun nicht gelang, Kopf und Brustkorb unter der schweren Schalenpanzerung hervorzuziehen, würde er für immer steckenbleiben. «Ein oder zwei Minuten», antwortete er gedämpft.

«Okay, zwei Minuten. Keine Sekunde länger», warnte Lenel. Er konnte das grüne Leuchten unter dem Schiff sehen und wußte, Okun war es gelungen, die Abdeckung zu entfernen. Er trat durch die Öffnung und tastete sich am oberen Ende des Abhangs entlang.

Okun konzentrierte sich darauf, sich so dünn wie möglich zu machen, und schaffte es schließlich, unter der Schalenpanzerung hervorzukriechen. Dann schaute er auf und beobachtete das von der Aqua-Box verursachte Lichterspektakel, sah die Energie im Innern der Kammer wie einen durchsichtigen Wirbel kristallgrünen Wassers herumjagen. Es war ein exakter Klon der Aqua-Box von der Area 51, sie strahlte die papierdünnen Wände an und brachte dieselben, in einem komplexen geometrischen Muster verlaufenden, hauchdünnen Fasern zum Vorschein. Doch es gab einen gravierenden Unterschied. Im Zentrum der achteckigen Kammer befand sich, mitten im Raum schwebend, ein kleines Metallteilchen, das einer Anch-Hieroglyphe ähnelte und wie ein Kreisel auf der Stelle rotierte. Es schien seine Energie von den Wänden des Achtecks zu beziehen und kontrolliert wieder abzugeben. Jeder der vier Arme der Anch-Figur sandte einen dünnen Lichtstrahl aus. Okun erinnerte sich, auf welch chaotische Weise die andere Box dem System die Energie entzogen hatte, und an seine Theorie, daß die Schiffe in unmittelbarer Nachbarschaft fliegen müssen. Hier war die Antwort, und sie hatte die ganze Zeit an seinem Hals gebaumelt. Unglaublich!

Als etwas am Eingang vorüberschwirrte, griff Okun nach dem Stemmeisen. Doch es war nur Lenel, der sich sogleich hinter der Felswand verbarg. «Zu spät. Sie sind hier.» Er deutete zur Decke. «Sie haben uns entdeckt, und jetzt ist es zu dunkel, um erkennen zu können, wo ich hintrete.»

Okun sammelte seine Sachen ein. Er hatte gesehen, wie die Aqua-Box funktionierte. Er war bereit, Lenel bei der Flucht zu helfen. Doch als er loswollte, entschied er sich, ein letztes Experiment durchzuführen. Er streifte seine Halskette ab und versuchte, den Knoten zu öffnen, schaffte es aber nicht. «Wird auch so funktionieren», murmelte er. Er wollte die beiden Anch-Figuren austauschen, um sicherzugehen, daß sie austauschbar waren. Er griff nach oben und zog das rotierende Anch-Teil heraus und wollte das andere sofort an seine Stelle stecken. Doch plötzlich verlor das Schiff Energie und begann zu Boden zu sinken. Damit hatte er nicht gerechnet. Er stopfte das andere Anch-Teil in die Kammer, dann schloß er fest die Augen und wartete, daß ihm das

Schiff den Brustkorb zerschmettern würde. Doch glücklicherweise funktionierte es, trotz des daranhängenden Lederbands.

Wenn ich beide Anch-Figuren mitnehme, sind sie nicht in der Lage, das Schiff zu fliegen! Er beschloß, alles auf eine Karte zu setzen.

«Was zum Hades tun Sie denn noch? Die können jede Sekunde zur Tür hereinkommen. Machen wir, daß ...» Lenel hatte nach draußen geschaut, und was er sah, ließ ihn verstummen. Direkt über ihm dräute der Bug einer außerirdischen Untertasse. Sie schwebte langsam dahin, bis sie ein Stück von den Klippen entfernt war, wendete und kam wieder näher. Lenel spähte durch die Öffnung und konnte durch die Scheiben deutlich das Innere des Schiffes sehen. Ein halbes Dutzend Gestalten drängte sich hinter der Scheibe und inspizierte das Kliff.

«Wie sieht's aus da drüben?» rief Okun, zu sehr mit seinem Experiment beschäftigt, um zu bemerken, daß Lenel nur noch unhörbar stammelte. Sein Ziel war, seinen Anch-Anhänger aus der Aqua-Box zu ziehen, ohne daß das Schiff ihn zerquetschte. Er hatte sich ein Stück in den Graben zurückgerobbt und versuchte, mit dem Stemmeisen die Schlaufe des Lederriemens zu erwischen. Doch es wäre nicht leichter gewesen, aus fünf Metern Entfernung eine Nadel einzufädeln, zumal die rotierende Anch-Figur um den Riemen herumwirbelte.

Die dräuende Untertasse rückte näher. Lenel hob einen Felsbrocken auf und preßte sich eng an die Wand, den Blick starr auf den Eingang gerichtet. Er war bereit, allem, was sich zeigte, den Schädel einzuschlagen. Spürend, wie der Bug des Schiffes gegen die Wand drückte, fragte er sich, ob sie das Schiff als Rammbock einsetzen würden, um die Höhle aufzubrechen. Heiser flüsterte er durch die Dunkelheit. «Sie sind direkt da draußen.»

«Ein letzter Versuch noch», sagte sich Okun, «ich weiß, daß ich es schaffen kann.» Doch ehe er noch einmal nach dem tanzenden Lederriemen angeln konnte, drang ein gewaltiger weißer Lichtstrahl in die Höhle, der über den Boden auf ihn zuraste. Schneller, als er es für möglich gehalten hatte, rollte er sich in den Graben und schaffte es so, sich gerade noch zu verstecken, ehe er entdeckt wurde. Der Suchscheinwerfer schweifte einige Sekunden durch die Höhle, bevor er abrupt verlöschte.

«Na, glauben Sie mir jetzt?» Lenels Stimme zitterte. «Bitte, Brackish, gehen wir.»

Okun kauerte im Graben und fragte Lenel, ob das Schiff abgedreht habe. Sein Vorsatz, es mit den Außerirdischen aufzunehmen, war verflogen. Als Lenel berichtete, das Schiff habe sich ein Stück zurückgezogen, sprang er aus dem Graben und rannte zum Eingang. Wortlos half er seinem alten Kameraden, durch die Öffnung und auf den Sims zu steigen. Das Raumschiff schwebte am Fuß des Kliffs, nicht weit von der Stelle, wo sie vor wenigen Stunden ihren Kombi geparkt hatten. Okun war verängstigter denn je. Er verspürte das dringende Bedürfnis, das Kliff hinunterzurennen und ein sicheres Versteck zu erreichen, ehe die Außerirdischen von Bord ihres Schiffes gingen. Doch er konnte Lenel nicht im Stich lassen, schon gar nicht, nachdem er ihn so lange hatte warten lassen. Er bemühte sich, den alten Mann sanft hinter sich her zu ziehen, fürchtete aber, er könnte ihn aus dem Gleichgewicht bringen. Als sie zum flachen Teil des Simses kamen, ließ er Lenel einen Augenblick allein und rannte nach vorn, um den Zickzackpfad zu kontrollieren, den Pedro ihm am Nachmittag gezeigt hatte. Lenel folgte, doch der Sims erwies sich als trügerisch. Als Lenel die letzten Schritte auf Okun zu machte, verlor er den Halt und rutschte ab. Er landete auf dem kiesbedeckten Abhang und prallte gegen die Felsen. Bis Okun bei ihm war, war er bereits drei Meter abgerutscht und krallte sich verzweifelt an einem Strauch fest. Okun hörte, wie Lenel vor Schmerz wimmerte, und versuchte fieberhaft, ihn zu fassen zu bekommen. In der Stille der Zona del Silencio klang das leiseste Geräusch wie Donnergrollen.

«Lenel», flüsterte er voller Angst, «strecken Sie den Arm aus, und greifen Sie nach meiner Hand. Ich ziehe Sie hoch.»

Der alte Mann schüttelte den Kopf. «Ich glaube, ich habe mir etwas gebrochen. Sehen Sie zu, daß Sie von hier wegkommen. Kehren Sie zu der Area 51 zurück.»

«Nicht ohne Sie.» Okun zwängte seine Fußspitze in einen Felsspalt und ließ sich kopfüber den Abhang hinab. Doch ehe er die Hand des alten Mannes packen konnte, riß der Strauch, an dem sich Lenel festhielt, mitsamt der Wurzel aus, und der alte Mann rutschte den felsigen Abhang hinunter. Bestürzt warf sich Okun nach vorn, doch er erwischte ihn nicht mehr. Der alte Mann rutschte weiter, bis er über den Rand des Kliffs stürzte und Sekunden später mit einem fürchterlichen Geräusch aufschlug.

«Lenel? Sind Sie in Ordnung?» flüsterte Okun.

Keine Antwort. Er wollte eben den Abhang hinunterklettern und seinen Freund suchen, als er ein metallisches Klikken durch das Tal hallen hörte. Dann bemerkte er, wie sich unter dem Schiff ein kreisförmiger Lichtstrahl ausbreitete: Die Luke war geöffnet worden. Geschockt rannte er ein paar Schritte den Sims entlang, ehe er sich in eine flache Kuhle warf, wenige Meter entfernt von dem Pfad, der zum Gipfel des Kliffs führte. Dort hinaufzusteigen würde ihn mit Sicherheit verraten.

Er fixierte das Schiff, bis er die kleinen Wesen erkannte, die ausstiegen und sich in der Gegend verteilten. Sie bewegten sich auf den Fuß des Hügels zu, dorthin, wo Lenel liegen mußte. Obwohl ihm Lenels Körper verborgen war, sah er, wie die Kreaturen um ihn herumstanden. Er wollte schreien, sie sollten seinen Freund in Ruhe lassen, doch er war zu verschreckt, um sich zu rühren. Plötzlich entfernten sie sich von Lenel und stiegen den Hügel hinauf. Okun wußte, daß dies nur eines bedeutete: Der alte Mann war tot.

Immer wieder für Sekundenbruchteile über den Rand der Kuhle spähend, beobachtete Okun, wie die Außerirdischen versuchten, den steilen Abhang, der zur Höhle führte, hinaufzuklettern. Nach allem, was er über sie in Erfahrung gebracht hatte, war er davon ausgegangen, daß sie sich geschickter anstellten. Doch sie bewegten sich auf dem felsigen Untergrund genauso unsicher wie er.

Er überlegte, ob er es schaffen würde wegzulaufen. Eigentlich *sollte* er es probieren, denn sein Versteck war nur fünfundzwanzig Meter vom Höhleneingang entfernt. Falls sie feststellten, daß jemand an ihrem Schiff herumgefummelt hatte, würden sie dann nicht die Gegend absuchen? *Vielleicht glauben sie, Lenel wäre allein dort gewesen.* Nein, er mußte so schnell wie möglich von hier weg. Er wollte sein Notizbuch und das Anch-Teil aufheben, als ihm einfiel, daß er beides in der Höhle liegen gelassen hatte. Er schlug sich mit der flachen Hand an die Stirn. Der Suchscheinwerfer hatte ihn so erschreckt, daß er vergessen hatte, sie mitzunehmen. Nun war er so weit gekommen, nur um am Ende alles zu vermasseln. Er überlegte kurz, ob er zurück zur Höhle sprinten sollte, um die Sachen zu schnappen und wieder zurückzurennen, doch wie über seine anderen heroischen Vorhaben, die er an diesem Abend bereits gefaßt hatte, dachte er zu lange darüber nach. Schon näherten sich sechs der fremdartigen Wesen dem Höhleneingang. Am Fuß des Abhangs entdeckte er eine größere Kreatur, die noch mehr Schwierigkeiten hatte, den Hügel zu erklimmen, als die anderen. *Das mußte der Große sein.*

Die kleineren Gestalten waren mittlerweile geraume Zeit in der Höhle verschwunden, als der Große den oberen Teil des Abhangs erreichte. Sie kamen wieder heraus und wuselten sichtlich erregt um den Großen herum. Okun beobachtete das Geschehen, doch plötzlich wandte der Große auffällig den Kopf und schien ihn durch die Dunkelheit hindurch anzustarren. Okun duckte sich, bemüht, seine Angst zu bändigen. Es war ja dunkel, vielleicht hatte der Große ihn nicht gesehen. Sein Herz schlug, als wolle es zerspringen. Vorsichtig drehte er sich um und versuchte, einen klaren Kopf zu bekommen. Einerseits wußte er, daß er verborgen bleiben mußte, andererseits erkannte er auch die Notwendigkeit zu fliehen. Wieder hörte er Schritte über das Geröll tasten. Wollten sie ihn einkreisen? Er rollte herum und schielte zum Zickzackpfad hinüber. Es wurde Zeit herauszufinden, wer schneller rennen konnte, ein verschreckter Erdling oder diese Kreaturen von Wer-weiß-woher. Doch als er noch einmal über den Rand der Kuhle spähte, zogen sich die Außerirdischen zurück. Die sechs kleineren kletterten den Hügel hinunter, während der Große allein in der Höhle verschwand.

Sie gingen, ohne sich weiter um Lenel zu kümmern, geradewegs zu ihrem Schiff. Okun zählte noch einmal nach, um sich zu vergewissern, daß ihm keiner auflauerte. Wenig später schloß sich die kreisförmige Luke, es gab ein summendes Geräusch, das große runde Schiff schoß senkrecht in die Höhe und verschwand mit atemberaubender Geschwindigkeit zwischen den Sternen.

Als es verschwunden war, wurde Okun wieder von der Stille im Tal des Schweigens erdrückt. Er hörte, wie der Große sich in der Höhle bewegte. Mit diesem furchterregendsten aller Außerirdischen allein gelassen zu sein war schlimmer, als die sechs anderen in der Nähe zu spüren. *Liest der Große gerade meine Gedanken? Weiß er, wo ich bin?*

Ohne länger zu zögern, machte sich Okun davon. Sachte schlich er aus dem Geröll seines Verstecks zurück auf den Pfad und stieg den schmalen, mit Kieseln und Sand übersäten Weg hinauf zum Gipfel. Jeder Schritt entschied über Leben und Tod. Um sich zenmäßig auf die Situation einzustimmen, stellte er sich vor, er sei «Grasshopper», der junge Shaolin-Priester aus der Fernsehserie *Kung Fu.* Mit ausgestreckten Armen und gebeugten Knien tastete er sich den trügerischen Pfad entlang und bewegte sich so vorsichtig, als balancierte er über einen Teppich aus Reispapier, den er nicht zerreißen durfte. Als er oben anlangte, fand er sich auf einem weiten Hochplateau. Mit einem letzten Blick zurück vergewisserte er sich, daß ihm niemand folgte, dann rannte er los. Er lief, so schnell er konnte, geradewegs über die offen vor ihm liegende Ebene. Als er das andere Ende der Hochebene erreichte, vergeudete er keine Zeit. Er jagte den vor ihm liegenden Steilhang hinunter, nicht weniger gefährlich als derjenige, der zur Höhle führte. Wäre sein Körper nicht vom Adrenalin aufgeputscht gewesen, wäre er niemals lebend unten angekommen. Es kümmerte ihn nicht, daß er immer tiefer in das wasserlose Niemandsland hineinrannte, wo er verhungern und verdursten konnte. Sein drängendstes Ziel war, sich so weit wie möglich von der Höhle zu entfernen. Wenn der Große wieder herauskam, um nach ihm zu suchen, wollte er meilenweit weg sein. Nach zwanzig Minuten zwang ihn ein stechender Schmerz in der Seite anzuhalten. Er humpelte zu einer Spalte zwischen zwei Felsen und ließ sich, ausgepumpt und verschwitzt, in den Sand fallen. Er war sich sicher, hier würden sie ihn nicht finden, selbst wenn sie ihn suchten.

Als er lange genug dagelegen hatte, um wieder ruhig atmen zu können, hörte er in der Ferne ein Brummen. Er lauschte lange, bis er erkannte, was es war: das Brummen eines Flugzeugmotors. Es kam aus Richtung der Hochspannungsleitungen. Cibatutto und Freiling mußten ein Telefon gefunden und die Marines alarmiert haben. Er wollte zurückrennen und ihnen helfen, die Höhle zu finden, doch er war zu erschöpft. Alles, was er tun konnte, war zu hoffen, daß die Marines die Höhle entdeckten, ehe der Große mit dem Schiff entkam. Er versuchte krampfhaft, die Augen offen zu halten, und lauschte dem in der Ferne brummenden Flugzeug.

14 Die Okun-Ära beginnt

Noch ehe er die Augen öffnete, spürte er, daß jemand sich über ihn beugte. Er lag auf dem Bauch, und jede Faser seines Körpers war zum Zerreißen gespannt. Ein tiefer Instinkt sagte ihm, sich nicht zu bewegen und gleichmäßig zu atmen. Er war sicher, beobachtet zu werden.

Eine Stimme fragte: «Mr. Okun?»

Behende warf er sich herum und zog das Bein an, bereit, den Angreifer zu treten. Plötzlich merkte er, daß er sich in einem Krankenhaus befand. Der Arzt an seinem Bett, dem er fast die Nase demoliert hätte, war ein junger Mann mit Ziegenbart, Pilzkopf und eindringlichen Augen. Er hatte mit keiner Wimper gezuckt.

«Geht es uns heute morgen besser?»

«Mann, ich hätte dir fast die Zähne ausgeschlagen. Du solltest in so einem Fall besser aus dem Weg gehen.»

«Besser als gestern, wie ich sehe.»

Okun musterte ihn. «Was soll das heißen? Wie lange bin ich schon hier? Wo bin ich? Stimmt was nicht mit mir?»

Der Mann runzelte die Stirn. «Sehr viel besser.» Er stellte sich als Dr. Issacs vor und sagte ihm, er befinde sich in Fort Irwin, Kalifornien. Okun liege bereits eine Woche auf der Station, und obgleich physisch alles mit ihm in Ordnung sei, leide er an einer extrem ungewöhnlichen Form von Gedächtnisverlust. Zwar könne er sich an alles erinnern, was in Mexiko passiert sei, ihm fehle jedoch jede Erinnerung an seinen Krankenhausaufenthalt. In den letzten acht Tagen habe er jeden Morgen nach dem Aufwachen unbedingt von dem außerirdischen Raumschiff erzählen wollen, das er gefunden habe. Obwohl er nur halb bei Bewußtsein gewesen sei, habe er es geschafft, die Vorgänge detailliert und präzise zu schildern. Wenn Issacs und die anderen Ärzte ihm allerdings erklärt hätten, daß er ihnen bereits von seinem Ausflug über die Grenze erzählt habe, sei er aggressiv geworden und habe sich geweigert, ihnen zu glauben. Jeden Morgen habe er aufs neue gefragt, ob Lenel tot sei und ob man seine Anch-Halskette gefunden habe. Er könne sich offenbar nur so lange an die Antworten erinnern, bis er wieder einschlafe, um im Schlaf alles wieder zu vergessen. Selbst wenn er bloß für zehn Minuten eindöse, wache er verwundert auf und frage sich, warum er nicht in der Wüste sei. Issacs, der kein Psychiater war, sagte, so ein Fall von Amnesie sei in keinem Fachbuch beschrieben, und er wisse ihn nicht zu behandeln. Er schaute seinen Patienten fest, fast drohend an und äußerte sich vorsichtig optimistisch. «Die ganze Woche über wirkten Sie sehr mitgenommen, doch heute scheinen Sie ziemlich wach zu sein. Ich werte das als gutes Zeichen.»

Okun schaute sich verwirrt um und wollte etwas sagen.

«Nun, ehe Sie wieder fragen», unterbrach ihn Issacs. «Ich kann Ihnen versichern, daß Dr. Lenel gesund und wohlauf ist. Er hat sich zwei Rippen und ein paar Hüftknochen gebrochen, doch die Ärzte gehen davon aus, daß er sich bestens erholen wird. Ihre Geschichte stimmt mit der seinen in jeder Einzelheit überein, zumindest bis zu dem Punkt, an dem er abgestürzt ist. Aber wir haben keinen Grund, Ihrer Schilderung der nachfolgenden Ereignisse zu mißtrauen.»

«Also», Okun wollte sich Klarheit verschaffen, «das Problem ist, daß ich mich nicht an gestern erinnere?»

«Exakt. Man könnte auch sagen, Sie vergessen es jeweils im Schlaf, und ich muß Ihnen gestehen, die ganze Sache fängt an, mir auf die Nerven zu gehen. Seit einer Woche führen wir jeden Tag die gleiche Unterhaltung. Ehrlich», sagte der gleichmütige junge Arzt, «es wird langsam langweilig.»

Okun wünschte, er hätte dem Typen einen Tritt verpaßt. So sehr er versuchte, sich an den vorangegangenen Tag zu erinnern – das letzte, was ihm einfiel, war das Versteck zwischen den Felsen und das Geräusch des Flugzeugmotors. Er wollte Issacs etwas fragen, aber der hob abwehrend die Hände.

«Ehe Sie wieder mit Ihren üblichen Fragen anfangen», sagte er und verdrehte erschöpft die Augen, «erlauben Sie mir vielleicht, sie gleich zu beantworten. Erstens: Die Suchflugzeuge haben die Höhle am Montag morgen kurz nach Einbruch der Dämmerung entdeckt. Die äußere Wand war zerstört, wahrscheinlich von innen her aufgebrochen, doch weiter gab es keine Anhaltspunkte für ein Schiff, wie es von Ihnen und Dr. Lenel beschrieben wurde. Zweitens: Nein. Ihre Halskette befand sich nicht in der Höhle. Drittens: Nein. Es befand sich auch keine andere Anch-Figur in der Höhle. Viertens: Ja. Die Rettungsmannschaft unter Führung von Mr. Jenkins hat die lose Erde durchsucht, in der Sie gegraben haben. Fünftens: Sie wurden von zwei Mitgliedern des Suchtrupps gefunden, zwei Agenten aus der Abteilung Inlandsaufklärung der CIA. Bin ich zu schnell?»

«Es hat demnach niemand gesehen, wie das Schiff die Höhle verlassen hat?»

«In der Gegend wurden Radarstörungen beobachtet, aber niemand hat etwas gesehen.»

«Also stehen wir praktisch mit leeren Händen da.»

«Ja, so sieht es aus.»

Okun verbarg sein Gesicht im Kissen und erwog kurzzeitig, sich zu ersticken. Issacs, der kurzzeitig erwog, ihm dabei behilflich zu sein, fuhr fort. «Die Tatsache, daß Sie mir heute morgen Glauben schenken, ermutigt mich. Das könnte bedeuten, daß Sie geheilt sind. Außerdem ist heute auch aus einem anderen Grund ein besonderer Tag. Colonel Spelman ist aus Washington gekommen und wartet darauf, Sie zu sehen. Ich bitte ihn jetzt herein.»

Als Okun hörte, daß er Spelman gegenübertreten müsse, stöhnte er auf. Er war sich sicher, von einem ungehaltenen Offizier für all die Regeln, die er verletzt, und all die Schäden, die er verursacht hatte, zusammengestaucht zu werden. Doch als der stämmige Offizier den Raum betrat, schien er keineswegs verärgert. Er lächelte und reichte Okun die Hand.

«Unfug», unterbrach ihn Spelman, als Okun sich für die Jagd auf das zweite Schiff entschuldigen wollte. «Sie haben Ihr Bestes gegeben. Wenn wir etwas mehr Vertrauen in Sie gehabt hätten und Ihnen militärische Verstärkung mit auf den Weg gegeben worden wäre, hätten wir uns das Ding geschnappt und vielleicht sogar ein paar Gefangene gemacht. Doch nach Ihrem Besuch bei Dr. Wells sind wir ein wenig nervös geworden. Aber Sie hätten es nicht besser machen können.»

«Ich muß noch mal da runter, Colonel. Ich muß in der Höhle nach etwas suchen. Sehen Sie, ich hatte diese Halskette, an der ein kleines Teil vom Schiff hing, es sah aus wie eine Anch-Hieroglyphe – das ist das altägyptische Symbol des Lebens. Egal, ich ...»

Spelman wandte sich ab und sagte: «Dr. Issacs, würde es Ihnen etwas ausmachen, kurz nach draußen zu gehen und achtzugeben, daß niemand den Flur betritt? Mr. Okun und ich haben etwas zu besprechen.»

Nachdem der Arzt das Zimmer verlassen hatte, griff der Colonel in seine Brusttasche und holte Okuns Halskette heraus, an der immer noch der Anch-Anhänger befestigt war. «Als die Inlandsaufklärung Sie schlafend zwischen diesen Felsen fand, lag das neben Ihren Beinen. Sie haben es mir sofort übergeben.»

«Unmöglich», keuchte Okun. «Ich habe die Halskette in der Höhle gelassen. Ich bin mir vollkommen sicher.»

«Das habe ich gehört.»

«Wie kommt es dann, daß es neben mir gefunden wurde?»

«Das wollte ich Sie auch fragen.»

Bei dem Gedanken, der Große könnte sich angeschlichen und ihn, während er schlief, untersucht haben, erschauderte Okun. *Ob das alles war, was er gemacht hatte?* Die beiden Männer unterhielten sich längere Zeit, bis übereinstimmend die Fakten darauf hindeuteten, der Große habe gewollt, daß Okun das anchförmige Teil besitzt. *Warum* er das gewollt hatte, blieb offen. Spelman besaß allerdings eine Theorie. Er fragte, ob Okun mit dem Fall Bridget Jones vertraut sei. Okun bejahte. «Dann wissen Sie, daß diese Kreaturen über Implantate verfügen, die wir mit unseren technischen Möglichkeiten nicht erkennen können. Unmittelbar nachdem Sie hier eingeliefert wurden, haben wir eine Reihe von Röntgenaufnahmen und anderen Tests veranlaßt, und obwohl wir nichts Ungewöhnliches feststellen konnten, ist nicht auszuschließen, daß Sie auf irgendeine Weise markiert wurden.»

«Noch mal, bitte.»

«Als die kleine Jones das Objekt gefunden hat, erzählte sie, war das Gras in einer Form niedergedrückt, die den Umrissen eines Mannes ähnelte. Ich bin das Gefühl nie losgeworden, daß die Alfs kurz davor waren, dem Polizisten das patronenförmige Ding einzupflanzen, wobei sie wahrscheinlich durch das Auftauchen des Mädchens gestört wurden. Wir haben jedenfalls Grund zu der Annahme, daß Ihre Begegnung mit den Außerirdischen über physischen Kontakt hinausging. Fragen Sie sich doch, warum Sie immer noch fest schliefen, als man Sie fand, obwohl es bereits später Nachmittag war. Wie kommt es, daß Sie sich nicht mehr an den vorangegangenen Tag erinnern können? Und ich brauche Ihnen nicht zu erzählen, wie oft uns Entführungsopfer von falschen Erinnerungen berichten oder behaupten, daß Ihnen ein gesamter Tag fehlt. Vielleicht steckt mehr hinter Ihrer Begegnung, als Sie sich erinnern.»

Okun zog diese Möglichkeit in Betracht. «Habe ich irgendwelche seltenen Kräfte erworben, wie die kleine Jones?»

Spelman schüttelte den Kopf. «Abgesehen davon, daß Sie die ganze Woche über erschöpft und zugleich streitlustig waren, sind Sie nach Auffassung von Issacs in Ordnung. Denken Sie daran: Diese Sache mit dem eingepflanzten Instrument ist nur eine Theorie. Doch immerhin ist es möglich, daß die Ihnen die Halskette zurückgegeben haben, in der Hoffnung, Sie würden sie zu einem ihrer Schiffe führen. Wenn die Sie auf eine Weise markiert haben, die ihnen erlaubt, Sie zu überwachen, könnten sie mit Ihrer Hilfe zu der Area 51 gelangen. Es könnte eine List sein, um ihr verschwundenes Schiff wiederzufinden.»

«Ich verstehe. Also wird mir wohl auf Lebzeiten verboten, dorthin zurückzukehren.»

«Nun, das ist eine weitere Sache, die ich mit Ihnen besprechen wollte.» Spelman lächelte. «Wir wären bereit, Ihnen dort den Posten des Forschungsdirektors anzubieten. Es wäre zwar ein ständiges Risiko, Sie hinein- und herauszubefördern, doch wenn wir gewisse Vorsichtsmaßnahmen ergreifen, halten wir Sie und das Schiff für sicher.»

«Welche Art Vorsichtsmaßnahmen?»

«Sie haben gegenüber Dr. Issacs erwähnt, das notgelandete Schiff habe ein Signal gesendet.»

«Richtig. In der Form eines Y. Das wissen Sie doch bereits?»

«Ja, Sie haben es uns am Dienstag erzählt. Sie sagten außerdem, das von den Hochspannungsleitungen erzeugte elektromagnetische Feld müsse eine Glocke geschaffen haben, die verhinderte, daß die Außerirdischen draußen im All den Notruf empfangen konnten.»

«Wollen Sie damit sagen, daß wir einen mobilen Generator benutzen, der elektromagnetische Wellen erzeugt, und ich unter diesem Schirm ins Laboratorium zurückkehre? *Très cool.* Aber wäre es nicht einfacher, Sie engagierten jemand anderen?»

Die beiden Männer sahen einander geraume Zeit an. «Wir sind an einem Punkt angelangt, an dem wir glauben, daß Sie nicht mehr zu ersetzen sind. Sie wissen verdammt viel. Es würde Monate, vielleicht sogar Jahre dauern, bis jemand Ihren Wissensstand erreicht hat.»

Dworkins Worte klingelten in seinen Ohren. *Je mehr du weißt, desto tiefer steckst du drin.*

Spelman erhob sich. «Sie sind der einzige, den wir im Augenblick in Betracht ziehen. Es handelt sich um die Aufgabe, für die wir Sie vorgesehen hatten, als Sie angeworben worden sind. Nehmen Sie sich Zeit, denken Sie darüber nach. Von Agent Radecker wissen wir, daß Sie in den Laboratorien zahlreiche Änderungen einführen wollten. Als Forschungsdirektor hätten Sie die Vollmachten, dies zu tun. Doch wenn Sie erst einmal durch die Tür sind, müssen Sie da unten bleiben. Sie werden nicht mehr draußen sitzen und Landschaftsbilder malen können, und Ausflüge nach Las Vegas wird es auch keine mehr geben.» Bevor er sich zum Gehen wandte, fügte er hinzu: «So gerne ich es sähe, daß Sie den Job annähmen – ich weiß nicht, wie ich mich an Ihrer Stelle entscheiden würde. Hier, behalten Sie das, während Sie überlegen.» Er reichte ihm das Lederband mit der Anch-Figur.

Als Spelman fast draußen war, stellte Okun eine letzte Frage. «Ich nehme an, Radecker ist nicht länger Direktor. Er ist doch nicht etwa hier im Krankenhaus, oder?» An diesem Vormittag hatte Okun nämlich bereits genug Kummer gehabt.

Spelman unterdrückte ein Lächeln. «Agent Radecker ist befördert worden. Er ist jetzt Leiter des Nachrichtendienstes im CIA-Büro in Barstow, Alaska. Direkt oberhalb des Nördlichen Polarkreises.»

Am nächsten Morgen konnte Okun sich an alles erinnern.

Einige Tage später wurde er aus dem Krankenhaus entlassen. Bis dahin entwickelte er eine grimmige Bewunderung für den multitalentierten Dr. Issacs, mit dem ihn bald eine streitlustige Freundschaft verband. Issacs, im gleichen Alter wie Okun, hatte sein Anerkennungsjahr in der Pathologie des Bethseda-Marinehospitals in Washington, D. C., absolviert. An der Cornell-Universität hatte er ein Diplom in Astrophysik erworben, und er behauptete, ein Experte auf dem Gebiet altertümlicher Mythologien zu sein. Schon zu Beginn seiner Arbeit in der Area 51 hatte Okun die Notwendigkeit medizinischer Beratung erkannt. An den Außerirdischen mußten weiterführende Autopsien vorgenommen werden, Gewebeproben bedurften der Analyse, und auch das Schiff bestand zum größten Teil aus lebender Materie. Wenn er das Angebot annähme und Direktor würde, wäre Issacs sein Mann.

Als er aus dem Krankenhaus entlassen wurde, fuhr Okun zu seiner Mutter. Eines Vormittags tauchte er unangekündigt auf und betrat das Haus. Seine Mutter trank gerade Kaffee. Sie umarmte ihn stürmisch, und während sie sich noch in den Armen hielten, kam ein Mann aus dem Schlafzimmer, um zu sehen, was vor sich ging. Er hieß Peter, und es schien, als habe er die Nacht im Haus verbracht. Okun schaute seine Mutter an und konnte an ihrem Gesicht ablesen, daß die Dinge sich verändert hatten. Saylene meldete sich krank, und sie besuchten ein Restaurant, wo sie sich den ganzen Tag über unterhielten. Sie erzählte ihm, was während seiner Abwesenheit vorgefallen war, wie sehr sie seinen Haarschnitt mochte und von ihrer Beziehung zu ihrem neuen Freund. Sie wußte, daß sie nicht fragen durfte, was Okun unterdessen gemacht hatte, doch dadurch wurde die Unterhaltung immer einseitiger. Die Tatsache, daß Brackish abgelenkt wirkte, verbesserte die Situation auch nicht gerade. Alle paar Minuten sah er sich verstohlen um, als erwartete er jemanden. Die beiden faßten ins Auge, daß Saylene sich ein paar Tage freinehmen und mit Okun einen Kurzurlaub verbringen könnte. Nur sie beide, ganz allein. Doch dieser Urlaub sollte nie stattfinden.

Die gesamte Zeit, in der Okun sich zu Hause aufhielt, hatte er das Gefühl, sie beobachteten ihn. Er gewöhnte sich an, sich ständig umzuschauen, wenn er auf die Straße ging. Lieh er sich einen Wagen, schaute er häufiger in den Rückspiegel als nach vorn. Er war sicher, daß das Telefon abgehört wurde, ja das ganze Haus verwanzt war. Auf Streifzügen durch die Nachbarschaft hielt er nach einem Lieferwagen mit getönten Scheiben und einer langen Antenne Ausschau. Doch so aufmerksam er sich auch umsah, er konnte nicht das geringste Anzeichen entdecken, daß er von der CIA überwacht wurde.

Eines Tages erhielt er Post. In dem Umschlag befand sich eine kurze Notiz: «Ich dachte, Sie finden das amüsant. Hoffe, es ist alles in Ordnung. Spelman.» Beigefügt war ein Artikel aus einer Zeitung aus El Paso, dessen Schlagzeile lautete: «Mystische mexikanische Monster. Zahl der Chupacabra-Beobachtungen steigt, nachdem junger Mann Geschichte erzählte.» Neben dem Artikel befand sich ein Foto von Pedro, vor den Kliffs stehend, in denen sie das verborgene Schiff entdeckt hatten. Okun las den Artikel mit Spannung, der Bedeutung von Spelmans Notiz schenkte er allerdings keinen Glauben. *Hoffe, es ist alles in Ordnung. Als wüßte er nicht über jede Minute meines Lebens genau Bescheid.*

Die Versuche, sein altes Leben wiederaufzunehmen, waren vergebens. Er rief Freunde an und besuchte ein paar seiner alten Caltech-Professoren, doch die Gespräche kamen nicht recht von der Stelle. Es gelang ihm zusehends, die Unterhaltungen von seiner Person abzulenken, doch wenn er zuhörte, wie seine alten Bekannten von ihrem Leben, ihren Sorgen und Wünschen erzählten, vermißte er sein früheres Nicken. Aus irgendeinem Grund konnte er mit normalen Menschen nichts mehr anfangen. Er führte dies auf die ständige Überwachung zurück und entwickelte einen Plan, die Spione um ihn herum aus ihren Verstecken aufzuscheuchen.

Eines Nachmittags rief er einen Fernsehsender an und verlangte, einen Reporter zu sprechen. Er sagte, er habe eine große Geschichte, Enthüllungen über außerirdische Besucher. Natürlich glaubte ihm die Journalistin nicht, also erzählte er ihr genug, um sie zu überzeugen, daß er ernstzunehmen sei. Und allemal genug, um jeden, der ihn abhörte, nervös zu machen. Sie verabredeten sich für den nächsten Morgen. Okun legte auf und erwartete auf der Veranda das Eintreffen der Zivilfahrzeuge. Doch niemand ließ sich blikken. Am folgenden Morgen zog er einen Anzug an und fuhr zum Sender. Als er die Vorhalle betrat, waren weit und breit keine Bundesagenten in Sicht, die ihn verhaften wollten. *Ich schätze, die beobachten mich doch nicht.* Er setzte sich und überlegte, was er als nächstes tun sollte.

Obwohl er den Sender nicht aufgesucht hatte, um Informationen preiszugeben, überlegte er, auszupacken und dic Verschwörung platzen zu lassen. Er konnte sich Wells' Reaktion vorstellen, sollte er seine Aussage am Fernsehen verfolgen. Wells würde sofort verlangen, daß man ihn freiließe, damit er seinen Platz als Irdischer Diktator einnehmen könnte. Er war verrückt, aber in einem hatte er recht: Verdienen die Bewohner der Erde nicht, von den außerirdischen Besuchern zu erfahren? War es nicht das Recht eines jeden Menschen, die Wahrheit zu kennen? Das zumindest hatte man ihn stets gelehrt. Er, Brackish Okun, könnte eine fünfundzwanzigjährige Verschwörung einfach dadurch beenden, daß er die Verabredung, die er getroffen hatte, einhielt. Namen, Skizzen, Aktenzeichen könnte er liefern und ihnen die Bedeutung des Gegenstands erklären, den er um den Hals trug. Die PR-Abteilung der Regierung und die Desinformationsspezialisten der CIA würden ziemliche Mühe haben, ihn zu diskreditieren.

Doch nun, da es in seiner Macht stand, zweifelte er, ob es eine weise Entscheidung wäre. Dworkin hatte davon abgeraten. Er erinnerte sich deutlich an Sams Warnung vor dem

Zerfall der Gesellschaft unter dem Einfluß von Ungewißheit und Furcht. Er spürte die Auswirkungen ja selbst: Nachts hatte er Mühe einzuschlafen, und ständig fragte er sich, ob er nicht von dem Großen markiert worden war. Die Geschichte hinauszuposaunen würde bestimmt eine Panik verursachen, und es gab keine Garantie, daß etwas Positives daraus entstand. Politisch würde er den widerlichen Faschisten in die Hände spielen, die Amerika und die Welt in eine Kaserne verwandeln wollten. Am Ende lief die Frage, ob er sein Wissen preisgeben sollte, auf eine Entscheidung zwischen zwei gegensätzlichen Weltanschauungen hinaus: eine Entscheidung zwischen Dworkin und Wells.

Er stand auf, verließ die Vorhalle und stieg wieder in seinen Wagen. Aus Gewohnheit schaute er häufig in den Rückspiegel. Wann immer er das tat, erinnerte es ihn daran, daß er frei war. Niemand schaute ihm über die Schulter. Es überraschte ihn, daß ihm dadurch dennoch nicht wohler war. Seit er nach Hause zurückgekehrt war, fühlte er sich von der Welt abgeschnitten. Er merkte langsam, warum er immer so abgelenkt war, so unfähig zu nicken, selbst wenn er mit alten Freunden zusammenhockte. Es waren nicht die Spione, die überall lauerten. Es war die Tatsache, daß die Hoffnungen, Träume und alltäglichen Sorgen seiner Freunde, alles, was sie für wichtig hielten, ihm im Vergleich zu der Aufgabe, mehr über die außerirdischen Besucher herauszufinden, unbedeutend erschienen. Die ganze Zeit, während seine Mutter ihm geschildert hatte, wie sie ihren neuen Freund kennengelernt hatte, war Brackishs Geist vierhundert Kilometer von der Erde entfernt beschäftigt. Mit der nächsten Periode erhöhter Radioaktivität im inneren Van-Allen-Gürtel. Als er nach Hause fuhr, sagte er sich: *Ich weiß zuviel, um ein normales Leben zu führen.* Wie wahr Dworkins Worte über das

Zuviel am Wissen gewesen waren! Es bedurfte keiner Finsterlinge der CIA, um ihn zu begraben, das besorgte schon das Wissen, das er mit sich herumtrug. Als er die Einfahrt erreichte, wußte er, daß er zurückgehen würde. Er wäre sogar zurückgekehrt, hätte man ihm nicht den Posten des Direktors angeboten. Wie seine älteren Kollegen spürte er, daß die Arbeit in der Area 51 wichtiger war als sein persönliches Schicksal.

Er rief Spelman an und sagte: «Ich bin bereit zurückzukehren, aber ich stelle ein paar Bedingungen.»

«Nur zu, ich höre.»

Er verbrachte einen Monat auf dem Luftwaffenstützpunkt Edwards und arbeitete mit Ingenieuren der NASA an dem Fahrzeug, das ihn zurück zum Groom Lake bringen sollte. Das Ergebnis war ein stark modifizierter VW-Bus, den sie komplett mit einer grauen, aus Teflon gewonnenen Substanz überzogen hatten. Im Heck erzeugte ein tragbarer Generator ein elektromagnetisches Energiefeld, stark genug, den Radioempfang der Fahrzeuge zu stören, die Okun auf der Fahrt in die Wüste später begegneten. Die Ingenieure, die ihm geholfen hatten, das Fahrzeug zu bauen, nannten es ironisch Stealth-Bus. Sie überlegten, ob nicht das Militär das radarabweisende Material bei der Neukonstruktion von Flugzeugen einsetzen sollte.

Als er die X-förmige Landebahn vor der Area 51 erreichte, sah er, daß einiges neu gestaltet worden war. Die primitiven Holzbaracken, in denen einst das Personal des Labors gewohnt hatte, waren abgerissen worden zugunsten einer riesigen Schiebetür, die das Raumschiff im Notfall schnell passieren ließe. Er fuhr seinen Stealth-Bus in den Hangar und nahm den neuen Lastenfahrstuhl, der ihn sechs Stockwerke tiefer in die Laboratorien entließ. Alles hatte sich verändert. Als er den langen schmalen Korridor betrat, der jahrelang das Chaos der Aktenberge beherbergt hatte, fand er ihn frisch gestrichen und hell erleuchtet vor. Eine kleine Arbeitsgruppe war damit beschäftigt, die Akten zu ordnen und die Aktenzeichen in das neue Computersystem einzugeben. In der Mitte des langen Raumes, den Okun in ein staubfreies Forschungslabor umwandeln wollte, hatte man einen erhöhten Gehsteig installiert. Er ging weiter und traf auf eine Gruppe Bauarbeiter, die das Fundament für eine elektrochemische Forschungseinheit aushoben.

Schließlich erreichte er den riesigen Bunker, in dem das außerirdische Raumschiff lagerte. Der Raum war mit Ausnahme einer gigantischen Holzkiste leer. Die 30×30×10 Meter hohe Kiste trug die Aufschrift EXPLOSIVE CHEMIKALIEN – RAUCHEN VERBOTEN. Er umrundete die Kiste und vergewisserte sich, daß das Schiff nicht zu sehen war. Als er den Bunker verließ, bemerkte er einen Durchgang, der zuvor nicht dagewesen war. Er ging hindurch. An seinem Ende befand sich die neue medizinische Abteilung, inklusive eines verglasten Operationssaals. Obwohl die Ausstattung perfekt war, machte ihn der Raum frösteln.

Die Küchentür war abgesperrt. Nachdem er einige Male laut dagegen gehämmert hatte, um den Baulärm zu übertönen, wurde sie von einem jungen Mann geöffnet, der ihn mit leicht irrem Blick musterte: Dr. Issacs, seine erste Neuanwerbung.

Noch bevor er die vertraute Küche betrat, konnte er Lenel in ihr meckern hören. «Was sind Sie überhaupt für ein Boß? Seit Sie das Ruder in der Hand haben, ist es hier so laut, daß man nicht mehr arbeiten kann.» Der alte Mann trug ein

Gipskorsett, das von den Achselhöhlen bis zu den Knien reichte.

«Sie sehen aus wie eine Mumie im Badeanzug», scherzte Okun.

Während Cibatutto und Freiling vortraten, um ihn willkommen zu heißen, versuchte Lenel, sein krauses Benehmen aufrechtzuerhalten. «Wenn dem so ist», bellte er, «dann habe ich das Ihnen zu verdanken.»

«Da hat er recht», pflichtete ihm Freiling bei. «Wir haben gehört, wie Dr. Lenel Sie davor bewahrt hat, vom Kliff zu stürzen.»

«Mich bewahrt?» fragte Okun verblüfft. Er wandte sich an Lenel, der ihm einen unmißverständlichen Blick zuwarf: *Unterstehen Sie sich, etwas anderes zu erzählen.* «O ja, ganz recht, mich bewahrt.» Er grinste. «Übrigens hatte ich noch gar nicht die Gelegenheit, mich bei Ihnen zu bedanken, Dr. Lenel.»

«Gehört alles zum Job», murmelte Lenel.

Wegen der Anwesenheit der Bauarbeiter konnten die Wissenschaftler volle drei Monate nicht mit dem Schiff experimentieren. Sie beschäftigten sich derweil mit allen möglichen Projekten, die sie in der Küche oder auf ihren Zimmern durchführen konnten. Zu jedermanns Entsetzen entpuppte sich Issacs als Sauberkeitsfanatiker, der seine Kollegen ständig ermahnte, Ordnung zu halten. «Einem alten Hund bringt man keine neuen Kunststückchen mehr bei», war die Standardantwort, die er von den Alten zu hören bekam. Aber er ließ nicht locker, und langsam wurde sein Standpunkt akzeptiert.

Als der letzte der neuen Räume fertiggestellt war und alle unautorisierten Personen das Laboratorium verlassen hatten, fielen die Wissenschaftler über das Raumschiff her wie ein Rudel ausgehungerter Wölfe. Eifrig wandten sie ihr in Mexiko erworbenes Wissen an. Ein gutes halbes Jahr grübelten, schweißten, verdrahteten sie und bauten das Schiff von Grund auf neu zusammen. Nach einer Reihe von Testläufen glaubten sie, es sei an der Zeit, Spelman zu einer Demonstration einzuladen.

An einem bewölkten Morgen Anfang Juli traf Spelman in Begleitung einiger Gäste ein. Es handelte sich um ehemalige Mitglieder der aufgelösten *Operation Schlammschlacht*: Jim «der Bischof» Ostrom, Jenkins, der neue Leiter der Inlandsaufklärung, dessen Männer Okun in der Wüste schlafend aufgespürt hatten, sowie Dr. Insolo vom Wissenschafts- und Technologieausschuß. Okun kannte ihn bereits von Sams Begräbnis. Nach einem kurzen Mittagessen wurden die Besucher in den Betonbunker geführt, um einem Experiment beizuwohnen. Während die Wissenschaftler ihre Vorbereitungen trafen, versammelten sie sich auf einer neu errichteten Plattform. Als alles bereit war, wandte sich Okun an die Besucher.

«Vor einigen Jahren hat mein Vorgänger, Dr. Wells, eine Technik entwickelt, mittels derer es möglich war, hochvoltigen Strom in das Energiesystem des Schiffes zu leiten, und dabei festgestellt, daß man bestimmte rudimentäre Teile des Schiffes kurzzeitig in Gang bringen kann. Da unter anderem das System, das die Energie wieder ableitet, nicht geschlossen war, verursachte die überschüssige oder aufgestaute Energie einen starken Temperaturanstieg.» Obwohl erst am Anfang seines Vortrags, konnte er an den verständnislosen Blicken seiner Zuhörer ablesen, daß es keinen Sinn hatte, seine Ausführungen fortzusetzen. Statt dessen sagte er einfach: «Sehen Sie sich das an.»

Er verteilte prismatische Schutzbrillen und gab dann Freiling, der die Energiekanone bediente, ein Zeichen. Der alte Mann betätigte einen Schalter, und der Raum vibrierte unter einem schrillen Summen, sowie die Kanone das Raumschiff mit Energie bestrahlte. Ein Krachen erschütterte das Schiff, hallte von den Betonwänden zurück. Lenel kontrollierte die Dosierung und bedeutete mit gerecktem Daumen, daß alles in Ordnung war. Cibatutto lenkte die Aufmerksamkeit der Besucher auf den unter dem Schiff angebrachten Spiegel, in dem sie das von der Aqua-Box erzeugte grüne Wirbeln beobachten konnten. Durch die Spezialfilter der Schutzbrillen sahen sie, wie die Energie aus dem System abgeleitet wurde. Statt der spasmischen und ziellosen Wellen, die sie bei früheren Versuchen wahrgenommen hatten, strömte die Energie jetzt durch die Arme der rotierenden Anch-Figur. Vier nadeldünne Strahlen wanderten auf der Suche nach einem Schwesterschiff durch den Bunker, um es mit Energie zu versorgen.

Kurz darauf begannen die hölzernen Böcke, auf denen das Schiff ruhte, unter dem nachlassenden Gewicht zu knirschen. Langsam, wie ein urzeitlicher Pterodactylus im Aufwind, schwebte das Schiff in die Höhe. Als das Schiff abhob, achteten die Wissenschaftler nicht länger auf ihre Kontrollmonitore, sondern warfen jubelnd die Arme in die Luft.

«Heilige Avokado», entfuhr es Okun. Da bloßes Nicken nicht mehr ausreichte, seine Erregung auszudrücken, hüpfte er ungestüm auf und ab, drehte sich und packte den nächstbesten Besucher, zufälligerweise Spelman, um mit ihm über die Plattform zu tanzen. Dann sprang er von der Plattform herunter und tanzte auf dem Grund des Bunkers weiter. Das Schiff schwebte fünf Zentimeter über den Böcken. Er klatschte Cibatutto ab, hüpfte zu Lenel und küßte ihn auf die Stirn, noch ehe der alte Mann wußte, wie ihm geschah.

Als er schließlich bei Dr. Issacs anlangte, ging ihm langsam die Puste aus.

Ruhig und gelassen wie stets wies Issacs auf die Temperaturanzeige hin. «Die Innentemperatur beträgt jetzt sechzig Grad, Tendenz steigend», rief er über den Strahl der Kanone hinweg. «Zeit abzuschalten.»

Okun drehte sich um und gab das Zeichen zum Abschalten. Doch Freiling starrte wie hypnotisiert auf den vor ihm schwebenden schwarzen Vogel. Okun rannte auf ihn zu und rief: «ABSCHALTEN!» Der alte Mann kippte den Schalter zurück und brachte die Energiezufuhr abrupt auf Null. Die Untertasse krachte auf die Böcke, die knirschten und knackten, aber glücklicherweise brachen sie nicht.

«An der Landung muß ich noch feilen», sagte Freiling trocken und nahm seine Schutzbrille ab. «Allerdings will ich verdammt sein, wenn wir das Ding nicht zum Fliegen gebracht haben.»

«Und wie wir das haben, Daddy-O.»

«Ich wünschte nur, Sam hätte das noch erleben dürfen.»

Okun lächelte traurig. «Ich auch.»

Die Wissenschaftler gesellten sich zu ihren Besuchern auf die Plattform und machten sich dann auf den Weg in die Küche. Entsprechend dem lang bewährten Protokoll der streng geheimen Einrichtung wurde Champagner serviert.

Irgendwann zwischen dem Knallen der Sektkorken und der Abreise der Amtspersonen am späten Nachmittag kam es zu einem bedeutsamen Austausch von Dokumenten. Okun war als erster an der Reihe.

Auf Verlangen von Spelman hatte er einen detaillierten Bericht ausgearbeitet, der alles enthielt, was er über die Außerirdischen in Erfahrung gebracht hatte. Der Bericht umfaßte über zweihundert Seiten und warf am Ende die Frage auf, wie groß die Bedrohung der Welt, insbesondere der Vereinigten Staaten durch die Außerirdischen nun wirklich war. Okun fand es nahezu unmöglich, die Frage zu beantworten. Trotz allem, was sie über die Außerirdischen herausgefunden hatten, blieb das Entscheidende im dunkeln: Was wollten sie? Die Möglichkeiten reichten von der Hoffnung, es handele sich um freundlich gesonnene Wesen, die den Menschen ihr Wissen vermitteln wollten, bis zu der Befürchtung, sie kämen, um die Erde zu erobern und die Menschheit auszulöschen. Okun nahm beide Möglichkeiten ernst. Doch sein Gefühl sagte ihm, daß die Außerirdischen nichts Gutes verhießen. Man hatte es mit einer intelligenten Spezies zu tun, die über fortgeschrittene Technologien verfügte. Ihre Schiffe waren bewaffnet, sie benutzten andere Lebensformen als Schutzpanzer und hatten bislang keine freundschaftlichen Signale erkennen lassen. Wenn Wells seine Vision des fremden Planeten richtig interpretiert hatte, kämpften sie außerdem mit einer katastrophalen Nahrungsmittelknappheit. Vielleicht fanden die Begegnungen nur deshalb so vereinzelt statt, weil es sich vorerst nur um Kundschafterschiffe handelte. Andererseits hatten sie sich auch nicht feindselig verhalten. Nicht einmal bösartige Absichten ließen sie erkennen, abgesehen vielleicht von dem Zwischenfall in Eau Claire. Sie hatten oft Gelegenheit, Menschen, die sie in ihre Gewalt gebracht hatten, zu foltern, zu verstümmeln oder zu töten. Trotzdem hatten sie sie unversehrt wieder freigelassen, und obwohl viele ihrer Opfer danach durch die Erfahrungen traumatisiert waren, wünschten sich gewiß ebenso viele, es möge sich wiederholen.

Hinzu kam Okuns eigene Erfahrung. Er erinnerte sich daran, wie furchtbar erschreckt er war, als er von den Außerirdischen unweit der Höhle entdeckt wurde. Doch anstatt ihn zu verletzen, hatte ihm der Große die Anch-Kette zurückgegeben und so ermöglicht, daß er seine Forschungen fortsetzen konnte. Vielleicht stellte sich sogar heraus, daß es sich um scheue Touristen handelte, die für einen Fünf-Tage-Urlaub durch einen Zeittunnel im Van-Allen-Gürtel reisten und die Erde aus der sicheren Bequemlichkeit ihrer fliegenden Festungen observierten, als besuchten sie einen intergalaktischen Safari-Park. Wer konnte es wissen? Okun kam zu dem Schluß, daß es für endgültige Urteile noch zu früh war, und forderte Militär und Regierung auf, mehr Forschungsmittel bereitzustellen. Zu diesem Zweck schlug er eine Reihe cleverer Tricks vor, mit denen er die Außerirdischen in eine Falle locken wollte.

Spelman nahm den Bericht mit dem Versprechen entgegen, er werde den höchsten Regierungsebenen vorgelegt.

«Einschließlich des Präsidenten?»

«Insbesondere dem Präsidenten.»

Okun seufzte erleichtert auf, als er erfuhr, daß sein Bericht bald in die richtigen Hände gelangen werde. Die Verantwortung, die er mit sich herumschleppte, wurde ihm zu schwer, und der Gedanke, CIA und Army blieben die einzigen, die davon Kenntnis hatten, verursachte ihm ein mulmiges Gefühl.

«Und nun haben wir etwas für Sie.»

Dr. Insolo ließ die Schlösser seines Attachékoffers aufschnappen und holte einige Papiere heraus. «Der einzige Vorbehalt, den wir bezüglich Ihrer Ernennung zum Direktor hatten, betraf Ihre formale Qualifikation. Es macht sich einfach nicht gut, wenn der Leiter eines der Spitzeninstitute der Nation keinen Doktortitel besitzt. Doch angesichts Ihrer begrenzten Reisemöglichkeiten sehen wir ein, daß Sie schwerlich eine ordentliche Universität besuchen können. Deshalb haben wir uns erlaubt, Ihre Zeugnisse der Caltech zum Postgraduiertenprogramm der Marineakademie zu transferieren, dessen Direktorium ich angehöre. Ich hoffe, Sie haben nichts dagegen.» Er hielt etwas in die Höhe, das wie eine Urkunde aussah, und las den Text vor. «Da der Kandidat, Brackish Okun, die umfassende Beherrschung des mit seinem Gebiet verbundenen Fachwissens und der entsprechenden Technologien bewiesen sowie auf diesem Gebiet einen einzigartigen und selbständigen Beitrag geleistet hat, wird ihm hiermit von der Fakultät der Xenoaeronautik der Titel eines Doktors der Philosophie verliehen.»

Spelman war der erste, der Okun die Hand reichte. «Gratuliere, *Doktor* Okun.»

«Megacool», begeisterte sich Okun, als er seine Urkunde überflog. Dann sah er die strahlenden Gesichter seiner Freunde und Besucher. Ohne es zu merken, ahmten diese die unscheinbare Nackenmuskelbewegung des neuen Direktors nach: Der ganze Raum nickte.

«Ende.» Nimziki verzog spöttisch die Lippen, als er das Wort auf der letzten Seite von Okuns Bericht vorlas. «Was glaubt er, was das ist? Eine Gute-Nacht-Geschichte?»

«Manchmal ist er eben etwas seltsam», kicherte Spelman.

«Was halten Sie davon?» fragte Nimziki und warf den Bericht auf seinen Schreibtisch.

«Sehr wortreich, und passagenweise ergibt es nicht viel Sinn, doch seine Ideen sind überzeugend. Alles in allem, würde ich meinen, ist es eine ausgewogene Präsentation der Fakten. Ich bin neugierig, was der Präsident dazu sagen wird.»

«O ja, ich auch», erwiderte Nimziki abwesend. Er war

kein großer Bewunderer von Präsident Ford. Als Ford einen neuen CIA-Direktor ernennen mußte, hatte er die einstimmige Empfehlung der gesamten nachrichtendienstlichen Gemeinde, Nimziki den Job zu geben, ignoriert und statt dessen einen seiner langjährigen politischen Weggefährten ernannt.

«Ganz besonders gefielen mir seine Vorschläge, wie wir ein weiteres Schiff in unsere Gewalt bekommen könnten.»

«Ja, ich muß mir das noch einmal durchlesen. Smart.»

«Und was halten Sie von der Idee, die Wahrheit über die Außerirdischen langsam an die Öffentlichkeit dringen zu lassen?»

«Das Ding, die Medien mit Geschichten über Außerirdische zu füttern, ehe wir die wahre Geschichte publik machen? Interessant. Ich muß mir das noch überlegen.»

Spelman sah, daß Nimziki müde war und ihn andere Dinge beschäftigten. Kein Wunder. Es war fast dreiundzwanzig Uhr, und beide waren seit dem frühen Morgen auf den Beinen. «Ich glaube, ich mache mich auf den Weg und lasse Sie nach Hause gehen.» Spelman ging zur Tür, wandte sich noch einmal um und sagte: «Bitte lassen Sie mich umgehend wissen, wenn Sie eine Reaktion des Weißen Hauses bekommen, damit ich sie an unser Team am Groom Lake weiterleiten kann. Ich bin so neugierig wie Sie. Und, Al, ...» Er wartete, bis Nimziki aufblickte, «wir haben ganze Arbeit geleistet, was?»

«Das kann man wohl sagen, Bud. Aber hören Sie, erwarten Sie besser keine unmittelbare Antwort des Präsidenten. Sie wissen ja, wie die drüben im Weißen Haus sind. Sie wollen sich die Möglichkeit eines glaubwürdigen Dementis offenhalten. Doch sobald ich etwas höre, offiziell oder inoffiziell, lasse ich es Sie wissen.»

Als Spelman gegangen war, blätterte Nimziki den Bericht noch einmal durch, ging in das angrenzende Zimmer und steckte ihn in den Reißwolf. Dann löschte er das Licht und ging nach Hause.

Film und Fernsehen

John Updike
Die Hexen von Eastwick
(rororo 12366)
Updikes amüsanten Roman über Schwarze Magie, eine amerikanische Kleinstadt und drei geschiedene Frauen hat George Miller mit Cher, Susan Sarandron, Michelle Pfeiffer und Jack Nicholson verfilmt.

Christian Pfannenschmidt
Der Mann aus Montauk
Der Roman zur ZDF-Serie Girlfriends
(rororo 22267)

E. Beleites / E. Theophil
Männerpension *Das Buch zum Film von Detlev Buck*
(rororo 13933)

Dieter Wedel / Sven Böttcher
Held *Roman nach dem Fernsehfilm «Der Schattenmann» von Dieter Wedel*
320 Seiten. Klappenbroschur
Wunderlich Verlag und als rororo Band 13869

Oliver Sacks
Awakenings – Zeit des Erwachens
(rororo 18878)
Ein fesselndes Buch – ein mitreißender Film mit Robert De Niro.

Michael Friedman
Batman & Robin *Der Roman zum Film*
(rororo 22240)

Boileau / Narcejac
Tote sollten schweigen *Der Roman zum Film «Diabolisch» mit Sharon Stone und Isabelle Adjani*
(rororo 13894)

rororo Unterhaltung

Quentin Tarantino & Allison Anders / Alexandre Rockwell / Robert Rodriguez
Four Rooms *Das Buch zum Film*
(rororo 13955)
Gemeinsam mit drei anderen Regisseuren inszenierte Oskar-Preisträger Quentin Tarantino («Pulp Fiction») diesen furiosen Kultfilm mit Tim Roth, Bruce Willis, Madonna und Antonio Banderas.

Henry Serrano Villard / James Nagel
Hemingway in Love and War
Das Buch zum Film. Die verschollenen Tagebücher der Anges von Kurowsky
(rororo 13888)

Richard Woodley
Con Air
(rororo 22241)
Der Roman zum Film mit Nicolas Cage, John Malkovich und John Cusack in den Hauptrollen.